L'ENSEVELI

De la même autrice

Nézida : le vent sur les pierres, Liana Levi, 2020.

La Cuisinière des Kennedy, Les Escales, 2024 ; Pocket, 2025.

Valérie Paturaud

L'ENSEVELI

Roman

LES ESCALES

92, avenue de France
75013 Paris – France
Courriel : contact@lesescales.fr

ISBN : 978-2-36569-947-1
Dépôt légal : août 2025
Imprimé en France

Couverture : Hokus Pokus Créations
Mise en pages : Nord Compo

À Jean-Louis,
toujours, à nos enfants
et à Didier de Calan, mon ami.

Je hais la guerre, mais j'aime ceux qui l'ont faite.

Roland Dorgelès

Par la force des choses, la guerre est un temps de méditation. Pour le type inculte comme pour le type instruit.

Roger Martin du Gard

L'ami est celui qui connaît tout de vous et continue cependant à vous aimer.

Elbert Hubbard,
écrivain américain disparu
au large de l'Irlande le 7 mai 1915
dans le naufrage du Lusitania

Prologue

Jusqu'à l'aube, ils avaient entendu un sacré remue-ménage dans la cour. Le vacarme escaladait les hauts murs du pensionnat pour venir s'échouer là, juste sous leurs fenêtres. Impossible de fermer l'œil, mouvements de camions, portes claquées, ordres répétés par des voix pressées. Des paroles d'urgence, de danger imminent. L'exaltation comme au moment de l'assaut ou de la déroute. Ceux qui pouvaient se déplacer avaient collé leur museau contre les vitres pour raconter aux autres. Dans la lumière jaune des phares, les camions ambulances crachaient les brancards, les blouses blanches couraient dans tous les sens, un vrai vol de mouettes autour du bateau de Le Garec quand il rentrait, la soute pleine à craquer de frétillants. Il l'avait raconté à Abel, de l'écume plein les yeux.

Pour sûr, il se passait quelque chose et, au cœur de la nuit, personne pour leur répondre. Alors, ils avaient tout imaginé.

Il manquait un morceau à chacun d'entre eux, mais pour la gamberge, ils n'étaient pas les derniers. Les Boches arrivaient, les lignes reculaient, ils allaient les trouver là, il n'y aurait pas de combat, un coup de baïonnette sur chaque pieu et terminé le morceau de bravoure. Plus personne et en route *nach* Paris ! Le pire était pour les « sans pattes » comme Abel, pas de fuite possible ni de cachette dans le placard. Toute la nuit, ils avaient tendu l'oreille, le sommeil tentait parfois sa chance mais l'impression tenace d'être coincés, acculés, impuissants ne les avait pas lâchés.

Abel, vaincu par la fatigue, avait sombré quelques minutes. Toujours rattrapé par le même rêve.

Il est assis avec les gars du syndicat dans la pièce sans fenêtre au fond, derrière les comptoirs qui reçoivent les peaux en bout de course, prêtes à être expédiées vers les ateliers de fabrication. Le réduit, les ouvriers l'appellent la cantine car c'est là qu'ils déballent les gamelles à la pause, ils y tiennent. Ils se sont assez battus pour avoir le droit de bouffer au sec. Avant, c'était, les genoux sous le menton, assis sur les palettes dans la cour. Cela arrangeait les patrons, ils ne lambineraient pas. Sur le mur, un panneau émaillé en couleurs représente la mégisserie de Romans dans son décor de collines et de rivières. On reconnaît le Pont Vieux sur l'Isère, la collégiale et la tour Jacquemart. En lettres capitales noires, le nom du patron suivi de ET FILS. C'est à cause de celui-là que depuis huit jours la cantine est devenue leur maison. Ils y dorment, boivent beaucoup et surtout ils causent. Ils sont en grève. Pas tout le monde, bien sûr, les jaunes, *les renards* comme on dit, sont payés trois fois plus cher pour forcer le passage au-dessus des caisses et des bidons qui empêchent l'accès aux ateliers. Les femmes apportent la soupe et des couvertures. Les gars travaillent à ce qu'elles les rejoignent, la journée de dix heures, le repos hebdomadaire, la fin du travail à la tâche, c'est pour elles aussi. Dans tout le pays, ça chauffe et les gars sont bien remontés. *L'Humanité* fait circuler les nouvelles. Tisseurs, teinturiers, passementiers, typographes, ouvriers du livre, la grogne enfle partout. Depuis les événements du Havre où un contremaître des chantiers navals antigréviste a été tué lors d'une rixe, le syndicaliste est devenu le coupable idéal et les forces de l'ordre ont des consignes de fermeté.

La nuit est tombée, plongeant le bâtiment et les ouvriers, agglutinés devant le brasero, dans le froid humide de cette fin d'automne. Une lampe Pigeon éclaire la table couverte de chopines, de blagues à tabac, de tracts et de journaux. Soudain, une vitre explose. Dans la pièce à côté, des meubles renversés, des pas, un gars qui gueule. Va savoir pourquoi, nom de Dieu, les laborieux soulèvent la table et, comme un seul homme, la coincent derrière la porte. Des poings tambourinent, des voix ordonnent de se rendre. Faits comme des rats, pas d'issue. Ils n'ont pas le choix. Rester là à sécher sur place et crever à petit feu ou se livrer pour un crime qu'ils n'ont pas commis et recevoir un coup de crosse au passage, sous les rires nerveux des jaunes. Et Abel se réveille.

Cette nuit-là, c'était tout pareil, pas d'échappée possible. Juste à attendre le Boche.

Quand les infirmières sont arrivées, ils leur sont tombés dessus. La trouille, la fatigue, l'attente, ça ne rend pas patient.

Les blouses des filles étaient fripées, souillées. Dans leurs yeux, dans leurs gestes, la fatigue de la nuit ajoutée au poids de la journée qui s'annonce. Mlle Levert s'est appuyée sur la table centrale et a pris la parole. Ce n'était pourtant pas son genre de se mettre en avant, mais ce matin, c'était elle, celle dont les mignonnes et les vieux biffins se moquaient tous les jours de la taille épaisse et de la démarche de soldat, c'était elle qu'ils écoutaient.

Ce n'étaient pas les Boches, dans la cour, cette nuit, mais tout comme. Deux offensives successives avaient décimé les lignes de front. S'était ensuivie une vraie débandade. Tout le monde s'y était mis, toubibs, infirmiers, cuistots, même les musiciens envoyés pour les distraire dans le trou, tout le monde. Reculer, se replier, évacuer, il n'y avait plus que ça à faire. Entre les blessés graves qui affluaient et ceux qui étaient déjà là, intransportables, il avait fallu se décider. Les abandonner ou tenter le coup et sauver ce qu'on pouvait. La carrure de lutteur du médecin chef, sa voix de ténor et sa réputation d'emmerdeur qui ne lâche jamais le morceau avaient convaincu ses confrères, et les plus amochés, rescapés de la déroute, s'étaient retrouvés alignés sous les marronniers de l'institut Notre-Dame.

« Si nous n'accueillons pas les cas désespérés, à quoi bon cette Vierge dans son alcôve et cet Enfant dans ses bras », avait conclu la cornette en chef. Personne dans le troupeau d'assez téméraire pour contrarier la Vierge Marie.

Les désespérés, ça prend de la place, et toute la matinée, il avait fallu en trouver. Déplacer les tables de chevet, resserrer les lits. Les sorties des plus valides furent avancées. Le pensionnat était plein à craquer.

Les infirmières ont apporté des paravents de bois et de toile. C'était la première fois. Elles en ont déplié un sur le côté gauche du lit d'Abel. Comme son lit s'appuyait de l'autre côté sur le mur du fond de la salle, Abel se retrouvait isolé ; à part les quelques gars allongés en face, il ne voyait plus rien, pas même l'entrée et son joli bouquet. Il s'était dit qu'on ne pouvait pas tout avoir. Il allait enfin pouvoir pisser tranquille.

***

Depuis plusieurs jours, la cheville d'Abel et sa jambe en morceaux se réveillaient méchamment à l'extinction des feux. « Impossible de trouver ce putain de sommeil, et les cornettes, elles te permettent pas grand-chose à c't'heure. Tu ne peux pas sortir ton harmonica de ta musette pour travailler tes gammes. Même les cibiches, elles en veulent plus, on pourrait foutre le feu. » Elles autorisent la lecture, Abel les a repérés ceux qui marchandent le bout de chandelle qui leur tiendra compagnie aux premières heures de la nuit, les plus longues, celles où les pensées défilent, à pas de fourmi quand tu souhaiterais les pas de géant de la comptine enfantine. Il n'a pas l'habitude de lire et les histoires que les dames patronnesses du coin leur apportent, les romans, les choses inventées, ne l'intéressent guère. Lui, c'est plutôt le journal, les bafouilles syndicales, ce genre-là. Une fois, un gars avait laissé traîner son bouquin sur la table du local. Abel se souvient du titre, *Germinal*, et du portrait de l'auteur en médaillon sur la couverture en cuir. Il y avait mis le nez, c'était pas mal, les premières lignes avaient réveillé de vieux souvenirs. Un homme seul dans la nuit glaciale, pas d'étoiles, l'obscurité d'une épaisseur d'encre, il se souvenait de ces mots. Manquait plus que le vent qui vous bouffe les joues et vous gèle les doigts et on était sur la route de Comps, son village. Mais le gars avait repris le bouquin et Abel avait laissé tomber. Il n'a jamais acheté un livre. Pourtant il y en avait à la ferme, elle aimait bien ça la mère. Le pasteur et l'instituteur lui en prêtaient et elle gardait quelques sous des commissions pour ceux que l'épicier roulant trimbalait de village en village. C'est qu'elle avait été bonne élève la Joséphine.

Bref, à la nuit tombée, Abel dansait dans tous les sens, plus il remuait, plus il avait mal. Une bonne âme finissait par lui donner une médecine en flacon. Quelques gouttes disait-elle en le laissant sur le bord du chevet. Abel en abusait parfois, pour sûr. Parti, le bonhomme, jusqu'au jus du matin !

La nuit du chambardement avait été agitée, mais, les gouttes aidant, il avait fini par s'endormir profondément.

À son réveil, Abel avait senti l'agitation derrière le paravent. Des silhouettes mouvantes déformaient la toile bise. Elles étaient deux pour s'occuper du nouveau, arrivé pendant qu'il ronflait. De drôles de râles, des sons étranges, les gargarismes de menthe poivrée du père quand la gorge lui brûlait. Il devait être mal en point, le pauvre gars. Déjà pour qu'on le cache derrière une toile, il y avait de quoi se poser des questions. Le biffin d'en face avait dit quand ils avaient installé tout le bazar que c'était sûrement pour un gradé, pour qu'il soit tranquille, pas trop mêlé « à nous autres ».

Les infirmières avaient besoin de calme pendant les soins, il fallait protéger le gars des regards comme des microbes. Mlle Levert a demandé à Abel, en parlant tout doucement, comme si elle lui confiait un secret, s'il acceptait qu'elle laisse le paravent légèrement entrouvert de son côté pour que le « malheureux », comme elle l'appelle, ne se sente pas trop isolé. « Vous veillerez sur lui », lui avait-elle dit dans un murmure. Ça brillait dans ses yeux. Abel n'est pas né d'hier, il reconnaît quand ça s'allume. Elle n'était pas si vilaine après tout, les autres avaient tort. Il fallait juste qu'elle retrouve une raison de sourire. « Vous, vous êtes charitable. » Abel s'était demandé d'où elle sortait ça. Ses frères et sœurs auraient bien rigolé. La charité et lui ne s'étaient pas souvent rencontrés…

D'abord, il avait vu le pansement. On ne pouvait pas le rater, enturbanné de larges bandes sur toute la moitié du visage, du haut jusque sous le cou pris lui aussi, comme les cache-nez des gosses quand il gèle. Un œil, grand ouvert, fixe, plongé sur lui, une vraie baïonnette qui ne le lâchait pas. Obligé de baisser les yeux, c'était trop fort. Et là ! Nom de Dieu, au bout du long bras posé sur le drap jauni, à l'annulaire aussi fin que dans son souvenir, la foutue chevalière en or et sa lettre M.

Première partie

L'obus

Ce sont les obus qui les enterrent.

Erich Maria Remarque

Il y a mille petits sapins brisés par les éclats d'obus autour de moi
Il y a que nous avons tout haché dans les boyaux de Nietzsche de Goethe et de Cologne

Guillaume Apollinaire

Des lochies de brebis. C'est à ça qu'Abel avait pensé. Ou des éclats de cerises écrasées, trop mûres, gorgées d'eau après la pluie, ignorées des oiseaux. Elles finissent en traînées de peaux orangées, sales et plates, si fines et tenaces qu'elles collent aux sabots. Il faut frotter les semelles longuement sur la pierre polie au seuil de la maison pour ne pas entendre gueuler la mère. C'est à ça qu'il avait pensé quand il l'avait vu. Pourtant, pas de cerises ici, pas d'oiseaux non plus, sauf ceux qui bouffent les viandes à l'aube dans le silence. Ils ont trop à bouffer, ils viennent plus rarement ces temps-ci. Dans la brume on les devine, les chairs sont prêtes, ils se fatiguent pas les charognards, ils ont qu'à se servir et c'est le cliquetis acide de leurs becs qui te tire du mauvais sommeil. Tu les voyais dans tes rêves et là tu les entends. Pas de sabots non plus ici, voilà bien longtemps que les brodequins en cuir cloutés les ont remplacés.

Ça s'était arrêté de taper. C'est toujours pareil quand ça se calme, t'as l'impression d'être sourd, le silence te tamponne à l'intérieur mais t'es vivant. Tu te le dis à chaque fois, surpris comme à la foire quand tu gagnes un tour gratuit de manège à vapeur ou le ticket pour tenter de décrocher la timbale au mât de cocagne. T'es vivant, t'as le droit de revenir.

Après l'obus, t'as intérêt à regarder où tu mets tes galoches. Faudrait pas te laisser engloutir dans le trou qui n'attend plus que toi, si profond que t'en remontes jamais. Bien des gars ont crevé en regardant le ciel, les mains esquintées à force de gratter, de s'agripper aux parois argileuses qui glissent entre les doigts comme un pain de savon. Le poids du barda les ramène en arrière, épuisés, vaincus au fond de leur tombe, gueule de terre déjà prête. Des guêpes au fond de l'entonnoir plein de miel, qui s'agitent pour remonter mais restent engluées, encore et encore... On en a repêché des malheureux presque à poil ! Les bougres avaient cru que, délestés du fusil, de l'uniforme et du reste ils réussiraient à s'envoler, mais sans aide, la terre aurait fini par les avaler. Les fossoyeurs se la coulent douce ici, les tombes sont payées par les Boches.

C'est trop con de crever comme ça.

Les gars en parlent. Tu te crois seul à faire ce cauchemar, t'oses pas le dire, et puis un soir, après la chopine, un soir plus dur, plus froid ou plus mouillé que d'habitude, il y en a un qui commence et tu t'aperçois qu'il raconte ton histoire, ta trouille et ta démence. La pisse dans ton froc au matin quand t'as passé la nuit à rêver que tu rampais comme un rat, des crampes dans les pieds à force d'essayer de trouver un appui. Tu vaux pas mieux que le porc avant la saignée ou le poulet dans le creux du tablier de la mère qui se débat pour pas la laisser gagner trop facilement. Ils ont tous peur de crever. Mourir, oui, ils le savent bien, mais crever, les mouches, les totos gros comme des lièvres et les vers pour finir, ça, ils peuvent pas s'y faire. Alors quand Abel l'a vu...

Le gars ne bougeait plus. Le corps enseveli, comme bordé par une épaisse couverture. Cette terre-là, brune, grasse et collante, son frère Maurice l'aurait bien aimée, une terre riche de promesses, devenue charnier. Rien à voir avec celle si sèche qu'elle s'envole au premier coup de bise, dont il se tue, comme le père avant lui, à casser l'écorce. Dans l'amas humide, une lumière, des coquelicots orphelins, esseulés dans un fossé sans herbe.

Après le déluge, on s'attarde pas, on se fait tout petit pour regagner la tranchée, mais il pouvait pas le rater. La tronche en charpie sur tout un côté. On aurait dit que ces saloperies de corbacs s'étaient déjà servis. Ce n'est pas beau ce qu'on a en dessous, des fois au-dessus non plus, mais là c'était vraiment dégueulasse. De la paille souillée après la mise bas. Tout pareil, du rose, du rouge. Ça s'arrêtait au nez qui tenait fin et droit comme une frontière qui n'aurait pas cédé. Des lèvres minces soulignaient, indécentes, la bouillie du dessus. Une moitié de gars, le corps englouti, ça ne fait plus beaucoup pour un bonhomme. Et ce bras qui dépassait, agrippé au ciel... Peut-être s'était-il senti partir, peut-être avait-il voulu une dernière fois, l'ultime, lever la main pour ne pas disparaître ? Il était là, le doigt en l'air comme un gosse à l'école qui a encore quelque chose à dire et que le maître ne voit pas car il en interroge un autre.

Abel l'a tout de suite remarquée, à l'annulaire. La chevalière en or, lourde, carrée, gravée de la lettre M. Une impression brève et confuse de déjà-vu, mais dans ce bourbier, t'as la cervelle à l'envers, tu sais plus l'ordre des choses, il n'arrivait pas à se rappeler.

Abel a gueulé en lui saisissant le bras, il ne pouvait pas le sortir de là tout seul. Le silence et la blancheur ouatée les encerclaient. La terre recrachait la flotte des derniers jours en brume épaisse. Il a commencé à creuser pour dégager l'épaule, chercher une prise. Le gars respirait, une mousse transparente sortait de ses lèvres puis retournait dans sa bouche, régulière comme un métronome. Abel ne voyait rien ni personne et il n'entendait rien non plus. Une seconde, il a pensé que l'obus l'avait rendu sourd. Il serait pas le premier ni le dernier, combien sont devenus fous à s'en taper la tête, renvoyés chez eux, regrettant même de ne plus entendre le bruit des shrapnels ?

Mais la grosse voix de l'Émile avait percé le brouillard derrière lui, d'un coup, le pantin qui sort de sa boîte, et ses paluches se sont abattues sur son gars. Il fallait pas traîner…

L'Émile, c'est le plus costaud de l'escouade. Pas un n'est plus balèze que l'Alsacien. Les gars le charrient et le surnomment « rabiot ». Il faut dire qu'il bouffe sans arrêt, toujours à la recherche de rab. Une demi-boîte de sardines ou de singe et il te prend ta corvée, celle dont personne ne veut : Rapporter la soupe depuis la roulante dans la cantine qui pèse une tonne, enjamber les gars tout le long des boyaux, tirer, pousser, en priant pour que le chargement ne verse pas et tienne la route car les bougres t'attendent plus que le Messie. Quand il tarde et revient rouge de trop de chopines, que la soupe est froide et le rata plein de terre, certains lui reprochent d'être une moitié d'Alboche. Là, tout de suite, Abel était content de le voir arriver. Taillé deux fois comme lui, il était l'homme de la situation. Il avait entendu Abel gueuler plusieurs fois dans l'épaisse brouée, faut dire qu'il y était allé fort, et l'Émile, il est pas du genre à se poser des questions, moitié Fritz ou pas, il était venu. Abel avait creusé tout ce qu'il pouvait autour du bras en l'air. Les yeux clos, le gars gémissait, mais à peine, juste histoire de rappeler qu'il n'était pas mort. Des chiens qui cherchent un os, voilà où ils en étaient rendus.

Dans le silence lourd et poisseux, ils étaient deux gars affairés à en sauver un autre bien plus mal en point qu'eux. Dans ces cas-là, les cas désespérés, Abel remarquait toujours des trucs insignifiants, des détails dérisoires. La moustache du gars était rudement bien taillée. Une gueule écrabouillée et il admirait la ligne ordonnée, sculptée, raffinée comme il ne s'en fait plus beaucoup par ici. Abel a dit à l'Émile pour l'encourager qu'ils ne déterraient pas n'importe qui, pour sûr !

Dès qu'il a été possible de le saisir sous les bras, le costaud l'a tiré d'un coup ; il s'est retrouvé sur le cul, le gars en couverture qu'il entourait, comme une mère son gamin. Le corps intact, la charpie du visage semblait encore plus effrayante perdue dans tout ce brun. Émile s'est relevé :

— Putain, il est bien amoché celui-là, je sais pas si...

Abel ne lui a pas laissé le temps de finir, il voulait le ramener, le bonhomme, et se tirer de là. Il s'acharnait, sans raison. Le malheureux n'était pourtant pas un copain. Émile a dû lire dans ses yeux qu'il ne renoncerait pas. Il lui a filé son havresac, son fusil et il a chargé le bébé sur son dos, il est passé devant. Courbé sous le barda, Abel avançait lentement. Même à deux, Émile progressait plus vite vers la tranchée qui, à chacun de ses pas, semblait reculer comme s'il ne réussirait jamais à la regagner.

Abel a entendu le bruit bien avant qu'il ne devienne douleur. L'attelage devant lui a soudain disparu. Cloué au sol, un boxeur mis K.-O., Abel comprend qu'il est touché. Il glisse sa main sur sa jambe droite. C'est chaud, humide, épais. Un éclat d'obus s'est logé en haut de sa cuisse.

Il essaie de bouger, de pousser sur l'autre guibole, mais elle ne répond pas non plus.

Sa cheville a été brisée par la branche qui gît à côté de lui. Des arbres, il n'y en a pourtant plus beaucoup dans le paysage, fallait encore qu'il s'en trouve un pour lui ! Les gars rigoleraient, « Au moins t'as pas eu la chance des cocus. »

Les balles des mitrailleuses se sont mises à pleuvoir. L'instinct de survie lui a fait oublier la douleur. Il a rampé comme un lombric, foutu qu'il était. Un choc immense a volé toute la lumière. Abel a bouffé la terre, puis, plus rien.

***

Ça puait l'éther. Il connaît cette odeur, elle te suit comme le parfum léger des femmes dans la rue. Au moment de l'assaut, les gars en renversent sur leur manche et en respirent un grand coup. L'effet est plus rapide qu'une chopine. Tu sais plus très bien où et pourquoi t'avances, mais t'avances. Ceux qui arrivent à s'en procurer ont développé un petit commerce, cigarettes, papier, tout se monnaye contre la fiole qui dissout la peur. Ça couvre aussi les odeurs de merde, de pisse et les relents douceâtres de la chair à vif. Abel n'en prend pas, ça lui donne envie de dégueuler ses tripes, et puis il préfère être clair pour vivre sa dernière minute. Si ça doit être la fin, autant regarder le ciel bien en face.

Les gars disent que si on tombe sur la case infirmerie, ce sera le pactole, on picolera comme jamais. Il paraît qu'on t'endort à la gnôle tant et plus que tu sais plus si t'es arrivé au paradis. Au jeu de l'oie qu'il leur avait fabriqué avec les couleurs, les images et tout comme un vrai, le p'tit Breton avait dessiné un pieu et une boutanche sur la case hôpital. Abel n'a pas l'impression qu'on l'a arrosé d'un grand cru. Pour le paradis, en revanche, c'est pas loin. Cela fait bien longtemps qu'il n'a pas couché ses os sur autre chose qu'un barda. Les couvrantes sont certes pas de première qualité, ça gratte un peu la couenne, mais Dieu que c'est bon ! Il faudrait pas dormir pour en profiter. Il avait pensé la même chose devant une réclame pour un hôtel à Lyon. Vu le prix de la nuit et les descriptions, avec la baignoire, les serviettes et tout le toutim, il s'était dit qu'à ce tarif, t'oublies de pioncer.

Abel peine à se souvenir, à tirer le fil entre l'offensive, l'Émile qui creuse puis s'éloigne et ce pieu. La faute à l'éther, pour sûr.

Autour de lui, un matin de brouillard. L'ampoule au plafond se noie aussi sûrement que le semblant de soleil sur la plaine. Un halo effacé à la gomme juste pour te rappeler qu'il existe encore et que tu vas devoir t'enquiller un autre jour. C'est aussi calme qu'un matin où le froid, l'envie de rêver encore un peu laissent les gars recroquevillés, endormis ou non, mais silencieux dans l'attente de l'aube.

Crevant le silence, des gémissements. Sa tête est lourde, il entend mais ne voit rien. Impossible de bouger les jambes. Il n'a pas mal, pire, il ne sent plus rien. Il tâte ses cuisses de ses bras retenus le long du corps. Il ne peut pas descendre plus bas. Il essaie d'appeler, les mots résonnent et se cognent dans son crâne comme des osselets au fond d'une poche. Personne ne semble les entendre.

Abel a peur. Il sait que l'on n'hésite pas à te couper la guibole pour éviter la gangrène. C'est radical, et surtout il y a la queue devant la boutique, plus longue qu'au marché après la découpe du cochon. Ça pousse derrière, ils ne vont pas te border et te gâter dans un pieu. Abel l'a entendu de la bouche d'un toubib, le jour de la vaccine contre la fièvre typhoïde. On sentait le café jusque dans le couloir où les secondes classes attendaient en ligne, en chaussettes et caleçon. Ça râlait, il se disait qu'en deux fois ils te refilaient la même dose que dans les casernes en quatre et qu'ils allaient être bien malades. La fièvre, la chiasse, comme s'ils avaient besoin de ça pour avoir la courante.

Le toubib causait amputation avec un collègue en soufflant sur sa tasse.

Abel avait déjà eu affaire aux toubibs : c'était quelques semaines après son arrivée dans le secteur. Il ne se passait plus grand-chose. À part quelques offensives éclairs à la con, pour rompre le front continu qu'ils disaient. Les biffins s'enquillaient des journées entières à attendre, comme si des deux côtés chacun avait décidé d'arrêter et de profiter des journées d'été tranquilles. Il faisait chaud, les gars se foutaient à poil pour égrener les poux de leur chemise, consciencieusement, un à un, comme les bigotes avec leur chapelet. Ils avaient trop de temps à tuer. Ils en profitaient pour enterrer dignement les gars tombés dans le dernier casse-pipe, réparer les baraques et les clôtures. Abel avait glissé. Le pantalon, et pas que, était resté accroché aux barbelés. Une mauvaise estafilade. De bandage en bandage, il s'était réveillé avec une canne deux fois plus grosse que l'autre. Le caporal disait toujours qu'une plaie insignifiante infectée, c'était la porte ouverte à la gangrène gazeuse. Le gradé l'avait confié à Joseph, un gaillard qui parle provençal quand il dort. Il se faisait tout le temps engueuler, Abel l'aimait bien, il lui rappelait le pays.

Pour arriver au poste de secours, il fallait marcher cassé en deux. Même si c'était calme, ils étaient en vue des observatoires ennemis. « Une vie de lapins le jour de l'ouverture de la chasse », claironnait une chanson qui courait dans le boyau.

Des écriteaux piqués obliquement conduisaient une file de pauvres bougres vers le même endroit. Ils ont enjambé du matériel, des ordures, des hommes. Il valait mieux ne pas trop regarder pour éviter de gamberger. Accroupis, les genoux sous la moustache ou appuyés sur la paroi, hagards, occupés à s'en rouler une, tous se ressemblaient.

Joseph répétait « on approche, on approche », la douleur faisait grimacer Abel et sa jambe traînait derrière, refusant d'avancer. Il n'était pas le seul à porter sa peine. Des abîmés, des faces rougies par la fièvre, des anémiés plus blancs que la blouse du gars à l'entrée qui essayait, visiblement exténué, d'orienter ces loqueteux. Il répétait tout en s'aidant du bras « à gauche » ou à « droite » en descendant. Pour Abel, c'était à droite. Ils avaient attendu. Il faisait sombre.

L'infirmier, aussi poilu que les autres, leur avait expliqué : « Depuis qu'on tient nos positions, immobiles, les malades sont plus nombreux que les blessés. Dysenterie, entérites en tout genre, les gars font jusqu'au sang. Sans compter les fièvres, dues à ces saletés de totos, les infections, les pneumonies… » Le gars ne s'arrêtait plus, un vrai catalogue de leurs vies de misère. Avec sa patte, Abel se sentait presque chanceux.

Plus ils descendaient, plus le plafond était bas. On étouffait là-dedans, ça empestait la pisse et la sueur vu que le soleil avait chauffé dur toute la matinée. Un gars a allumé sa pipe. Abel a vu la longue file devant lui. À terre, des blocs poussiéreux, informes, affalés, au regard de chien soumis. Joseph lui a dégoté une place assise. Il était brûlant, et dans la tête, sournoise, la crainte de la maladie qui fait pourrir les jambes. Joseph, pour le rassurer, lui a raconté que les toubibs l'avaient bien soigné quand il avait eu son « pied de tranchée ».

Une sale affaire, bien connue des bleus. À cause de la saleté, de l'humidité et de la merde dans laquelle tu marches et qui traverse tes godillots, pour un peu que tes bandes molletières soient trop serrées, parce qu'au début tu ne sais pas trop comment les mettre, tes pieds enflent jusqu'à trois fois leur taille. Ils deviennent rouges puis noircissent et commencent à puer la mort. Après, si on te soigne trop tard, tu peux oublier le bal de la Saint-Jean. Pour lui remonter le moral, le Joseph, il s'était déchaussé pour les lui montrer ses panards ! Les gars autour avaient rigolé. Ça rigolait encore quand on lui avait piqué l'épaule contre le tétanos et badigeonné la cuisse avec la liqueur de Dakin. Autour ils mouftaient plus, histoire d'amadouer le toubib pour qu'il te colle une étiquette autour du cou et t'envoie à l'arrière. Pas facile à berner les gars, aussi raides que la mère qui ne se laissait pas avoir quand tu te disais malade pour ne pas te geler les sabots sur l'interminable chemin de l'école. Aussi impitoyable que les blouses blanches !

Cette fois, Abel avait eu de la chance.

Mais, pour l'heure, il commence à sérieusement s'inquiéter. Couché sur une toile, il n'est pas au poste de secours où les paillasses puent l'urine et la crasse. Le mur en face est solide, pas une de ces tentes militaires où on entasse les macchabées. Il distingue une armoire et un chariot de linge en tournant légèrement la tête. Il tente de s'appuyer sur les coudes pour en voir un peu plus. Il retombe. Des râles et de fortes respirations lui parviennent, tout proches. Pas de doute, ils sont nombreux, un lazaret peut-être... Ses jambes sont devenues sa seule préoccupation. Appeler, hurler même, il faut que quelqu'un lui réponde. Au moment où il réussit enfin à se soulever pour apercevoir la porte, elle s'ouvre sur un ange blanc. Abel n'en a jamais vu d'aussi près.

***

Elle n'avait de commun avec les anges que la couleur.

Elle s'est ruée sur lui, lui a ordonné de rester tranquille, la même voix que celle du caporal quand il a décidé de te sortir du pieu. Il faut toujours que quelqu'un gueule. Où que tu sois, c'est kif-kif, pas le temps de remonter en douceur.

Aux cartonnages, le patron cognait comme un fou contre la porte du gourbi derrière le hangar de stockage où Abel dormait avec les gars, enfin les p'tits gars, apprentis comme lui. Les autres, ils rentraient chez eux. Il ne les logeait pas gratis sous ce toit de planches, étouffant l'été, grelottant l'hiver, et beuglait l'aube à peine installée. À l'atelier, dans le trou, tout pareil !

Les biffins qui revenaient de l'arrière avaient presque toujours un joli souvenir de la gentille infirmière, des mains douces, des formes sous la blouse, tous la même musique. Lui, apparemment, n'avait pas tiré le bon numéro. Avec les patrons, parfois il y a moyen de discuter. Pas avec celle-là.

Abel voulait savoir pour ses guiboles. Comme un môme, il a posé des questions, l'arrosant de s'il vous plaît, merci, vous seriez bien aimable de… Il sentait qu'il fallait la flatter, lui donner de l'importance s'il voulait en tirer quelque chose. D'autres gars l'avaient vue arriver, ça appelait dans tous les coins. J'ai mal ! J'ai soif ! On s'entendait plus.

Elle s'activait autour de lui, ignorant le vacarme, elle préparait les bandages, les compresses, alignait des fioles de couleurs vives. On aurait dit un peintre qui préparait sa palette. Elle marmonnait, passait en revue son chariot en émettant un drôle de claquement de langue. Pas aimable mais efficace, pensait Abel. En retapant son oreiller comme il boxait les sacs de sable avec ses frères quand il était gamin, elle a fini par lâcher que le toubib allait passer. Que cela faisait soixante-douze heures qu'il n'arrêtait pas. Abel s'est dit qu'il ne devait pas être frais. Elle a ajouté qu'il était un sacré veinard. Les brancardiers qui font le ménage, à la nuit tombée, avec le curé, des braves gars disait-elle, armés de leur seule blouse blanche et de leur brassard rouge, avaient trébuché contre son casque et avaient ramené ses cannes en chiffe molle à l'arrière. Dans le noir, à quelques centimètres près, ils ne l'auraient pas vu. Foutu, oublié, terminé.

Ça lui a fait penser à son gars à la gueule en bouillie. Il l'avait vu lui aussi, va savoir où il était le pauvre à c't'heure… et l'Émile… Autant chercher la fortune dans mon porte-monnaie, disait la mère, des gars comme le sien, il y en avait partout. Abel ne savait rien de lui, mais sous ses paupières, collé à la glue, son visage impossible à effacer. Ça et le goût salé des grains de terre qui t'étouffent et que comme un con tu essaies de mâcher quand même. Ça revenait encore et encore…

L'ange a ajouté en quittant la civière d'Abel que sur la fiche d'évacuation qu'il portait comme un chien son collier, le chirurgien qui lui avait retiré les éclats d'obus avait coché la mention « évacuable ». Les opérations de la patte qui l'attendaient lui laisseraient peut-être une chance de courir de nouveau après les filles.

« Ce serait dommage de les priver, a-t-elle dit avec le seul sourire qu'Abel lui verrait jamais, il ne va plus rester beaucoup de gaillards après ce carnage. »

La douleur s'était réveillée bien comme il faut. Quand le toubib est enfin arrivé, il s'est inquiété de le voir crispé. Abel avait tellement envie de pisser que, grimaçant, tordu comme un ver sous les draps, il avait tout lâché. Le médecin a gueulé sur l'infirmière, Abel n'avait jamais eu aussi honte… Il se faisait torcher pendant qu'on lui expliquait la suite des festivités. La blouse du toubib te recrachait à la gueule son boulot de la semaine, les tripes des autres. Le lendemain, un convoi l'emmènerait à la gare de triage régionale. Vu son âge, il avait déjà bien servi son pays, et puis fallait pas s'en faire, lui a-t-il dit en riant, si on le retapait, il pourrait toujours revenir !

Encore une fois sa manie du détail : le carabin avait les dents jaunes.

***

Le gars qui conduisait le camion ambulance était un bavard. Un accent, Abel ignorait lequel, mais le patois n'était pas loin. De temps en temps, dans ses phrases, arrivait un mot qu'Abel ne connaissait pas, mais dans le trou, t'as tellement l'habitude d'entendre toutes les chansons que tu comprends quand même. Le champion leur a refait la guerre depuis le début. Question analyse, il avait réfléchi. Au volant de sa machine, il avait que ça à faire, réfléchir. Faut dire que sa cargaison n'était pas du genre loquace. Pardi, tout était bien en ordre dans sa tête : un instituteur, professeur peut-être, en tout cas un fonctionnaire, « y a qu'eux qu'ont le temps de parler de ce que tu vis ». Il s'emportait : la guerre devait être courte, elle durait. L'offensive de Joffre devait être un succès, tu parles, qu'il disait ! On s'attendait à des blessures par balles, propres, nettes, on avait des plaies dégueulasses dues aux éclats d'obus, sales, déchiquetées, contaminées par les débris, tous infectés, de la vermine partout. Il s'énervait, tapait fort sur son volant, tournait la tête vers Abel qui se trouvait juste derrière lui. Il attendait une réponse.

Il avait envie de causer.

Chaque jour, son camion tournait à plein. Dans des hamacs de grosse toile, au-dessus d'Abel, se balançaient ceux qui n'auraient pas supporté le contact des planches.

Il fallait le comprendre, le gars, pas drôle son boulot, charger des moitiés de soldats qui dégueulent ou le reste, il faut nettoyer et recommencer au convoi suivant, alors, quand il en trouve un un peu moins amoché, il cause. Sauf qu'Abel avait de plus en plus mal. Pour sûr, toute l'armée allemande s'était donné rendez-vous pour mitrailler sa guibole. À côté de lui, un type pleurait en silence. Les larmes se frayaient un chemin sous le bandage qui lui couvrait toute la tête, même les oreilles. Pas sûr qu'il entende l'autre et ses théories. De toute façon, il devait s'en foutre pas mal du Joffre ou des autres. Abel a posé sa main sur ses doigts crispés.

Le bahut avait dû servir à autre chose avant de transporter des éclopés. De larges sangles pendaient sur les côtés, de celles dont on se sert pour déménager les meubles des bourgeois, les pianos, les buffets à deux corps, les guéridons.

Les souvenirs, ça éloigne la douleur, pas longtemps, mais c'est toujours ça de pris : un jour, à Lyon, Abel était resté un bon moment assis sur un banc devant la porte cochère d'un immeuble cossu. Il était resté sur ce banc à regarder le va-et-vient des deux costauds qui déchargeaient l'intérieur d'une famille qu'il imaginait aisée. La silhouette d'une soubrette s'essoufflait à suivre les gaillards pour les guider dans les étages. Elle levait les bras au ciel, tournait autour d'eux, veillant au transport de la bibliothèque vitrée comme si ses gages en dépendaient. Fallait-il en avoir des livres pour remplir ces rayonnages ! Nous autres on ne change pas de maison, ou alors une charrette suffit, s'était-il dit. Dans sa cambuse, Abel ne connaissait pas grand-chose du monde, de ce monde-là, celui des bibliothèques.

Et maintenant voilà que c'était lui qu'on déménageait. La toile du gars du dessus virait au rouge, il voyait le moment où le sang allait lui pisser dessus. Bringuebalé à chaque virage, transpercé à chaque secousse, il enfonçait ses ongles dans la paume de ses mains pour se faire mal. Une douleur en chasse une autre. C'est son père qui disait ça.

Le verbeux continuait. Abel ne l'écoutait plus.

Le camion s'est arrêté. Un brancardier a ouvert le hayon. Un vrai gamin, tout rose, pas un poil. Abel a reconnu l'odeur de gare. Depuis qu'il ne tenait plus sur ses guiboles, il ne savait pas si c'était l'effet de la morphine ou du tampon humide que le toubib lui avait dit de tenir sans arrêt sous son nez, mais tout se mélangeait. Les morceaux de sa vie secoués comme dans un shaker Boston…

Il revoyait le gourbi au-dessus de la gare de Lyon-Perrache, au premier étage, où il avait logé. Dès qu'il ouvrait la fenêtre, il prenait tout. Les locomotives PLM crachaient à l'approche des verrières où attendaient les voyageurs, ça faisait fuir les oiseaux au-dessus des toits. En se penchant, il apercevait les quais, parfois le chef de gare qui moulinait son drapeau bien haut. Un brouhaha de grondements qu'interrompaient des coups de sifflet. Aujourd'hui, sur ce quai, c'était pas la même fête.

Du blanc partout, des femmes s'agitaient autour d'eux. « Les regarde pas comme ça », lui a dit un gars entre deux quintes de toux, assis sur une chaise à roues non loin de là où le jeunot avait déposé Abel. Une des jambes de son pantalon vide était retenue par une pince à linge, il rigolait quand même. « Difficile de savoir si c'est des mignonnes ou des femmes du bon Dieu. » Abel a pensé à celle de la veille, il lui avait tout montré, si en plus c'était une nonne... Des brancards alignés le long du quai, nom de Dieu, un paquet de brancards ! Des corps raccourcis, des bandages crasseux. Tout ce que la guerre offrait en rayon question blessures. Le gars à roulettes a dit qu'il attendait depuis un bail. Une gamine aussi jeune que le puceau de tout à l'heure leur a donné un bol de soupe. Abel a réclamé quelque chose de plus fort. Elle a compris un bock, mais pour une fois, Abel ne rêvait que d'une piqûre, n'importe laquelle.

Tout se mélangeait. L'attente, toujours l'attente, et la douleur. Ni les souvenirs ni les ongles dans la peau, rien n'y faisait. On les a chargés dans des wagons à bestiaux. Abel a fini par s'endormir. C'est l'air frais qui l'a réveillé. L'air frais et la voix d'une femme. La fièvre le faisait délirer, pour sûr, il croyait entendre Céleste, sa petite sœur, même l'odeur était la sienne. Celle de l'herbe à chardons, de celles que t'oublies pas.

***

Des heures qui suivirent, Abel ne gardait que peu de souvenirs. Une nonnette lui avait rapporté qu'il avait déliré, faute à la fièvre. Il mâchait sans arrêt et crachait comme s'il voulait chasser quelque chose qui l'étouffait.

Son harmonica… Il craignait de l'avoir perdu. Il le voyait voler au-dessus du champ de bataille, tomber et rebondir, sortir d'un cratère de pierres et s'ensevelir enfin jusqu'à disparaître. Il entendait encore quelques notes, elles s'amenuisaient jusqu'au silence.

Dès qu'il a pu, il l'a réclamé, son harmonica. L'infirmière a trouvé l'étui au fond de sa musette. Abel n'avait pas la force de souffler mais il laissait courir ses doigts sur le métal lisse et froid, sur les lettres gravées, le H majuscule de Hohner, le sommier plus chaud au toucher en bois de poirier. C'était bon comme la présence d'un ami.

Les images d'avant-guerre arrivent sans prévenir, elles sont toutes ensoleillées. Dans le boyau, même par temps sec, il pleut. Toujours l'eau suinte. Ils ont trop creusé, à en devenir des gens d'en dessous, habitants de ce pays-là. Même couleur, même odeur, même façon de marcher que les bestioles du fond.

Étendu sur son lit d'hôpital, Abel avait changé de patrie, comme lorsque la lumière te saute à la gueule quand tu remontes de la cave où tu as passé la journée à décharger des tombereaux de bois.

La jambe gauche enrubannée jusqu'à l'aine et la cheville droite maintenue entre deux attelles, il avait le temps de passer en revue son nouveau pays.

À la tête de son lit était accrochée une feuille sur laquelle figurait un corps humain sur ses deux faces. Les points à l'encre rouge indiquaient ses blessures. Un L tracé de la jambe à la cheville opposée. Au bas de la feuille, la date de son arrivée, celle de son opération et un blanc laissé pour le jour de sa sortie. Il l'espérait le plus tard possible. Sur sa table de chevet, des cigarettes, des pastilles de menthe, son couteau, sa plaque d'identité et son quart en fer battu. C'était le temps béni des effets de la morphine, il était bien.

Le boulot du premier chirurgien avait évité la gangrène mais des éclats s'étaient logés entre les tendons. Petit à petit, tout lui revenait.

Après une journée de diète, on l'avait descendu à la salle d'opération. Nu sur la table, aveuglé par la lumière blanche, un vrai M. Loyal, tout seul au centre de la piste. Il avait vu ça à Lyon une fois, place Bellecour, où le bonhomme s'agitait, minuscule face enfarinée sous le chapiteau de toile rouge. Quatre toubibs ou infirmiers, il ne se souvenait pas, enfin quatre pour lui tout seul sous les projecteurs. Ouvrir la bouche, respirer profondément, le tampon qui t'étouffe et t'existe plus. Le plus dur, c'est de rouvrir les paupières. Le coucou chez Mlle Tavant, l'épicière du village, quand sonne midi, les volets s'ouvrent et se referment aussi vite, tout pareil. Mais c'était passé, il n'avait plus qu'à profiter, se la couler douce.

Chaque matin, l'infirmière posait son attirail sur le chariot. Abel l'entendait arriver, il bringuebalait, les flacons se cognaient les uns aux autres, il connaissait la musique. Il savait à quoi s'attendre. Elle enlevait les épingles, déroulait les bandes, décollait les gazes qui résistaient sur les plaies et lui arrachaient un rictus qu'il s'appliquait à garder silencieux. Une fois sur deux, le crayon de nitrate d'argent remplaçait la teinture d'iode et c'était la jambe tout entière soumise à la torture. Cela lui rappelait le fer rouge sur l'hérétique dont le maître, au village, détaillait l'illustration devant les pupitres devenus subitement silencieux. Les enfants étaient terrifiés.

Les jeunes infirmières sous leur voile blanc découvraient les corps d'hommes dans leurs positions de souffrance. Recroquevillés, craintifs, soumis puis abandonnés. Une nudité qu'ils savaient vilaine, malodorante. Peu de paroles pendant les soins, des regards, des gestes, la solitude et la trouille au fond de la gorge.

***

L'hôpital s'était installé dans les murs d'une institution religieuse, un pensionnat de jeunes filles. Les gars rigolaient : « Pourvu qu'elles reviennent pas les pauvrettes, y'aurait de quoi les dégoûter de la gent masculine. » Une pièce tout en longueur, dix fenêtres sur un côté. Des lits alignés de part et d'autre, séparés par des tables de nuit. Pas de rideaux, comme dans le trou, on profitait des voisins. Abel pensait souvent au jour où il se retrouverait seul aux chiottes. Il se demandait si les autres biffins pensaient à ça. Les murs, peints en bleu pâle, supportaient un bon nombre de crucifix et d'images pieuses. Au centre, une table pour les repas des valides, certains y arrivaient à cloche-pied. De dos, avec beaucoup d'imagination, on se serait cru à la guinguette, des gars assis autour de la table, la chopine au milieu. Près de la porte d'entrée vitrée, un vase garni d'un bouquet qu'une infirmière se chargeait de renouveler chaque jour, bourrache, bleuets, chèvrefeuille, les fleurs des champs et des fossés, les couleurs et les parfums du passé. À quoi bon une telle futilité ? Poussaient-elles donc encore ?

Quelques jours après l'opération, la jeunette qui s'occupait de son cas, rasage, toilette et tout le reste, l'avertit qu'on allait le changer de place.

« Vous serez mieux du côté des fenêtres, ce sera plus gai. » « Voilà où j'en suis rendu, la vue d'une fenêtre. » Il était bien loin l'Abel qui faisait valser les dames et les emportait au son de l'accordéon, le dimanche, derrière le kiosque du parc.

De son nouveau poste d'observation, le spectacle de leur communauté d'éclopés occupait ses heures. Autour de lui, comme sur le quai de la gare de triage, juste un peu plus propres sous les chemises de bure, toutes les signatures de la guerre. Celui-là sautille entre les lits sur son unique jambe, répétant à l'envi : « L'hosto, c'est mieux que la croix de bois, les gars, croyez-moi ! » Cet autre se cache sous ses draps, espérant faire oublier l'infecte odeur de sa cuisse qui pourrit d'un phlegmon ; le gars en face regarde le vide laissé par ses deux mains emportées. Des mains de paysan ou d'ouvrier... Pourtant, malgré la misère des corps, ça cause, ça fume, ça rigole, ça chiale aussi parfois.

De temps à autre, la porte de la salle s'ouvrait sur la silhouette noire de l'aumônier de l'hôpital. Ils n'avaient pas prévu de pasteur ni de rabbin. Chez les parpaillots comme Abel, pas de confession. Directement sous l'œil de Dieu, sans intermédiaire, il trouvait un peu fort de demander à ces pauvres gars d'avouer leurs péchés alors qu'ils étaient en miettes. S'ils avaient blessé ou tué, c'était bien qu'on leur avait demandé. Et sinon quoi ? Péché de gourmandise avec ce qui flottait dans leurs gamelles ? De luxure ? Alors qu'ils ne bandaient plus que de froid ? Dans leur ciel, il n'y avait que des obus. Abel entendait les paroles du prêtre, assis sur le lit d'un p'tiot qui ne danserait plus jamais, il disait que le mal ne venait pas de Dieu mais des hommes.

Abel se demandait où s'était donc caché le bon Dieu, la nuit où il avait, avec un biffin, partagé la pire des corvées, celle qui t'envoie décrocher les copains des « séchoirs ». Les barbelés qui retiennent les corps comme les fils à linge. Le gars avait passé le peu de temps de sommeil qu'ils réussissaient à arracher à parler, parler et encore parler. Des mots, c'était sa façon à lui de supporter ce qu'ils venaient de faire. Décrocher des gars comme des draps, des serviettes séchés au vent. Ce type était un érudit, il avait toujours des pages dans sa poche. Il lisait, écrivait, et pas des lettres à sa marraine comme les autres, non, lui, il réfléchissait. Abel n'avait pas reçu grande instruction, les auteurs, les grands, il ne les connaissait pas, mais il n'a pas oublié ce que ce copain lui a lu ce soir-là, à la lueur de son briquet qui puait l'essence.

Il le connaît par cœur, enfin pas la phrase exacte, c'était un peu compliqué mais ça disait : « Se peut-il qu'un homme ait le droit de me tuer parce qu'il demeure au-delà de l'eau et que son prince a querelle avec le mien, quoique je n'en aie aucune avec lui ? » Abel s'était creusé la cervelle, il l'avait écrit sur un bout de papier, lu et relu puis perdu. Il y avait le nom du gars qui a écrit ça, un Blaise quelque chose, impossible de s'en souvenir. Le prof comme ils l'appelaient tous, alors qu'il ne l'était peut-être pas, Abel ne savait pas ce qu'il était devenu, mais avec des idées pareilles, il espérait qu'il n'avait pas fini au peloton. C'est qu'il avait raison l'intello, tout ce carnage était bien une affaire de princes, pas celle de bougres comme nous ! Un tract ramassé près du front par un brancardier faisait depuis quelques jours le tour de la salle, il disait à peu près la même chose que les belles paroles du prof. Rédigé par des femmes en colère, le papier froissé, maculé de terre, avait terminé sa course punaisé près du poêle avant qu'une cornette ne l'arrache et ne le fourre en boule dans la poche de son tablier en lançant des gros yeux de maître d'école à la cantonade. Mais tous l'avaient désormais en tête, même ceux qui ne savaient pas lire, toujours un pour le commenter : « Depuis des mois, vos fils, vos frères, vos maris tuent ou ont tué, des fils, des frères et des maris d'autres femmes, vos sœurs de misère. Pourquoi ? Est-ce que les prolétaires de France, de Russie, d'Angleterre, d'Italie ou de Serbie ont quelque motif de haine contre les prolétaires d'Allemagne, d'Autriche-Hongrie ou de Turquie ? »

Les yeux clairs et les mains lisses de femme du monde d'un p'tit gars perdu dans une sale histoire étaient soudain revenus se perdre dans la mémoire en bataille d'Abel.

La dernière fois, en dehors du service, qu'Abel s'était trouvé à pioncer dans la même chambre que d'autres gars, c'était à Valence, aux cartonnages. Pareil, un étalage de modèles comme aux grands magasins, tout ce qu'on peut trouver en rayon. Le gros, le râleur, la grande gueule qui sait tout sur tout, le sournois, et puis un paquet de braves types, des gentils qui suivent, qui ne disent rien. Une chambre aux remugles tenaces. Des relents de sueur et de corps mal lavés. Un seau près du puits pour tout le monde et le patron qui n'aimait pas trop les voir traîner. Il y avait de quoi passer son tour et oublier le pain de savon jusqu'au dimanche. Deux grosses ficelles traversaient le gourbi, des lessives, mal rincées, séchaient toute la semaine, formant un rideau entre les galetas. L'hiver, les deux seules ouvertures calfeutrées, le linge s'évaporait et plongeait la pièce dans une brume humide qui te mettait la goutte au nez. Une odeur de tabac aussi, comme dans la salle de l'hôpital où la chique et la pipe sont autorisées dans la journée.

On les laisse faire, les toubibs, les religieuses savent bien qu'on ne peut pas leur retirer ça. Le picrate et la chique, tu les interdis, il n'y a plus de guerre, les gars n'y vont plus. Tout le monde se barre et les casques à pointe, tout pareil. Déjà que pour les femmes, c'est dur, le reste, c'est pas possible.

À part le changement de pansement, tôt le matin, avant de boire le jus, Abel était tranquille. La brûlure du badigeon à l'iode mettait un bon moment à se dissiper, sur le moment cela lui coupait la respiration, mais c'était le loyer à payer pour le logement. Il se disait avant cette guerre que l'hôpital c'était pour les malheureux, les filles mères, les déchus de toutes sortes, et voilà que c'était devenu le meilleur moyen de se planquer sans en avoir l'air. Celui qu'obtenait sa fiche d'entrée, s'il était pas trop amoché, devenait le plus heureux des hommes. La bonne blessure aussi convoitée que le gros lot de la foire. Abel avait honte, il se sentait comme un bourgeois en villégiature. Honte de moins souffrir que bien d'autres. Égoïste mais rattrapé par les plaintes, les cris et les délires de ceux qu'avaient vu le même feu que lui. Une loterie, encore.

On dit qu'il y en a qui le font exprès. On les traque, on publie leurs noms, on les fusille. Abel en a vu, ils laissent dépasser une main de la tranchée, ils sont morts de trouille, ils chialent, ils prient, qu'importe. Ils attendent la balle qui emportera au mieux quelques doigts, au pire, la main tout entière. Le prix pour sortir de l'enfer et retrouver la maison.

Abel n'avait jamais parlé de ce qui l'avait conduit entre ces murs. Pourtant, les faits d'armes, les assauts, les blessures et les exploits des uns et des autres étaient de toutes les conversations. De lit en lit, que des braves, que des héros. Mais l'homme à la chevalière venait souvent lui rendre visite la nuit avec ce rouge et ce rose qui éclaboussaient la terre brune. L'homme enseveli parlait, mais Abel ne comprenait pas les mots crachés par sa bouche déformée. Il tendait son bras, la bague brillait, elle éblouissait Abel qui partait en courant. Il se réveillait en sueur, ouvrait grands les yeux à la recherche d'une lueur dans le noir, la lumière derrière la porte vitrée, la chandelle de l'infirmière de garde, pour s'assurer que tout cela n'était qu'un mauvais rêve.

Abel n'avait raconté cette histoire que dans une courte lettre à son ami Élie. Il lui avait confié son impression confuse mais tenace d'avoir déjà vu cette bague. Peut-être n'était-ce qu'une invention de son esprit malade ?

Lorsque la pluie ruisselle sur ta capote, que la nuit tombe et que les seules étoiles sont les bouts de mégots sur lesquels les gars tirent tout autour, tu as le temps de les voir défiler les années qui t'ont mené là, les deux pieds dans la glaise. Tu la connais l'histoire, même si tu n'avais pas imaginé qu'elle se terminerait ainsi. Alors, tu reprends depuis le début pour tenter de comprendre, et le lendemain, tu recommences. Il t'en faut peu, ici aussi, pour t'accrocher au passé comme les chatons aux branchages des talus quand on les noie dans la rivière.

Deuxième partie

Le poing levé

Il ne faut avoir aucun regret pour le passé…

Jean Jaurès

Abel est né de gens de peu, de gens courbés. Ils espèrent au plus près de la terre, ils espèrent qu'à force de creuser, nourrir, caresser comme on caresse une femme pour qu'elle s'ouvre et se donne, la nourricière offrira plus que l'année passée. Il est né de gens courbés, de corps se redressant avec peine pour scruter le ciel, la course des nuages, tant ils craignent le vent du nord, sa sécheresse mordante plus sournoise que le franc soleil. Il assèche tant, qu'il laisse au matin la terre craquelée, assoiffée. Ils se courbent encore pour prier, car ils prient chaque jour, attendant un secours de ce geste d'humilité. Ils remercient pour une bonne récolte, une rivière poissonneuse ou un verger lourd de fruits.

« Les pierres poussent de la terre plus que les semences. » Abel écoutait son père, Jules Chagnac, quand il déposait dans la cour la toile poussiéreuse contenant les cailloux aux arêtes grises et tranchantes, ramassés en chemin, au retour des champs. Le fardeau laissait sur son dos de larges traces rouges que le gamin remarquait, quand le père retirait sa chemise pour se laver devant la cuvette en faïence. L'eau du broc coulait sur ses épaules, il serrait les lèvres et plissait les yeux, retenant la douleur. Les pierres serviraient à monter ou combler un muret, drainer un terrain herbeux trop humide en bord de rivière. Les enfants des villes jouent avec des cubes, eux, c'étaient les pierres. Maurice, son aîné de deux ans, les élevait avec application. Château, pont, route, elles roulaient entre ses mains, longuement. Il en cherchait la signification, réfléchissait à l'usage qu'il en ferait dans ses constructions. Ils étaient rarement inoccupés à la ferme. Abel, assis sur la margelle du puits, observait son frère, concentré, cherchant à équilibrer l'édifice. Parfois, d'un coup de sabot, il démolissait bruyamment ce que Maurice avait patiemment construit. L'aîné levait les yeux vers lui, sans colère ni haine, juste sans comprendre. Abel était mauvais, on le lui avait souvent dit. Peut-être l'était-il encore…

Abel Chagnac est né dans les derniers jours de juin 1878, en pleine fenaison. Les bras de sa mère, la Joséphine comme on l'appelait au village, avaient manqué plusieurs jours pour charger la charrette. « T'avais mal choisi ton moment pour arriver, mon gars », rappelait son père à maintes occasions. Une faute originelle dont le garçon aurait aimé effacer le souvenir. Noël lui paraissait, enfant, le meilleur moment pour naître. Plus de travaux aux champs et les regards de tous tournés vers le nouveau-né quand la nuit enveloppe les collines dès le milieu de l'après-midi. Il interrogeait ses camarades à l'école sur leur date de naissance, espérant rencontrer celui qui partagerait la même malédiction.

Des paroles blessantes, des gueulantes, des insultes, Abel en avait avalé un paquet sur sa route, aucune plus douloureuse que celles revenues chaque été jusqu'à son départ de la ferme.

Au front, c'est l'année qui compte pour la mobilisation. Pas d'histoires de moisson ou de vendanges, pas de bon ou de mauvais moment. C'est toujours le bon pour y aller.

La mère n'était pas du genre à s'écouter, à peine remise, elle chargeait la fourche, avalait chaleur et poussière au long des jours sans fin. Abel l'avait vue faire, après, avec les frères et sœurs. Des linges dans un baquet en bois que le père avait bricolé avec sa grosse ficelle. Il avait dû être celui-là, posé à l'ombre d'un arbre, tiré de son sommeil par des mains rougies, une poitrine gonflée, humide, au goût d'herbe et de sel, des reins douloureux. Deuxième fils. Abel ignorait si le Jules Chagnac avait arrosé l'estaminet des Lombards du verre de la fierté ou bien si la menace d'un orage avait poussé les paysans à charger tard avant la nuit pour protéger au plus vite leur foin.

Deux ans plus tôt, son frère Maurice avait assuré la descendance. Le deuxième n'était qu'une confirmation, une réserve possible, on ne sait jamais ce qui peut arriver. Plus d'une famille au village avait suivi un petit cercueil jusqu'aux chênes du cimetière. Certains ont des terres et attendent les fils, le père, c'était plutôt la terre qui lui manquait. Des fils, il en couchait deux par lit de sangle dans la soupente, sous l'escalier. Chacun de ses pas, lourds et las sur les marches, martelait sur leurs têtes le poids de sa peine. Pierre, puis Antoine, les garçons arrivaient plus souvent que le gras dans la soupe, des mots entendus, un jour, à la sortie du temple où la mère peinait à tenir sa marmaille. Le père louait la ferme. Le propriétaire, un brave homme de Bourdeaux, montait chaque mois toucher son fermage et ne manquait jamais de porter quelques nougats aux enfants, attendri par leurs bouilles de garnements. Il s'attardait surtout sur Antoine, le plus jeune et le plus frêle d'entre eux. Des billes rondes et noires sous des boucles brunes. Plus d'une fois les colporteurs de passage l'avaient pris pour une fille. Ses frères se moquaient de lui, jusqu'à ce que les larmes laissent sur son visage de petites routes grises.

Au front, aussi, cela arrive, les gars se mettent sur un pauvre biffin et ne le lâchent plus. Le bleu, il a appelé sa mère toute la nuit, il est rentré le froc mouillé d'une garde sur la ligne, tout seul pendant que les autres tapaient les cartes. Tout pareil, à croire que les hommes ça ne change jamais.

Le pays d'Abel est à la fois simple et singulier. Simple et vertueux. Élevé dans la crainte de ce qui ne se fait pas, de ce que l'on peut dire et de ce qui doit rester au fond des consciences. Un souci permanent de discrétion qui faisait ployer son père devant les propriétaires du village. Ne rien dire, jamais, des difficultés comme des bonnes récoltes.

Face à la dureté de l'existence, les enfants, comme les hommes, Abel l'a vérifié bien souvent dans cet enfer, ont des revanches dérisoires qui les contentent brièvement et qu'ils mettront parfois une vie à regretter.

L'été précédant son embauche à la fabrique, hommes et bêtes attendaient la pluie sous des chaleurs effroyables. La torpeur céda vite la place à l'inquiétude. Les nuages noirs, en fin de journée, attisaient l'espoir mais continuaient leur route, ignorant les collines. On entendait gronder. L'horizon vers l'Ardèche disparaissait comme à la nuit mais rien sur les champs ; un soir, enfin, les volets claquèrent sous les bourrasques. Dans les cours, les seaux, brocs et cuvettes émaillés oubliés réveillèrent les maisons assoupies, accablées de chaleur. Un vrai tintamarre. Une pluie chaude, drue, un rideau descendu du ciel, s'abattait sur la terre assoiffée. Les petits frères tapaient dans leurs mains, la mère souriait du spectacle. Maurice lui avait alors murmuré à l'oreille : « Y a de l'argent à se faire, crois-moi frérot, j'ai le filon. » Ils n'avaient pas grand-chose en commun tous les deux, à part le fait d'être les aînés. Quand le père disait « les garçons », c'était de ces deux-là dans le même sac qu'il causait. Maurice était bon et serviable, courageux aussi, et surtout il aurait renoncé à tout pour aider sa famille. Il l'avait fait. Abel non.

Maurice, tout excité, lui avait expliqué son plan. L'épicier ambulant qui tenait aussi une gargote du côté de Bouvières cherchait à s'approvisionner en escargots, écrevisses et anguilles. Il donnait la pièce aux gamins du coin. Des fournisseurs dans tous les villages. Il relevait la marchandise en faisant sa tournée. Avec ce temps de désert, les escargots, il n'y en avait plus. Maurice avait bien l'intention d'être le premier sur le coup dans un jour ou deux quand les bestioles montreraient le bout de leurs cornes, dût-il y passer ses nuits. Avec ce qui tombait, il n'y aurait qu'à se baisser. Sauf que même plus grand que lui, l'aîné préférait ne pas y aller tout seul. Ils en avaient ramassé des pleins paniers. Les frères ne sentaient plus leur dos à force de se baisser pour chercher sous les feuilles. Quand la carriole s'est arrêtée et que le bonhomme a sorti sa balance, ils ne respiraient plus. « Dix kilos, qu'il a dit, quarante sous. » « Une pièce de deux francs en argent. » « J'suis l'aîné et c'est moi qu'a eu l'idée », a dit Maurice en enveloppant la pièce dans son mouchoir avant de l'enfoncer bien loin dans sa poche. Toute la journée, il a vérifié qu'elle y était bien. Abel le voyait faire, lui aussi avait peur qu'il ne la perde. Le soir, au moment de la soupe, il l'avait posée devant l'assiette de la mère. Fallait voir ! Deux francs, c'est une journée de travail d'un saisonnier. La mère s'est levée, elle a pris la tête de son grand garçon entre ses mains et tout le souper, ce fut la Saint-Maurice. Pas un mot sur Abel. Il fuyait son regard. Il était bon le Maurice, mais là, c'était plus fort que lui. Faut dire qu'Abel lui en avait fait baver.

Faut payer, il a appris ça depuis, même si sous le feu personne ne sait ce qu'on paye.

Abel venait d'avoir dix ans, l'été était si chaud que les puits s'asséchaient. Les passereaux mouraient massivement, et les moissons étaient terminées avant le commencement d'août. De piètre abondance, pas de quoi tenir l'hiver. Une invasion de sauterelles s'était abattue sur le pays. La mère les chassait au chiffon, elles s'agglutinaient contre les vitres, s'infiltraient sous les portes, crissaient sous les sabots.

Fin septembre, le père avait été contraint de partir vers la filature plus bas, à quelques kilomètres dans la vallée, ultime recours pour espérer nourrir la famille. La mère, qui pourtant obligeait ses garçons à fréquenter l'école, même aux beaux jours, alors que la majorité des enfants du village la désertaient, s'en était allée trouver l'instituteur, la veille de la rentrée. Il avait dû lui en coûter, retenant ses mots, hésitant pour lui annoncer, alors qu'il remplissait les encriers pour le lendemain, que ni Maurice ni Abel ne reviendraient à l'école. Pierre et Antoine avaient un peu de répit. Les parents avaient décidé que leur aîné resterait à la ferme pour remplacer le père et qu'Abel descendrait chez le potier Théophile Roussin au Poët-Laval, à la sortie de Dieulefit. Il acceptait de le prendre comme apprenti. Oui, il avait dû lui en coûter à la mère, elle qui prenait soin des quelques livres de la maison plus que de sa vaisselle. Abel les avait remarqués les yeux rougis, l'assiette de soupe repoussée ce soir-là et les voix étouffées en haut de l'escalier.

***

Tous les matins, Abel s'asseyait au côté du père, dans la carriole. Il le déposait sur le champ de foire, il lui fallait encore marcher longtemps jusqu'à la grande cheminée de la poterie pour embaucher avec les ouvriers de M. Roussin, comme il se faisait appeler. Le père attendait, traînant le pas, le son de la cloche qui annonçait le début de la journée de douze heures aux établissements Rodet, une des deux plus importantes manufactures textiles de la région. Père et fils parlaient peu sur le chemin. L'heure matinale, le froid, bien souvent le soleil prend son temps pour réchauffer les montagnes, mais aussi la douleur de laisser derrière lui la terre, le bétail et la mère chargée de bouches supplémentaires, les deux petites sœurs. « Mon métier, c'est la terre », qu'il disait le père.

La remontée était encore plus silencieuse. Épaules basses, le père harassé par ces longues heures dans le bruit infernal, l'atmosphère humide et chaude du moulinage. Au fil des jours, le trajet était devenu un moment de complicité masculine, la connivence de ceux qui rapportent les sous à la maison chaque début de semaine.

Les patrons s'étaient entendus pour ne pas verser la paye des ouvriers le samedi afin d'éviter qu'ils ne boivent leur bourse leur jour de repos. Celui du Seigneur aussi. Paternalisme protestant pour le bien de tous qu'aucun ne songeait à discuter. Ballotté au rythme des pas de la vieille jument, par bribes, le père racontait sa journée à la manufacture. Sans qualification, il se voyait confier des tâches subalternes et éprouvantes. Pas le temps pour la camaraderie, le panier de la pause vite avalé. Pas le temps non plus, ni même l'idée d'une quelconque solidarité. Tête baissée, toujours, reconnaissant d'avoir du travail, prêt à tout pour satisfaire le patron si gentil, sa femme ou sa fille, si aimables, si charmantes, quand elles traversent, élégantes, le long couloir central de la filature. Les ouvrières, en chemise, les cheveux collés de sueur et de poussière, prennent ces sourires pour elles et rêvent sur une robe ou un chapeau que jamais elles ne pourront s'offrir. À quoi bon d'ailleurs, elles ne trouveraient pas l'occasion de les porter. Aucune envie, aucune rancœur.

Les hommes, Abel les entendait parfois à la fabrique, quand ils s'étaient essuyé la bouche d'un revers de manche après la gourde de mauvais vin ou de cidre pétillant. Certaines grandes gueules commençaient à penser que le père Roussin avait « des orties dans les poches ». « Tu vas voir qu'un jour il nous paiera en châtaignes et nous demandera même de les ramasser à la main », disait l'un. « Faut qu'on lui parle », osait un autre. Mais la cloche sonnait la fin de la pause et les mots se perdaient dans la cave profonde où ils usaient leurs jours.

Dans les boyaux, les bleus leur ressemblent, obéissants, résignés, réconfortés et endormis par la distribution d'une ration supplémentaire ou d'une chopine moins mauvaise que les autres. Prêts à en découdre avec le Boche après l'annonce de permissions exceptionnelles pour bravoure et cœur au combat. On gueule, on s'agite, mais on la ramène pas quand le capitaine se pointe, on continue. Les Boches faisaient pareil, c'est sûr, Abel le savait. Ça ne console pas mais on se sent moins lâche.

À la poterie, Abel parlait peu. On l'écoutait encore moins. Il observait. Une vraie ruche fourmillant d'ouvriers spécialisés. Il servait à tout, obéissait à tous, ils ne se privaient pas et le garçon courait de la carrière d'argile aux terriers qu'il faut sans cesse étayer au charroi de la terre vers la poterie, à la préparation des mottes, pour finir dans la chaleur des fours toujours plus gourmands en bois. Les bûcherons le livraient après avoir dénudé la montagne. Rouges et luisants, ils avaient soif et Abel craignait leur tape dans le dos autant que le regard de M. Roussin assis au fond de sa borie creusée dans le safre. Le patron avait l'œil sur tout son monde. Abel faisait de son mieux, il ne voulait pas décevoir le père, ni peiner la mère. Les quelques pièces rapportées le rendaient fier, important, plus important que Maurice qui pourtant trimait à la ferme.

Plus ça allait, plus Abel trouvait les parents soumis, résignés, acceptant comme la volonté de Dieu leur condition. Leur faiblesse développait en lui la colère sourde tapie depuis l'enfance.

La gentillesse, la compassion, tous ces boniments du pasteur, Abel n'y croyait pas. Il écrasait les insectes, les beaux scarabées luisants, arrachait les ailes des papillons, surtout ceux que ses sœurs admiraient dans les boîtes trouées qu'elles décoraient aux crayons de couleur. Cela faisait pleurer Violette. Abel suivait Antoine quand il partait, tenant Céleste d'une main et de l'autre son matériel, papier et charbon de bois, pour observer les oiseaux dans les bois. Exprès, il faisait du bruit, tapait dans ses mains pour les chasser. « L'Antoine, c'est un rêveur », qu'elle disait la mère. Ce n'était pourtant pas le genre de qualité appréciée à la maison. Du genre qui sert à rien. Pas de quoi remplir le chaudron comme on dit là-bas. Mais le père et la mère, ils avaient de quoi faire avec les trois aînés, ils avaient ce qu'il fallait en bras et en dos courbés. Céleste et Violette jouaient dans la cour ou sous le hangar, et la nuit tombée leurs souffles se mêlaient dans la pièce du bas où les enfants dormaient tête-bêche, faute de place. Abel s'était souvent demandé si la mère priait pour qu'il n'en arrive pas un autre, car il ne restait plus que la bergerie pour coucher un p'tit Jésus. Malgré leurs efforts et leurs économies, ce n'était jamais assez pour acheter un bout de terre. Le père avait fini par trouver à se louer dans une ferme à Truinas, il aurait laissé sa peau à l'usine. Les fils l'entendaient tousser toutes les nuits. La colère, qu'elle vienne de là ou d'ailleurs, Abel l'avait pour sûr… et la suite l'avait bien aidé, elle avait poussé comme le chiendent, on ne pouvait plus l'arrêter.

***

Ses années à la poterie chez le père Roussin s'étaient plutôt mal terminées. Les ouvriers parlaient du patron comme ça, ils oubliaient le « Monsieur ». En grandissant, Abel a fait comme eux. Il déposait sa paye sur la table, devant son père. Maurice lorgnait dessus. Aucune pièce ne venait alourdir ses poches pour les heures passées à traire les brebis, charger le fumier et tout le reste. Pas de dimanche non plus. Abel, lui, redescendait, après le culte, retrouver les gars au Café de France, place de l'église, ou chez Piana, rue du bourg, une buvette tenue par un Italien au sang chaud qui était venu charbonner dans les carrières et n'était jamais reparti. Ils vidaient un bock ou sirotaient une absinthe. Le France, c'était plutôt pour les catholiques, mais on ne vérifiait pas la forme de ta croix pour te laisser entrer. Quand les ouvriers passaient devant le Café de l'Univers, ils apercevaient les chapeaux du beau monde, les bourgeois, les fonctionnaires qui se réunissaient à l'étage pour lire les journaux et discuter d'affaires qui n'étaient pas les leurs.

Autour de la table, ça causait des grèves à la ville, des horaires, du temps de repos, des salaires, le ton montait au fur et à mesure des tournées. Parfois, Piana ramenait son accent pour dire que tous les ouvriers devraient s'unir et se serrer les coudes. Et puis, ça se rappelait de la guerre. « C'est pas beau p'tit gars », qu'ils lui disaient, pas sûr que ça revienne pas. C'était revenu.

C'est eux qu'Abel écoutait, c'est avec eux qu'il grandissait. À la ferme, on ne parlait pas, enfin pas de ces choses-là. Non, à la ferme on ne causait pas politique, ça ferait pas avancer le travail et le père se méfiait des malins, comme il appelait ceux de la manufacture qu'essayaient de monter les gars contre le patron. « Ils vont mal terminer, vous allez voir, m'sieur Rodet y va pas supporter ça longtemps, c'est bien nous qu'avons besoin de lui. » Abel n'avait jamais osé répondre que Rodet, lui aussi, tout patron qu'il était, il avait besoin de leurs mains. Il aurait pris un bon coup de sabot dans le cul.

***

Le soleil tapait fort pour la saison. Les cafés avaient sorti leurs chaises et les terrasses étaient pleines, après la messe ou le culte, avant le déjeuner familial. Seule la devanture de chez Piana, leur lieu de rendez-vous, était fermée. À l'intérieur, un attroupement inhabituel. Habillé de noir, la casquette vissée si profond qu'il lui fallait lever le menton pour faire face à l'auditoire silencieux, un qu'Abel ne connaissait pas. Jamais vu. Les gars, d'ordinaire échauffés et braillards, s'étaient transformés en élèves attentifs devant cet homme malingre au museau de renard. Il causait d'Amérique, des journées de huit heures, d'augmentation des salaires et d'une manifestation qui avait mal tourné à Fourmies, dans le Nord, l'année passée et qu'il serait important de commémorer ce 1er mai. Une marionnette, tellement il gesticulait, chauffant les esprits, offrant sa tournée. Il rameutait dans les usines de la région. Entre le textile et les poteries, ça faisait du monde pour sa paroisse.

Les gars parlaient souvent de leur « putain de vie », de la fatigue, du Jeannot qui avait reçu le retour d'une poulie dans la tête, qui ne comprenait plus rien, ne pouvait plus travailler, et que le patron avait foutu dehors avec une boîte de chocolats pour sa dame en remerciement de six années de boulot. Les chocolats, ils n'étaient pas passés. Rien ça aurait été mieux, moins humiliant. Ils causaient de tout ça mais se taisaient quand le patron se pointait et qu'il tapait sur le four avec sa canne pour les ramener au boulot.

Les gars avaient surnommé le bonhomme l'Américain car il les citait tout le temps en exemple et avait cousu sur le revers de son veston le triangle rouge en tissu symbole des trois revendications : huit heures de boulot, huit heures de sommeil, huit heures de loisirs. Abel ne savait pas bien ce qu'étaient des loisirs, mais il se dégageait de ce type un enthousiasme, une révolte qui parlaient au jeune homme que le gamin était devenu. Il avait décidé de suivre les autres au rassemblement à Romans. Rien que pour le voyage, il y serait allé, et puis, il n'aimait pas la façon que le groupe avait de regarder ceux qui n'avaient pas voulu suivre. Il lui semblait que ceux-là n'étaient pas du bon côté, celui des courageux. Le matin du départ, le compte n'y était pas, certains avaient réfléchi, écouté leur femme, regardé leurs enfants, ils avaient changé d'avis. Ils n'étaient pas si nombreux, deux carrioles, et à l'heure de l'embauche, les voilà en route pour la gare. Abel n'avait rien dit aux parents, les autres se chargeraient de prévenir le père Roussin. Ça rigolait fort quand ils imaginaient la tête du patron. Certains l'imitaient, appuyé sur sa canne, à beugler avec son cheveu sur la langue.

Ils étaient en grève. Il avait suffi de tapes dans le dos et de la gourde de pinard qui passait de main en main pour qu'Abel se sente un homme prêt à en découdre

À l'arrivée, il n'avait jamais vu autant de monde ni de banderoles colorées, autant de poings levés. Jamais entendu autant de chants clamés d'une même voix. Des plus vieux, des plus jeunes s'accrochaient à son bras, formant une chaîne humaine. Étourdi, ivre de foi collective, il aurait aimé qu'elle soit sans fin. C'était peut-être ça la ferveur religieuse dont on lui rebattait les oreilles au culte et qu'il n'avait jamais ressentie ?

Un puissant mouvement de foule l'avait bousculé, il en avait perdu son chapeau, et la police montée avait chargé, dispersant brutalement les manifestants. Abel n'avait retrouvé les autres que bien plus tard devant la gare. Échevelés, la chemise déchirée, et pour l'un, un sale coup sur l'arcade. Le retour avait été lourd de fatigue et déjà teinté d'inquiétude. Pour Abel, la fête était finie. Le lendemain fut bien pire. Devant la grande cheminée, solennellement,

M. Roussin avait pris la parole. Des ingrats, des fainéants, des vauriens, les grévistes n'avaient plus rien à faire chez un honorable potier. Il s'était approché d'Abel : « Je t'ai tout appris, tu devrais avoir honte. » Les yeux baissés, ceux qui dans l'effervescence collective avaient suivi le mouvement étaient restés figés, honteux ou en colère. Cela revenait au même, ils avaient perdu. D'autres n'avaient pas pleuré sur leur sort, un petit sourire aux lèvres, les jaunes leur envoyaient en pleine figure des « bien fait », des « ils l'ont pas volé ». On les entendait sans qu'ils prononcent un mot.

Au fond des casemates, Abel les avait retrouvés ceux qui gueulent et pissent sur les casques des chefs et te poussent à réclamer plus de bouffe, de repos, de vêtements secs ou de permissions. Et ça parle fort et ça fait le cador, tout en gueule, et c'est le pauvre bougre qui se dévoue qui se prend les corvées supplémentaires et les gardes de nuit sous la flotte. Pas un qui lui porte un jus pour le réchauffer. Il n'avait pas été surpris, il le savait depuis un bail que c'est moins risqué de rester planqué dans le troupeau.

Le gamin n'avait pas eu son mot à dire, le père, il n'était pas taillé pour supporter la honte. Trop pleutre pour discuter devant un patron, même pour prendre la défense de son fils. « Avec ton sacré cabochon, t'iras pas bien loin qu'il disait, dans cette vie, faut savoir rester à la place que le Seigneur a choisie pour toi. » C'est sûr, ils pouvaient pas s'entendre.

***

Abel avait quitté la ferme, les frères, les sœurs sur le pas de la porte. Chez eux, on ne fait pas dans le chagrin ou on ne le montre pas. Seule la mère l'avait accompagné jusqu'au calvaire, à la croisée des chemins. Elle avait glissé dans sa poche la bourse en velours qui y est toujours et dont le tissu élimé lui rappelle que cela fait un bout de temps.

Direction Montélimar d'abord, des mois à charrier de la bidoche sur le dos chez un boucher en gros, route de Marseille. Puis à l'usine de cartonnages de Valence où, dans le boucan des machines, Abel a commencé à entendre les mots de combat collectif et de solidarité de classe. Avec les copains, des soirées entières dans la fumée et le mauvais vin à rêver d'autre chose, à espérer changer la donne dans un jeu injuste. Il y était resté jusqu'à ce que le patron le fasse décamper sans ménagement.

Une histoire de bagarre dans un café où plusieurs gars de la maison, avinés comme il faut, avaient fait un tel grabuge que la tenancière avait servi la note salée le lendemain. Il avait ouvert sa gueule pour prendre leur défense et s'était retrouvé sur le trottoir, son paquetage à peine bouclé et quelques pièces pour solde de tout compte en poche. Bien sûr, le patron avait « oublié » de lui faire une lettre de bonnes références ! La sœur d'un copain, viré comme lui, habitait Romans. Elle lui avait écrit qu'on embauchait aux tanneries. Abel avait suivi. Il a appris le métier sur le tas. Il a tout fait, la teinture, la découpe, il sait tout de la transformation des peaux et dit souvent aux copains qu'il vaut mieux ne pas avoir le nez sensible, ça pue presque autant que la mélasse dans laquelle ils pataugent au fond des boyaux.

***

Autant dire qu'Abel n'est pas arrivé jeunot dans le guêpier.

La mobilisation n'est pas venue le chercher au cœur d'un été de fenaison, de baignades dans l'eau fraîche des gours, de bals sous les platanes au son du fifre et de l'accordéon. Les plus jeunes, on les a fauchés dans leurs nuits chaudes, leurs rires et leurs amours dans la paille nouvelle. Ils n'ont rien compris. Et les voilà partis avec les copains du village sous les yeux brillants des filles. Abel les avait souvent imaginés, les gamins de là-haut, de chez lui, les petits frangins. Rendez-vous devant la mairie, propres comme à la Noël, la besace pleine, remplie à ras bord par des mères inquiètes. La tête haute, la tape sur l'épaule, la poignée de main de l'instituteur, du maire et des adjoints. Le temps du discours et des applaudissements qui couvrent le bruit des mouchoirs. Les cœurs serrés des pères, les yeux mouillés des mères, les larmes des sœurs, ils s'en moquent, ils partent heureux. Le voyage, l'uniforme, l'aventure enfin ! Plus de père ni de patron sur le dos, plus de bêtes à nourrir, plus d'éternelles corvées. Dans les gazettes, ils ont vu les images des villes, des paysages au-delà des collines, cette fois, ils y ont droit. Peu importe ce qu'ils ont entendu sur la guerre, celle-ci sera différente, rapide et victorieuse. Au retour, le gros du travail sera passé et ils retrouveront, auréolés de gloire, des filles consentantes et le gâteau de châtaignes devant la cheminée.

À Montélimar, ils se mêlent à tous les p'tits gars en provenance de la Drôme, de l'Ardèche, du Gard, de l'Isère et de la Loire qui composent le 52e régiment dirigé par le lieutenant-colonel Charles Souverain. Ils sont âgés de vingt à vingt-trois ans et la ville est en fête pour eux. Sous le kiosque, les musiciens de la fanfare sont en sueur dans leur uniforme. Il fait chaud et le vin coule à flots, gratis pour les héros. La ville oublie la terrible inondation du mois de juillet qui a vu tout un quartier emporté par les eaux du Jabron. Maisons effondrées, récoltes perdues, il fallait bien une déclaration de guerre pour penser à autre chose. Ceux nés en 92, 93 et 94 n'avaient pas eu besoin de faire leurs adieux, ils effectuaient leur service militaire de trois ans. Pour tous les autres, les permissionnaires, les réservistes et les vieux comme lui, de la territoriale, l'ordre d'appel sous les drapeaux était bien plié au fond de la besace. « Immédiatement et sans délai », écrit au tampon rouge en travers du papelard.

Abel était arrivé de Romans avec ceux qui rigolaient moins.

Les larmes des épouses, les bras des enfants, la vieille mère qui s'était cachée pour prier, la récolte pas encore rentrée, la faux tout juste remisée et la boutique ou l'atelier dont on avait cloué les volets de bois. À leur âge, ce n'était pas la même fête. Jusqu'à quarante ans, fallait y aller. Il ne laissait rien ni personne derrière lui. C'était plus facile, enfin, c'est ce qui se disait. L'usine, le syndicat, il les retrouverait, s'il revenait. Car ils avaient ça dans la tête, pas les p'tiots. Depuis un bon moment, à la mégisserie, ils la sentaient venir cette putain de guerre, et au syndicat les gars se battaient pour l'éviter. Abel, comme les autres, affirmait, perché sur un cageot, que la solidarité de classe primait sur la solidarité nationale. La classe ouvrière, c'était plus important que la patrie.

Ils auraient voulu mobiliser les ouvriers dans une grève générale et paralyser le pays, déclarer la guerre à la guerre. Abel écoutait Jaurès, il croyait aux manifestations populaires, aux grèves au-delà des frontières, persuadé que le troufion de l'autre côté du Rhin n'avait pas envie, lui non plus, de quitter sa blonde. Plus jeune, il avait écouté des sirènes radicales : les sabotages, l'anarchie, tout ça. Il s'était calmé. Et puis, il espérait que la compensation proposée aux Allemands pour récupérer l'Alsace et la Lorraine suffirait.

Dans le train pour rejoindre le 52e, Abel était comme beaucoup, en deuil d'une espérance, laissée pour morte par deux coups de feu tirés sur Jaurès dans un café, rue Montmartre, près du siège de *L'Humanité*.

Alors, pour finir, il y était lui aussi dans la ville en liesse. De toute part, des camions affectés au transport du matériel militaire. Il avait fait la queue pour récupérer son paquetage et son sac à viande. Des chevaux, des mulets réquisitionnés attendaient tout comme eux qu'on les conduise loin de leur pré. Les habitants distribuaient du pain, du vin, des nougats. Pas étonnant que la tête leur tournait aux jeunots. Ils étaient restés trois jours entassés dans la caserne. Les bordels du coin avaient fait fortune. Abel y avait des souvenirs mais savait qu'elle n'y était plus…

C'était un drôle d'été qu'Abel vivait là. Avec ceux de la territoriale, ils passaient le temps sur le terre-plein devant la caserne à taper la belote ou à jouer aux dés. Ils ne connaissaient pas l'oisiveté et ne parlaient que de l'ouvrage qui attendait. On était venu les chercher, ils n'avaient rien demandé. Ils étaient si nombreux, il fallait être patients. Patienter pour faire la guerre. Les 5 et 6 août, ça ne s'oublie pas, ils étaient tous partis, en route vers l'est. Dans les gares, en sens inverse, depuis la fenêtre des trains, ils observaient le flot des réfugiés. Des vieillards, des femmes et des enfants aux regards apeurés évacuaient leur pays afin de laisser place aux opérations militaires. Ils n'étaient pas les bienvenus et les troufions ne se gênaient pas pour le leur dire. Ils réclamaient de l'eau ou du pain en allemand et devaient éviter les crachats jetés sur leur passage. C'était ça aussi et Abel en gardait le souvenir amer. Qu'elles étaient loin les réunions syndicales. Quel obus avait englouti les discours enflammés sur la fraternité, sur quel champ de bataille s'étaient-elles donc envolées leurs pures et belles idées humanistes ?

***

Quelques mois plus tard, la guerre avait fait son boulot. Abel était là, incapable de tenir debout, puant le camphre et l'iode, passant son temps à regarder le monde miniature autour de lui, fait d'impotents, de vivants à moitié morts, à espérer ne pas être le prochain, bouffé par la gangrène, celui qui quitte la salle et qu'on ne revoit pas.

Des jours rythmés comme ils pouvaient. Ils s'attachaient au moindre événement. Une vie minuscule de fourmis ignorantes. Qu'y avait-il à savoir ? Rien, sinon que la guerre continuait derrière les marronniers de la cour dont les feuilles volaient et s'agglutinaient sur le rebord des fenêtres. Des enfants, ailleurs, devaient jouer avec les marrons… La guerre continuait, aussi sûr que les aiguilles de l'horloge, au-dessus de la porte l'entrée, trébuchaient et rebondissaient de leur mouvement hésitant mais régulier. L'entrée des brancardiers, au souffle court, aux pas traînants et résignés, l'agitation des coiffes blanches autour du nouvel arrivant, les questions des anciens locataires laissées sans réponses. Le départ pour des soins, une opération, et parfois l'infirmière qui remonte seule avec son carton pour ramasser les trois richesses du pauvre gars abandonnées sur la table de nuit, les regards croisés qui comprennent et la vie de travers qui continue.

Ils pensent à l'arrière, à la famille, mais ils parlent surtout des copains, cherchent à savoir, questionnent les nouveaux : « T'as pas vu untel ? Un grand, un maigre, un costaud ? », comme s'ils venaient tous du même village.

Son copain Le Garec fut un de ceux-là, débarqué dans la nuit, à la lueur des bougies. Les brancardiers l'ont déposé dans le lit d'en face, vide de la veille. Abel a reconnu son troufion dans la lumière vacillante, le crâne enveloppé dans un turban coloré qui lui prenait tout le haut, pas un cheveu ne dépassait. Il était moins fier, le pauvre, que les sikhs au dastar safran rencontrés dans les lignes anglaises qu'ils avaient traversées ensemble.

Ils avaient pataugé côte à côte. Le caporal les avait envoyés dégager une tranchée de communication inondée par la pluie incessante sur leurs basques depuis des jours. De la boue liquide partout. Leurs mouchoirs laissaient sur leurs joues des traînées de glaise grasse. Même une mère ne les aurait pas reconnus. Les fusils semblaient de bois, semblables à ceux que les gars taillent au canif pour tromper l'ennui. Ils espéraient ne pas avoir à s'en servir, englués qu'ils étaient. La flotte glacée durcissait la capote sur leur dos. Leurs bottes en toile bitumée aux semelles de bois, enfilées par-dessus le cuir durci de leurs godillots, leur cisaillaient les pieds. Des crapauds dans une mare, alourdis par le poids du pantalon qui entravait la marche. L'odeur d'urine montait de partout. « Nom de Dieu, on dirait que le régiment entier a pissé au même endroit. »

La flotte, il connaissait Le Garec. C'était un marin. Il venait du pays des marais salants, du côté de Guérande. Des yeux clairs, un bon sourire de brave gars. Pas jeune non plus, il avait laissé femme et enfants, et puis son chien dont il causait tout le temps. Il en avait retrouvé un ici, qui traînait, perdu, affamé, abandonné sans doute par des civils en déroute. Le clébard, il le quittait plus. Devenu la mascotte de l'escouade, il les aidait bien à chasser les castors, ces saloperies de rats qui bouffaient leurs rations comme leurs mollets. Le Garec, il avait peur qu'on embarque son clebs. Il disait qu'on testait les gaz sur eux. Le caporal avait beau le rassurer, que c'était seulement sur les cochons ou les moutons, il n'y croyait pas. Son clebs, c'était quelque chose ! Les chiens, il se rappelait en avoir vu attelés comme des bœufs à une mitrailleuse lourde, muselés pour ne pas aboyer. Compagnons de misère, fallait les voir ces deux-là.

Képi, c'est comme ça qu'il l'appelait, il ne manquait pas de mains sales pour le caresser.

Dans leur baignoire de boue plus ils écopaient, plus il en venait.

Au moindre bruit d'obus dont ils reconnaissaient le calibre rien qu'au bruit du déplacement dans l'air, ils plongeaient dans le merdier pour se planquer. Tenir dans cette guerre, c'était se garer au bon moment ou se faire tout petit pour laisser passer la fournaise. Le marin avait des idées pour consolider les tranchées et les rendre plus étanches. Il avait vu ça avec son père pour contrer les grandes marées. Les sacs de sable, mais aussi une façon de planter des étais pour éviter l'affaissement. Il racontait tout ça à Abel pendant qu'ils s'acharnaient sur l'impossible. Le Breton voulait offrir ses services et son expérience au capitaine. Il ne s'était pas dégonflé le pêcheur, il y était allé. Abel l'avait accompagné et attendu devant la cagna des officiers. Chauffage, électricité, ils ne s'emmerdaient pas les gradés. Abel avait reconnu l'odeur du lard grillé. Au bout de cinq minutes, le gaillard était ressorti pire qu'un môme puni par son maître pour une connerie qu'il n'a pas faite. Il avait cru s'adresser au petit patron pêcheur dans son port, là-bas, il avait cru aussi qu'il pouvait proposer une idée, offrir son savoir, rendre service.

Surpris, dépité, après quelques mots bien sentis, il avait compris qu'ils n'étaient plus rien qu'une masse informe, sans droits, sans passé, sans paroles. Juste un troupeau pour écraser l'ennemi, le troupeau d'en face. Non seulement Le Garec s'était fait engueuler et avait passé trois jours à la case prison pour s'être présenté devant des supérieurs sans respecter la voie hiérarchique, mais toute l'escouade et son caporal, histoire de leur faire passer l'envie, avaient été affectés à ces putains de boyaux inondés. Les autres lui en avaient voulu. L'amitié, quand tu crèves de fatigue et de froid, elle a des limites, les boniments qu'on a pu se dire un soir de moins bien, « se serrer les coudes, s'entraider » : tout ça fout le camp, il ne reste plus que les pieds gelés. Quand Le Garec était sorti du mitard et qu'il avait rejoint les autres, Abel en avait vu lui charrier des pelletées d'eau grise sur la capote. Le soir, il l'avait entendu chialer dans le cou de son chien.

Et le revoilà Le Garec, allongé tout près d'Abel, les yeux grands ouverts. Ces yeux qui avaient vu la mer. Abel a chuchoté. Le marin n'a pas bougé quand il a prononcé son nom. Abel s'était endormi en entendant son rire quand Képi rapportait le bout de bois qu'il lui lançait. « T'es un bon chien qu'il répétait, un bon chien. »

Le lendemain matin, les yeux délavés fixaient toujours le même point. L'infirmière s'est approchée et c'est la caresse d'une femme qui a fermé ses paupières. « C'est mieux ainsi, a-t-elle dit en posant la main sur le bras d'Abel, on lui a retiré tant d'éclats dans la tête, il ne vous aurait jamais reconnu. Je peux vous donner l'adresse de sa femme si vous voulez lui écrire. » Abel avait eu honte, il n'avait pensé qu'au clébard.

Un grand échalas s'était approché du lit d'Abel, lorsque les brancardiers étaient venus chercher le corps de Le Garec. Abel avait suivi la tache bleue du turban jusqu'à ce qu'elle disparaisse derrière la porte vitrée, comme on accompagne un corbillard, à pied, tête baissée, sur le chemin pierreux qui mène au cimetière... Il avait remarqué l'homme long et maigre et son curieux manège. Il arpentait régulièrement la salle dans sa longueur, tenant de sa main valide un des ouvrages à la couverture en tissu vert provenant de la bibliothèque du pensionnat. Il marchait et lisait à la fois. De la poésie, lui avait dit Mlle Levert. M. Anselme aime la poésie...

Ce matin-là, il était venu déposer sur le lit d'Abel un recueil aux pages si fines qu'il avait eu peur de les abîmer avec ses doigts calleux d'ouvrier. L'homme avait glissé un marque-page, un trèfle emprisonné dans une gangue de cire.

Heureux ceux qui sont morts, car ils sont retournés
Dans la première argile et la première terre.
Heureux ceux qui sont morts dans une juste guerre.
Heureux les épis murs et les blés moissonnés...
Paix aux hommes de guerre.
Qu'ils soient ensevelis dans un dernier silence.

Juste guerre, heureux les morts, ça se discute ! Abel n'avait pas tout compris mais la mélodie des mots était jolie, un air d'harmonica...

Dès lors, lorsqu'il passait devant le lit d'Abel, les deux hommes se saluaient d'un geste de la main ou d'un simple signe de tête.

***

Les heures étaient longues. Abel les meublait de souvenirs...

Les copains de tranchée n'étaient ni meilleurs ni pire que les autres.

Le gros Borel qui n'est bon à rien en patrouille, Abel lui faisait tenir sa capote pour qu'il ne file pas tout droit du côté des Boches. Abel l'avait surpris à chaparder de la bouffe, il n'avait rien dit. Borel est indispensable dans l'escadron, même si au moment des explosions y'a plus personne, il faut le réanimer à coups de baffes. Fragile comme une mignonne. La seule chose qui le retape, c'est la gamelle pleine. D'un seul coup de maillet, il t'enfonce un pieu de barbelés, alors que les autres s'y mettent à deux et à dix reprises. Pour monter un réseau de piquants en un temps record, pas mieux que le gros. Pareil pour les caisses d'explosifs qu'il entasse plusieurs à la fois avant de les soulever en gueulant un coup un mot que personne connaît. Les gars, ils auraient oublié ses bras et la peine qu'il leur évitait s'ils avaient su qu'il avait piqué dans le garde-manger. Alors, Abel n'avait pas moufté.

Le Borel, c'est le môme dans la cour de l'école. Celui qui court moins vite, à qui tu piques le béret, jour après jour, sans te lasser, histoire de le voir s'agiter dans tous les sens et faire marrer les autres. Celui à qui tu planques les sabots ou que t'enfermes aux cabinets et qui chiale, la morve au nez, quand le maître le retrouve.

C'est comme ça, sans raison, parce que c'est lui et que c'est facile. Mais les larmes d'un Borel, elles ne faisaient plus rire Abel, il n'avait plus le cœur à se moquer d'un gars qui planque au fond de ses poches l'image de la Vierge et celle de la petite sainte Thérèse.

Borel, son rêve, c'était d'être cuisinier. Un poste sacrément convoité dans les boyaux. Planqué derrière tes fourneaux, exempté du feu. Et ne pas bouger, c'est déjà beaucoup. L'ambition des gars, c'est de quitter l'escouade. Abel n'en avait jamais croisé un qui visait une carrière de gradé. Les emplois sont plus recherchés que les galons, et cuisinier, c'est une meilleure place que chef de bataillon. En sortant de la division, Borel, il se voyait sauvé en attendant la quille. À moins de pas de chance.

Abel connaissait bien l'ordonnance du lieutenant, il lui avait laissé la place quand on la lui avait proposée. Le rôle du domestique aux ordres pour balayer et vider le seau du chef, il n'en voulait pas, même pour échapper aux premières lignes.

Pour le remercier, le gars le fournissait en café et en tabac. Abel a un peu arrangé le tableau quand il lui a parlé de Borel. Il avait fait jurer au gros de pas se faire piquer à tout bouffer et l'affaire s'est faite. Abel avait peut-être voulu payer pour ce qu'il avait fait endurer aux minots de son espèce mais il était bougrement content de le savoir à l'abri. Après ça, Abel aurait pu lui demander la lune.

***

Après la soupe et le jus, pour les infirmières aussi, c'était l'heure suspendue. Parfois, dans la salle assoupie, elles venaient s'asseoir sur un lit, prenaient place autour d'un jeu de dames ou de cartes. Elles livraient aussi des bribes de leur vie au-dehors ou des nouvelles des autres salles. Avides de réponses aux questions qu'ils se posaient tous, les pensionnaires, comme elles les appelaient, buvaient leurs paroles, mais elles avaient pour consigne de les préserver et d'épargner leurs rêves à l'étroit parmi les cauchemars. Alors, elles enjolivaient. Ils le savaient et acceptaient la duperie.

La plupart d'entre elles étaient des filles de bonne famille de la région. La Fillette, la Pucelle, la Colombe, le Tendron, ils y allaient de leurs petits noms. Il se disait que la plus maigre était la fille d'une particule du coin, celle-là, ils l'appelaient l'Héritière. Des petites bourgeoises, ça se sentait à leur façon de parler, les mots ne sont pas les mêmes pour tout le monde. Elles citaient des livres, des musiques que nombre d'entre eux ne connaissaient pas. Surtout, elles avaient une haute idée de la guerre juste, la défense de la patrie, les héros, le sacrifice, tout ça. Eux, au fond de leur pieu, ils en étaient revenus du joli et fier tableau, mais si les donzelles voulaient les voir comme des héros, ils étaient preneurs.

En revanche, devant les cornettes ils se tenaient à carreau, c'est elles qui répondaient au toubib quand il s'arrêtait devant le lit, plus intéressé par les notes sur la fiche cartonnée que par la mine du gars. Et celui-ci, ma sœur, comment va-t-il ? En un mot, elle te renvoie au feu, à l'arrière ou chez toi. Le toubib passait vite et croyait tout ce qu'elles racontaient. C'est comme ça qu'un pauvre gars du Jura qui picolait un peu trop et se faisait livrer de la gnôle en douce, de mèche avec un brancardier, s'était fait repérer. Un peu trop gai, il gueulait encore ses paillardises après l'extinction des feux. Renvoyé vers les lignes, le chanteur, parti du jour au lendemain, traînant sa patte encore douloureuse. Il a perdu au moins deux semaines au chaud, deux semaines de plus pour crever peut-être. Rester peinard, c'était la consigne. Une place vide ne le restait pas longtemps. Gagner du temps, « Cette putain de guerre n'allait quand même pas durer le reste de notre putain de vie ! »

Abel avait lié une relation particulière avec la plus âgée du bataillon de soignantes. Peut-être parce qu'elle était la plus vilaine, comme disaient les gars, lui dirait plutôt la moins avenante et surtout la plus réservée. Comme les puceaux qu'ils étaient redevenus, ils passaient leur temps à les regarder, à donner des notes sur une épaule, une nuque, la courbe d'une croupe, des fesses devinées quand elles se penchaient pour changer des draps ou aider une misère à se lever. Question châssis, Mlle Levert était à coup sûr la dernière du classement. Pourtant, Abel l'aimait bien, il ne le criait pas sur les toits, les gars le charriaient déjà quand elle s'attardait près de son lit.

Elle n'avait pas été vilaine pour tout le monde, mariée avec un p'tit de son village dans l'Est qui avait laissé sa vie parmi les premiers quand les gaz étaient arrivés et que les biffins ne savaient pas quoi faire avec leurs tampons sur le nez, « pas plus efficace qu'un mouchoir de dentelle, ces trucs-là ». Elle se laissait appeler mademoiselle, comme si mariée si peu de temps ça ne comptait pas et lui donnait le droit de revenir à la case départ. Elle avait confié à Abel qu'elle n'avait pas déballé ses cadeaux de mariage, que les caisses contenant le service en porcelaine, les verres, l'argenterie, tout ça attendait encore dans la grange, bien enveloppé dans la paille. Son mari était fils de vigneron, le vin est bon sur les coteaux de la Haute-Marne, pas étonnant que les Boches ne voulaient pas lâcher le coin, disaient les gars en rigolant. Les parents avaient une petite exploitation prospère, ils faisaient des envieux, elle avait eu une belle noce. Trois jours après avoir reçu la missive, elle était partie s'engager à Chaumont où on recrutait à tour de bras devant la basilique Saint-Jean-Baptiste. Son mari n'avait pas eu de funérailles, on n'avait pas retrouvé son corps, plus rien ne la retenait, et puis en soignant les autres, c'est encore un peu lui qu'elle aimait.

Abel n'avait pas envie de rire d'elle. Il n'avait pas pitié non plus, il partageait juste sa solitude, sa façon d'être différente, en retrait tout en tenant sa place. À la manière peu naturelle de se tenir devant lui, aux effluves de sent-bon qu'il percevait à son arrivée, il devinait qu'elle n'avait pas renoncé à plaire. Abel l'attendait. Son jour de repos était plus long et plus triste que les autres. Elle lui apportait des cibiches, des toutes fines. Il n'avait pas l'habitude, lui, c'étaient plutôt la pipe et la chique. Leurs conversations, elle assise sur le bord du lit, avaient le parfum des volutes qu'il inhalait profondément, contrairement à l'âcre perlot. Troublé par la féminité qu'il percevait sous l'uniforme, la tête lui tournait. Elle lui racontait la salle d'opération où elle se trouvait affectée, parfois, lors des gros arrivages. Elle ne l'aurait pas fait avec un autre, Abel avait de la bouteille, pas besoin de prendre des gants avec lui. Il aimait sa franchise.

Comme sur le front, les chirurgiens étaient débordés. Pour les amputations, ça allait plutôt vite, mais certaines blessures étaient plus compliquées. Mlle Levert disait que les toubibs n'avaient jamais vu ça, qu'ils apprenaient en faisant. Au pensionnat, à l'étage du dessous, il y avait une vedette de la chirurgie. Il réparait des gars que « les toubibs du front dégueulent rien qu'à les regarder ». Ils conseillent aux brancardiers de passer leur chemin, il faut les oublier ou les ramasser en dernier. Le grand ponte, en bas, ne disait pas la même chose. Il se mettait dans une colère noire quand il entendait prononcer les mots de « morts vivants, baveux, monstres et tout le reste ». Il remontait régulièrement au front pour faire la leçon aux brancardiers et aux postes de secours. Il n'était pas né d'hier, et il gueulait fort. La petite Levert, elle était tellement admirative, Abel en était presque jaloux. C'est comme ça que dans l'aile gauche du bâtiment survivaient des gars dans un état qu'on ne pouvait même pas imaginer. Des gueules horribles, personne ne voulait y aller, à part quelques religieuses qui portaient leur croix et voyaient Jésus dans chacun d'entre eux. Les odeurs, les cris passaient sous la porte fermée à double tour, et toutes les petites mains de l'établissement, lingères, cuisinières, tout le monde pressait le pas dans le couloir. Elle racontait tout cela à Abel en lui demandant de le garder pour lui. C'était trop grave pour en rire et malheureusement elle savait qu'il s'en trouverait toujours un pour faire le malin et trouver un méchant mot pour ces bêtes de foire. « Voyez, disait-elle, comme certains s'amusent des femmes à barbe, des nains et des difformes, alors ceux d'en bas, même si on les plaint, ce sera pire, vous verrez, on ne voudra même plus les voir. »

Ces paroles avaient laissé Abel pensif. « Si ça se trouve, mon gars, il ne me remercie pas. »

Troisième partie

Major Adrien Delaitre

> Vous étiez dans un mauvais coin, cela se voit !
>
> Georges Clemenceau
> s'adressant à un soldat blessé de la face
> lors de la cérémonie de signature
> du traité de Versailles, 28 juin 1919

Des pépiements d'oiseaux. Ou des couinements de rats. Parfois, un après-midi de printemps sur les bords de Saône et l'impensable, l'indescriptible chaos du front offrent étrangement les mêmes sonorités à l'heure du jour qui pointe. Des notes aiguës, répétitives, d'intensité variable.

Sous les doigts d'Adrien le drap jaune, inconnu, la couverture rêche, parfaitement bordée, qui l'enserre. Ses pieds butent sur le montant du lit, tube de fer arrondi. Comme à l'internat, souvenir enfantin d'un lit toujours trop petit pour sa taille. Vapeurs de chloroforme, la salle d'autopsie à la faculté de médecine, la première vision d'un corps mort, odeur prégnante, imprimée dans les narines, installée dans la tête, le ventre et le cœur. Il essaie de bouger. Au moindre mouvement, c'est le manège de chevaux de bois de la place Bellecour qui s'emballe et Anna qui agite en riant ses mains de laine rouge. Voilà la coiffe blanche de sa mère, infirmière dans la salle commune des femmes contaminées par la syphilis. Des mosaïques de son existence qui fuient dès qu'il s'y accroche. Seule la douleur lui dit qu'il est en vie, alors il ne veut plus qu'on l'endorme. Plusieurs jours, des semaines peut-être, se sont écoulés. Un décompte impossible, l'errance dans un passé qui lui échappe et l'étouffe à la fois. Les images ne peuvent pas n'être que chimères, rêves ou cauchemars. L'attente, toujours l'attente. Des voix autour de lui, un va-et-vient de silhouettes. Des questions, des décisions sur son sort ? Déjà mort, peut-être personne ne l'entendait. Et l'attente encore. La douleur. Un animal qui sent qu'on va l'abattre. La civière soulevée, chahutée, des plaintes, la lueur des phares dans la nuit, le roulis d'un camion sur une mauvaise route, le sommeil qui sauve et ce silence. Refermer les yeux sur l'aube grise, floutée derrière des vitres inconnues, échapper à l'instant, retenir le passé, le faire défiler, s'y agripper pour se sauver.

Enfant, son père lui avait offert les six volumes du *Comte de Monte-Cristo*. Les illustrations effrayantes de l'édition Calmann-Lévy, maintes fois observées dans la pénombre de sa chambre, avant de s'endormir, s'invitent de nouveau, messagères après un long voyage. Sur la page de garde du premier volume, l'homme est enchaîné, un anneau de fer entrave ses jambes recouvertes de lambeaux. Appuyé sur un mur dont la saleté et l'humidité traversent la page et pénètrent dans la chambre, le prisonnier compte les heures, puis les jours, l'espoir s'amenuise, les repères s'évanouissent sur une ligne infinie. Adrien est Edmond Dantès. Il sait que le prisonnier va s'échapper de sa geôle, mais il sait aussi qu'il n'aura jamais la force de le suivre, de plonger dans les eaux profondes pour en surgir tel Poséidon hors l'écume. Il le voit sur l'image, cheveux longs, barbe drue, maigre mais porté par l'espérance, il retrouve la vigueur, la puissance, le désir de vivre. Tout ce qui lui manque. Au fond de la basse-fosse, en arrière-plan, dans un coin obscur, la silhouette effacée d'un personnage sans âge. C'est l'espoir auquel il s'accroche, trouver celui qui va lui transmettre sa force, le soutenir, le guider pour retrouver sa vie.

Le jour s'était levé, pas à pas, précisant au rythme d'une lampe dont on règle l'intensité les lignes d'ombre et de lumière, le mouvement des arbres dans la cour et leur jeu sur les murs et le plafond. Quelqu'un respire à côté de lui. Sous ses doigts, le bandage épais qui recouvre dans une symétrie presque parfaite la moitié de son visage ; un œil, une narine, une demi-moustache, et plus bas, sa langue libre, soudain, que n'arrête plus l'intérieur d'une joue disparue. Il s'entend parler une langue étrangère d'une voix qui n'est pas la sienne. S'il appelle son voisin, l'entendra-t-il ? Le souffle, la cadence de sa respiration résonnent à son oreille. L'homme a tourné légèrement la tête, son visage est paisible, celui d'un homme qui dort.

Adrien reste ainsi, immobile, aimanté par le profil parfait, intact, de ce visage inconnu. Ses mains reposent, jointes, près de sa tempe. De larges et solides mains de paysan, d'artisan, de bûcheron ou de sculpteur. Imaginer ses vies possibles et les accepter toutes, plutôt que de porter la sienne.

Cet homme allongé souffrira peut-être dès le sommeil dissipé. Adrien allait l'entendre geindre, hurler, appeler, comme il lui semble entendre l'humanité entière gémir depuis des jours. Il allait habiter désormais dans ce pays-là, celui dont les règles et les codes sont singuliers. Il vivait depuis tant d'années entre ses frontières, sans le connaître vraiment. Ce pays où l'on envie le moins blessé que soi, où l'on échangerait sa vie sans réfléchir et sans regret avec celle d'un autre qui peut encore sourire.

Le jour de la mobilisation générale, chacun savait exactement où il se trouvait. Mieux encore, exactement ce qu'il était en train de faire. Adrien était le matin même venu réclamer au secrétariat de l'hôpital un congé très attendu et toujours retardé. Il faisait chaud dans les rues étroites et privées d'air du vieux Lyon et Mathilde s'impatientait. Il lui tardait de fuir vers la campagne pour permettre à Anna de courir à son aise dans le jardin de ses beaux-parents. Deux semaines de vacances après des mois de tension dans le service des maladies infectieuses de l'Hôtel-Dieu où il exerçait depuis la fin de son internat. L'accord de congé en poche, c'est d'un pas léger, insouciant, qu'Adrien traversait le pont du Change pour annoncer à Mathilde un été de bonheur. Soudain, la cloche de la cathédrale Saint-Jean, d'abord lourdement, lentement, puis de plus en plus fort, s'était mise à sonner à un rythme inhabituel. Les passants s'étaient arrêtés, ils s'étaient regardés les uns les autres, figés. Ils avaient compris. C'était le tocsin. Dans un silence hébété, ils avaient levé les yeux vers le clocher, espérant une erreur, mais l'écho lointain des églises de la ville confirmait le verdict. La guerre ! Adrien comptait parmi ceux qui ne croyaient pas qu'elle fût fatale. Naïf, certainement, surtout noyé dans le travail, les journées interminables dans les vapeurs de mercure. Pourtant, depuis plusieurs jours, il était témoin de mouvements de réservistes aux abords de la gare, de camions bâchés plus nombreux dans les rues et de crieurs de journaux alarmistes pris d'assaut par des passants inquiets. Quand il était arrivé sur la place devant chez lui, un rassemblement s'était formé spontanément et des clameurs de « Vive Poincaré », sur fond de *Marseillaise*, s'élevaient dans le ciel bleu chargé de chaleur blanche d'un début de mois d'août. Le carton lui octroyant un congé plié au fond de sa poche lui serait désormais inutile. Adrien allait devoir rejoindre rapidement sa caserne d'affectation.

Qu'elle était jolie, Mathilde, ce jour-là. Elle l'accueillit pieds nus dans une robe légère. Pourquoi n'avait-il aucun souvenir du motif de cette robe alors qu'il sentait encore les gouttelettes salées qui perlaient sur son cou ? Sa peau humide accrochait la lumière. Anna dormait, accablée de chaleur, à l'ombre des persiennes fermées sur l'agitation extérieure qui allait durer toute la nuit. La ville voulait profiter de la fête, de l'afflux de jeunes soldats enthousiastes et conquérants. À l'abri, pour si peu de temps encore, Mathilde et Adrien s'étaient aimés.

Ils firent leurs valises ensemble, en silence. Mathilde, après l'avoir accompagné, prendrait le train pour le Sud.

Sa vie, Adrien l'avait serrée fort contre sa poitrine, embrassée de tout son souffle sur le quai d'une gare devenue scène d'opéra, de ballet et de tous les spectacles vivants mêlés dans une folie de musique, de danses, de farandoles, d'uniformes garance, de fiers képis, de chapeaux fleuris, de femmes en larmes et d'enfants perdus. Puis, il l'avait regardée s'éloigner dans la vapeur d'un train. Le sifflement, comme les trompettes au départ d'une noce, couvrait les voix, les hourras, les cris et les pleurs d'un monde construit, compréhensible et cohérent où tout semblait en place.

Jusqu'à ce jour Adrien avait choisi d'ignorer la fragilité de son existence.

***

Adrien a soif. Terriblement soif. Sa langue asséchée cherche obstinément la bande rugueuse qui lui tient lieu de joue. Elle se heurte aux dents éparses. La douleur, profonde, vive, celle du coup de poing reçu en pleine figure, au premier jour de collège, quand un pensionnaire plus âgé l'avait traité de « fils de divorcé » et que la colère lui avait fait présumer de ses forces.

Sa gorge est un désert aride que l'infirmière hydrate à l'aide du bec de canard par la narine libre de pansement, mais le bouillon salé ne calme en rien la sensation intense, permanente, obsédante de brûlure. Le liquide coule directement dans sa gorge sans rafraîchir la bouche. Adrien doit penser à autre chose, fixer son attention ailleurs.

Il retrouve son lit d'enfant, rue Saint-Benoît à Lyon. Il avait inventé un stratagème pour ne plus entendre les éclats de voix de ses parents derrière la cloison. Il plongeait profondément dans l'univers des personnages du papier peint en toile de Jouy, dessins bistres sur fond écru. Paysages naïfs où les cochers agitent leur fouet, les bœufs attelés tirent des charrettes chargées de foin sur lesquelles des enfants s'amusent. Des jeunes filles à la rivière s'abritent sous leurs ombrelles. Adrien avait tant d'histoires à vivre, il oubliait sa chambre et les terribles scènes de la pièce à côté qui le terrifiaient.

Mais, cloué dans ce lit, son regard tronqué se heurte au plafond blanc, au montant de bois d'un paravent et plus haut sur le mur d'en face au corps du Christ crucifié. La Passion, voilà de quoi le divertir. Dommage qu'il ne puisse plus sourire.

Une poire, le parfum doucereux de la poire, quelqu'un près de lui épluche le fruit. Le son est si proche qu'il entend le couteau glisser sous la peau. Échapper à la torture, trouver la force nécessaire, se souvenir des instants les plus douloureux de sa vie, ceux dont il ne pensait jamais se relever, et se prouver qu'il va survivre. Adrien sait ce qu'il en est des blessures de la face. Ce sont les plus impressionnantes, les plus abominables, il a posé lui-même maintes fois le diagnostic. Ce ne sont pas les plus graves, si le cerveau n'est pas atteint, aucun organe vital dans cette partie du corps. Il se surprend à réciter une leçon bien apprise, froidement, comme devant un médecin chef, rodé à garder la distance nécessaire à l'action.

Mais, c'est une prière qu'il adresse au crucifié de bois qui semble ne pas le quitter des yeux. Mon Dieu, aidez-moi, jamais, je le sais, je ne pourrai prendre Anna dans mes bras sans l'effrayer, et Mathilde, oh Mathilde, osera-t-elle encore poser sa bouche...

Les larmes, l'écume entre les lèvres, un océan de chagrin.

Les paroles d'un médecin blessé au bras, dont l'amputation semblait inévitable, lui reviennent... « Pour nous, médecins, c'est pire, nous savons ce qu'il en est, et nous savons à l'avance si nous allons mourir. Le soldat ne sait rien, la maladie et la mort le prennent par surprise. Le paysan a vu souffrir les bêtes, il a dû parfois les achever, mais il espère et s'en remet à nous. »

Ces pensées en désordre n'ont permis qu'à quelques secondes de s'écouler et le feu reprend de plus belle. Adrien sent la salive inonder le linge autour de son cou. Impossible à contrôler, elle s'échappe, fuit, se refuse même à le désaltérer.

Et ce parfum de fruit, le bruit du couteau dans l'assiette, une vie tout entière qui s'effondre et ne rêver que de cela...

Des notes de musique, tout près de lui. Un harmonica, le début d'une rengaine et la voix feutrée d'une femme qui demande au musicien de faire silence. Adrien souhaiterait tant qu'il continue...

Une suite de secondes accumulées en minutes puis en heures. Ni début ni fin, le jour puis la nuit, entrecoupés de plages de sommeil, durement arrachées, gagnées sur la douleur et la soif. Écorché vif pendant les soins dont il énumère et anticipe mentalement chaque étape. Il observe les infirmières, consciencieuses et concentrées sur les ordres donnés par un confrère. Avait-il un jour été celui-là ?

Le médecin prononce des paroles censées le réconforter. Adrien reconnaît la manœuvre. La blouse blanche cherche ses mots, évite son regard, pose longuement sa main sur son épaule. Cet homme a pitié de lui. Ils ne sont plus semblables. Adrien est de l'autre côté.

Il perçoit dans les yeux de ces femmes, dans ce petit tremblement qui agite leurs pommettes, le dégoût que leur inspire la plaie béante qu'elles doivent protéger de toute infection. L'odeur est écœurante, il souhaiterait leur expliquer pour s'en excuser la réaction chimique qui en est à l'origine, mais le temps n'est plus où il pouvait dispenser un cours.

« Le projectile touche sa cible et pénètre dans les chairs à une température de deux cent cinquante degrés. Il s'ensuit une brûlure intense suivie d'une fermentation rapide, d'où l'odeur de latrines. Voilà mesdames pourquoi je pue ! » Le chlorure de chaux est l'antiseptique des fosses d'aisance, l'hypochlorite, son dérivé dont elles le saupoudrent généreusement, est tout indiqué pour ce type de plaies.

Elles glissent une planche sous ses oreillers, qu'elles redressent, lui rappelant ce qu'il ne sait que trop. En aucun cas il ne doit se trouver en position allongée, au risque d'obstruer la trachée avec sa langue ou des lambeaux de chair molle.

Le chirurgien l'autorise à se lever, faire quelques pas. Les infirmières, en partant, laissent sur le lit une ardoise d'écolier et deux bâtons de craie blanche.

***

Adrien craint d'effrayer son voisin avec son œil de cyclope et ces linges mêlés de bave et de sang qui gouttent en permanence de son menton et l'obligent à maintenir une cuvette émaillée pour éviter de souiller son lit.

L'homme est un soldat semblable à ceux qu'il a vus défiler dans son poste de secours. Des gars du dehors, de la peine et du labeur. Des corps et des mains marqués, d'ouvriers, de paysans ou d'artisans. Des gars des premières lignes.

Celui-là ose à peine poser les lèvres sur son harmonica de peur de l'importuner. Il fait partie de cette masse de soldats que les gradés, officiers et médecins, l'élite de ce nouveau monde des tranchées, considèrent comme un tout indistinct, un ensemble informe. Un seul visage, sale, mal rasé. Un seul corps, voûté, soumis. Redressez-vous, que diable, vous défendez la patrie ! Un troupeau sans nom ni histoire. On les tutoie, pourtant on ne les connaît pas.

Parfois, parmi eux, une posture, une tenue, un langage différent. Dans le même uniforme, sous la même poussière, Adrien les remarquait. Ils avaient dans les yeux le semblable étonnement devant la laideur alentour. Cet écrivain que les rhumatismes aigus empêchaient de courir aussi vite que le lui ordonnait le capitaine, ou ce musicien souffrant de bronchite chronique qui ne supportait plus l'humidité glaciale des cagnas.

Dans cette misère, le plus infime des conforts est criant d'injustice. Adrien se doutait que les infirmières avaient prévenu le soldat de son statut d'officier. Un galon invisible devait être cousu sur sa chemise de bure.

Son voisin ménage son repos, il ne joue pas de son instrument comme il l'aurait fait à côté d'un autre. Adrien les entend. Ils doivent être deux ou trois, les accents s'emmêlent, ils plaisantent, se déplacent pour entourer un des leurs, celui qui ne peut pas bouger, lui tenir compagnie. Ils jouent aux cartes, Adrien les entend jurer, fumer, passer le temps. Adrien est seul. Protégé mais seul. Derrière ce paravent entrouvert, à peine déplié, juste son voisin, puis le regard arrêté par le mur. Il doit trouver la force et l'envie de se lever, retrouver le monde ordinaire, en étant à jamais différent.

La nature de sa blessure n'est pas seule en cause.

Jamais il n'avait dormi dans un lit creusé à même la terre, le corps plié sous une capote humide, une ordonnance avait veillé à l'entretien de son linge, à l'amélioration de ses repas. Adrien n'avait jamais effectué les corvées pénibles et avilissantes de leur quotidien. Jamais creusé le trou pour enterrer un copain ou un frère. Ils le savaient et s'ils étaient tous ou presque sous le même feu, c'était une circonstance exceptionnelle qui lui avait fait avaler la même terre et l'avait conduit ici, dans la même salle où, désormais, il était devenu un corps blessé, un homme malheureux, comme eux.

***

Abel n'en revenait pas. C'était son gars ! L'Émile avait donc réussi. Pas un jour sans qu'Abel se soit demandé ce qu'ils étaient devenus ces deux-là. Plus jamais entendu parler. C'était ça aussi cette saloperie de guerre, tu t'attaches, tu es plus proche des gars que tu ne l'as jamais été dans la vie d'avant, tu prononces des « mon pote, mon frère de feu, de sang », des trucs comme ça, des conneries qui réchauffent. Tu partages tout avec eux. La trouille et le reste, c'est du vrai mortier. Tout ça et puis, plus rien. En une seconde, fauché à côté de toi le copain, ou disparu, si vite que tu t'attends toujours à le voir débouler du fond d'un boyau. Tu espères et puis tu ensevelis ça au fond, comme le reste. C'est ce qu'Abel avait fait pour l'Émile.

Et voilà celui-là qui revenait de chez les morts.

Mlle Levert avait sorti de la poche avant de son tablier deux grandes enveloppes blanches dont l'une était gansée de vert. Épaisses, du beau papier. « Vous les lui lirez s'il n'en a pas la force, je compte sur vous. » Quand elle avait tourné les talons, le gars geignait comme il l'avait fait toute la nuit.

Major Adrien Delaitre, Médecin, c'était le nom sur les enveloppes.

Un toubib, ils avaient déterré un toubib. Mais qu'est-ce qu'il foutait là, sur le champ de bataille, en pleine castagne ?

Même les brancardiers et les infirmiers attendaient que ça se calme pour faire leur boulot.

Les toubibs restaient dans leur poste de secours, ou chez le gradé, pour accorder les permissions.

C'était ça ! Une perm, c'était là qu'Abel avait vu ce gars ! Voilà que ça lui revenait.

Le toubib avait les deux mains posées de chaque côté du registre, deux mains blanches, propres, soignées. Un rai de soleil filtrait à travers les tôles de l'abri du caporal, une petite flèche lumineuse s'amusait pile dans le mille sur le doigt, ses rayons dansaient sur la chevalière. Abel avait parfois remarqué le même effet au temple : toute la lumière sur un détail du vitrail, le bas d'une tunique, le pli d'un châle. On ne voyait plus que lui. Alors un carré d'or plein de soleil, cela ne s'oublie pas.

En plus, le toubib avait vraiment été chouette, la perm d'Henry Parfait, ce n'était pas gagné. Il a tout lu dans les yeux du gamin qui essayait de bien répondre aux questions vicieuses du gradé. Le médecin a fait mine de gober l'histoire de la mère si malade qu'il ne savait pas s'il arriverait à temps. Il a compris et le bruit du tampon sur le laissez-passer, Abel ne l'avait pas oublié.

Le môme lui avait demandé de l'accompagner. Abel avait accepté, le gamin lui faisait un peu pitié.

On se foutait de lui, avec son nom. « Parfaitement, mon cher Parfait, tout est parfait. » Sur tous les tons et en musique. À tout bout de champ, « Alors mon p'tit Parfait, c'est parfait ce que vous faites. » Même le sergent, le cantinier, l'aumônier, aussi tout le monde rigolait. Une vraie cour d'école. Il ne leur en fallait pas beaucoup. Et puis, c'était un gentil, un timide, il souriait et laissait faire. Il aimait bien Abel. Quinze ans les séparaient, ça le rassurait, et puis ils venaient du même monde. Sur les bancs de l'école, il avait appris à haïr le Boche. Dans la cour, comme tous ceux de sa génération, il avait défilé un fusil en bois à l'épaule. L'instituteur, dans sa dictée, appuyait sur les deux « n » du mot honneur et ses poésies faisaient rimer les braves, le courage, mon pays, la patrie. Dans ses biberons, déjà du lait patriotique. Trop jeune pour oser la critique, trop candide pour remettre en question le discours universel du père, de l'instituteur et du curé. Quand on était venu le chercher dans sa ferme du Perche, Parfait était fin prêt, gonflé comme le dirigeable qui sifflait parfois au-dessus de leurs têtes.

Mais voilà, maintenant, Parfait, il n'en pouvait plus. Rien de grave, aucune blessure ni maladie déclarée. Aucune raison répertoriée qui pourrait le conduire à l'arrière. Non, juste la seule, l'unique et la plus grave des raisons. L'envie de foutre le camp, le plus vite possible, tout de suite, rentrer chez lui, retrouver l'automne de sa terre et leur crier à tous que s'il n'avait pas oublié la ligne de sa récitation qui disait que « le brave, s'il meurt, laisse à sa famille un nom respecté », lui, il voulait vivre. L'heure de la récréation avait sonné, ici, les gamins ne jouaient pas à la guerre. Des mômes, Abel n'en avait pas, ou alors il ne les connaissait pas, et ce minot, il l'avait touché.

Ce genre d'envie, il ne fallait pas le dire trop fort. Pas question de démoraliser les troupes.

Les perms, ils les comptaient sur le bout des doigts, et sur une seule main. « Au compte-gouttes qu'ils nous les donnent, et encore bien bouché ! » Au début, il n'y en avait pas eu du tout, rien de prévu. Le pays était censé renvoyer le Boche vite fait bien fait chez sa Lorelei. Ça avait tourné autrement. Joffre s'en était mêlé et les gars comptaient leurs quatre mois pour avoir sept jours. Les chefs de corps décidaient de l'ordre des départs suivant des règles différentes selon les armées. Ancienneté, situation de famille, mérite sur le front. Les Parisiens gueulaient, les champs ne les attendaient pas. Le ton montait dans les cagnas et les gars criaient à l'injustice. Les gradés agitaient les perms comme le foin devant l'âne. Elles étaient réparties comme les marmites, attrape qui peut ! Abel s'était mêlé de cette histoire, ça lui rappelait le temps du poing levé et des combats syndicaux. La permission ne devait pas être une récompense mais un droit. Le bruit courait que Pétain les avait pas mal aidés sur ce coup-là, le général s'était fait des copains dans les boyaux.

Parfait, il en avait plein le dos, c'est tout. Il ne dormait plus, pourtant il s'était fabriqué un lit-cage avec du grillage en dessous et au-dessus pour se protéger des rats ; les troufions voulaient tous le même, il croulait sous les commandes. Il ne bouffait plus, même les gâteaux que le Breton recevait régulièrement de sa mère, des qui te tenaient au corps, il n'en voulait plus. Et puis, il chialait pour un oui, pour un non, et au dernier assaut, il s'était planqué dans un trou, complètement paniqué, il se tapait la tête contre ses genoux repliés. Le gradé ne l'avait pas vu et personne n'avait rien dit, mais la prochaine fois, c'était le peloton qui l'attendait le gamin…

Alors, quand il était parti, quand ses copains avaient vu sa musette s'éloigner, toute l'escouade avait le sourire. Un fils pour les vieux, un frère pour les autres, de l'espoir pour tous. Ils avaient gueulé : « Parfait mon Parfait ! » Le môme ne s'était pas retourné.

Et le toubib qui était couché là, à côté d'Abel, il savait bien, ce jour-là, qu'on le baratinait. Le gradé ne se serait pas laissé attendrir, il aurait peut-être mis Parfait aux arrêts pour lui apprendre à vouloir déserter. Mais le major, lui, il avait senti, juste en observant le p'tiot tortiller ses mains et baisser les yeux. Il les avait vues les larmes silencieuses qui se frayaient un petit chemin sur les joues creuses et pâles, il savait qu'il fallait lui permettre de retrouver le soleil.

***

Major Adrien Delaitre, c'était ce nom-là. Abel trouvait rudement jolies les écritures. La verte, c'était une femme, pour sûr. Il s'y connaissait. Il en avait tellement vu dans le trou. Certains en recevaient tous les jours. Celles des femmes, elles sentent bon, ou alors, il y a des petites taches blanches, laissées par les larmes, l'écriture est tremblante, inquiète, bref tu sais tout de suite.

Malgré sa cheville attelée et sa jambe maintenant plâtrée, le chirurgien avait conseillé à Abel de s'asseoir quelques heures par jour. C'était plus aisé pour taper une partie de manille coinchée à quatre autour du lit.

Le major était éveillé, il tenait son crachoir. L'infirmière était venue lui mettre des gouttes dans l'œil, son regard était embué, il n'y voyait plus grand-chose.

Abel lui a montré les lettres. Adrien a saisi un bâton de craie sur son chevet et a écrit maladroitement : « S'il vous plaît. »

Abel craignait de paraître couillon, de buter sur les mots. Il a décacheté la première. C'est qu'elle était longue cette bafouille, « on n'a pas idée d'écrire autant de mots ».

Levert comptait sur lui. « Ce qu'il ne faut pas faire pour ne pas décevoir une gironde. »

Mon bien-aimé fils,

Nous avons appris l'offensive sur le secteur où nous vous savons établi, mais il semble que plus de deux semaines se soient écoulées depuis cet événement qui nous a plongés dans une profonde inquiétude. Vous pouvez imaginer votre mère guettant chaque matin l'arrivée de notre facteur avec une impatience mêlée d'appréhension. Ce bon Ferdinand me trouve gelée, enveloppée dans mes châles près du portillon. Je vois sa sombre pèlerine arriver au loin et m'avance à sa rencontre. Aucune nouvelle depuis tant de jours, le brave homme reprend la route, laissant derrière lui quelques mots de réconfort. Il dit que l'absence de courrier est plutôt bon signe et que de nombreuses familles auraient préféré cela à la funeste missive bleue. J'aime à le croire. Jean tente de me rassurer car dans votre dernière lettre vous évoquez le nom d'une petite ville, non loin de votre position, qui semble plus à l'ouest que l'attaque retracée dans le journal. Vous connaissez Jean, il étudie attentivement les cartes. Il vous aime comme un fils, vous le savez, et c'est avec un cœur de père qu'il s'inquiète pour vous.

Peut-être n'avez-vous eu connaissance de cet assaut que par l'arrivée massive de blessés dans votre poste de secours. Les descriptions que vous nous en avez faites sont effrayantes et je vous reconnais bien du courage, ce qui ne m'étonne guère. Comme vous devez vous sentir loin de votre service à l'Hôtel-Dieu, mais les soldats, dans leur malheur, doivent être réconfortés par vos compétences médicales tout autant que par votre dévouement et votre bienveillance. Sachez mon enfant combien votre mère est fière de vous. Écrivez-moi vite, mon garçon, quelques mots pour nous rassurer, ne rien savoir est en effet la porte ouverte à toutes les mauvaises pensées. J'ai toujours confiance en l'issue de cette guerre et je demande à Dieu chaque jour de me faire grâce de vous retrouver pour connaître de nouveau la vie si douce et si paisible en famille. Que notre Seigneur mette vite un terme à ces souffrances dont vous êtes le témoin et dont nous mesurons les ravages dans de nombreux foyers autour de nous. L'autel du temple recueille nos prières. Poèmes, dessins d'enfants, bouquets de houx et de gui dans leurs rubans de couleur, toute la communauté pense à vous, fils chéris.

Mais arrêtons de parler de ces tristes choses, laissez-moi, mon grand, vous informer sur la vie du village et de ceux que vous chérissez tant.

Jean se rend régulièrement à l'hôpital mixte des contagieux du Teil.

Il seconde autant qu'il le peut l'équipe médicale dont les jeunes médecins, appelés comme vous, manquent cruellement. Comme dans l'armée, les aînés viennent en renfort accomplir leur devoir. Le joli coupe-papier que vous lui avez envoyé ne quitte pas son bureau. Votre infirmier a bien du talent, dans de telles conditions, réussir un si bel objet mérite notre admiration. Puissions-nous très vite nous en servir pour décacheter une de vos lettres tant attendues. Je serais bien malhonnête de reprocher à mon cher Jean son activité puisque je me rends moi aussi tous les matins seconder les sœurs de l'hôpital, place du champ de foire. Des enfants du pays, courageux comme vous l'êtes, sont de retour, mais si mal en point que mon cœur se serre devant ces jeunesses fauchées. Nous recevons aussi de nombreux Italiens fidèles à la France, incorporés dans un régiment de la Légion étrangère. C'est votre visage, votre silhouette que je vois en ces jeunes gens épuisés et malades. Nos blessés racontent le monde de là-haut, qui est le vôtre. Ils nous parlent des gaz dont il est difficile de se prémunir et qui s'infiltrent et s'insinuent au cœur de vos tranchées, de vos abris peut-être ? Pour ma part, je fais de mon mieux, je tiens, mon cher garçon, à ce que vous puissiez à votre retour être fier de votre mère.

Mathilde a la gentillesse de nous écrire souvent. Elle est bien occupée, elle aussi, dans son service de chirurgie. Courageuse et dévouée, heureusement secondée par votre belle-mère qui garde votre petite Anna. Soyez assuré que celle-ci grandit bien. Je vous retrouve dans ses yeux sombres et profonds. C'est une fillette malicieuse et vive, qui s'intéresse à tout. Nous en avons bien profité à Noël. Notre chatte avait mis bas la deuxième semaine de l'avent et Anna ne quittait les chatons que pour prendre ses repas et se serait endormie près du panier si sa mère n'avait veillé à ce qu'elle monte se coucher. Son papa lui manque, je suis certaine qu'elle vous envoie ses plus beaux dessins. Jean et moi trouvons qu'elle a le sens du détail et de l'observation, ce qui est un signe d'intelligence. Puissions-nous vite être réunis autour de cette charmante enfant.

Nous sommes allés dimanche dernier déjeuner à la Malautière. Emma était radieuse et la maison en fête. Votre cher ami Léopold venait profiter d'une permission auprès de sa mère. Nous l'avons trouvé très amaigri et fatigué, mais, a-t-il voulu nous préserver, il ne nous a parlé que de ses rencontres et de son travail avec les aumôniers du front. Nous lui savons gré de nous avoir caché les horreurs dont nous savons qu'il a été témoin mais ne sommes pas dupes.

Vous le connaissez notre missionnaire : sa foi profonde et sa belle âme lui font trouver en toutes circonstances une raison d'espérer en l'humanité. Je vous avoue avoir du mal à trouver en moi une telle force. Ma colère prend souvent le dessus, je suis loin d'être aussi bonne et pieuse que votre cher ami. C'est un être délicieux, d'un grand soutien pour sa pauvre mère, seule désormais. Méliquette avait cuisiné sa fameuse panna, j'ai honte de te dire combien nous nous sommes régalés, même si, a-t-elle regretté, à cause des restrictions elle y avait mis moins de beurre et de poudre d'amande. Comme vous aimiez jadis cette tarte à la courge ! Je ferme les yeux et revois votre frimousse maculée de sucre. Les souvenirs de nos étés dans cette maison pleine de rires d'enfants, si joyeuse, sont attachés à votre enfance. Ils me réchauffent le cœur et me tourmentent à la fois. Ce temps est révolu et notre vie bouleversée.

Mon fils bien-aimé, écrivez-nous vite. Je sais qu'il existe des cartes où le message se suffit à lui-même, je ne demande rien de plus qu'un signe de vous. Mon grand, mon petit, je vous envoie tout l'amour d'une mère, son attente, ses prières et mille baisers affectueux.

Cette mère inquiète aurait sûrement souhaité un autre porte-voix. Abel avait fait de son mieux mais sa langue avait fourché plus d'une fois. Concentré sur chaque mot qu'il s'appliquait à déchiffrer, il n'avait retenu que les marques d'affection. Il lui semblait en lire à chaque ligne. Cela saute aux yeux lorsque l'on n'en reçoit pas.

Les premiers temps, après son départ du pays, deux cartes par an, et encore, il avait parfois passé son tour. Une branche de houx sur fond de tissu rouge ou un bouquet de gui dans les bras d'une enfant souriante pour la Noël, une autre au cœur de l'été pour son anniversaire, un monument de la région, un paysage qu'il devinait acheté à la va-vite au marchand ambulant. Quelques mots, que l'on écrit sans les choisir, bonne année, bon anniversaire, bons baisers, de ce genre-là, dont la banalité fait regretter de les avoir reçus.

Abel avait été surpris par le nom d'un village cité dans la lettre. Chaque année, son père les emmenait en carriole aux castagnades du Teil. Ils partaient avant l'aube, le voyage semblait long. Sous la halle aux marrons, des montagnes de châtaignes et la promesse d'une journée de fête et de gourmandises. S'agissait-il du même village ?

Mais le major s'impatientait, il attendait la seconde lettre. Abel avait la gorge sèche, il aurait bien bu une chopine, et celle-là était encore sacrément longue. Ça en ferait rire plus d'un de le voir obligé de faire ses devoirs comme à l'école. Devant ce pauvre gars, Abel devenait bon élève.

Mon cher ami, mon cher confrère,

Je profite d'une légère accalmie dans le service pour prendre la plume et un peu de temps pour venir discuter avec toi. C'était notre heure, t'en souviens-tu ? Après le déjeuner, autour d'une tasse de café et d'un de ces fins cigares cubains que nous fournissait le chef de service de chirurgie orthopédique, Pelletier. Louis Pelletier, lui aussi est sur le front. Nos conversations me manquent, cher Adrien. Tu peux m'imaginer dans notre salle de garde devenue réserve de matériel en tout genre, envoyé par les bonnes œuvres. J'ai dégagé avec peine un coin de table pour t'écrire entre les piles de vêtements, les linges découpés et cousus pour faire office de pansements, les livres et les couvertures. L'hôpital est devenu un centre de secours autant qu'un lieu de soins. Le gardien reçoit chaque jour plus de colis et les dames de la paroisse œuvrent du matin au soir. Notre local s'est aussi transformé en quartier général. Au mur, une immense carte, baptisée théâtre de guerre, nous permet de localiser nos troupes. Le terme est mal choisi, il me choque car ce que vous vivez n'a rien d'un spectacle, je ne sais qui a eu cette idée, mais mon cher ami, comme tu le sais, bien des choses ont changé ici. L'Hôtel-Dieu a été réquisitionné et transformé en hôpital militaire, mais la situation empire. Il nous a été demandé de renvoyer autant que possible les malades civils chez eux ou d'organiser leur transfert vers d'autres établissements. Nous recevons de nombreux blessés venant du front, acheminés par le train, puis le tramway jusqu'à la porte principale du quai du Rhône. Nous comptions le mois dernier près de 1 200 patients. Et pour répondre à cet afflux, l'effectif de soignants a terriblement diminué. Je crois que nous ne sommes plus que 53 membres du personnel médical, mobilisés sur place ou inaptes militairement, sur les 294 d'avant-guerre, et toute la pyramide est impactée, la moitié des internes et des externes sont eux aussi partis. Ne restent que des retraités et des étudiants peu expérimentés. De même pour le personnel infirmier et administratif. Heureusement que les sœurs hospitalières font preuve d'un remarquable dévouement. Tu serais étonné, mon ami, de voir notre belle ville de Lyon devenue une ville-hôpital. Des hôpitaux auxiliaires fleurissent partout. L'infirmerie protestante consacre aux blessés deux salles d'opération et une salle de radio. Des hôpitaux bénévoles sont gérés par des associations, des particuliers, l'Armée du Salut, des propriétaires d'hôtels.

Tu te souviens de notre visite en famille des pavillons étonnants de l'Exposition universelle en mai 1914 et de ce hall magnifique, véritable chef-d'œuvre architectural. Je te revois, ta petite sur les épaules, tu étais plein d'admiration devant l'audacieuse charpente métallique qui culminait vingt mètres au-dessus de nos têtes sans supports intermédiaires. Nos esprits scientifiques étaient fascinés. Eh bien, sache qu'aujourd'hui cet endroit accueille des cohortes de pauvres hères, éclopés, miséreux, qui arrivent toujours plus nombreux. Je reçois cet après-midi la religieuse responsable des missions africaines en demande de matériel et demain une délégation de l'Union des femmes de France. Tu vois, notre métier a lui aussi changé, nous sortons de nos cabinets et de nos salles d'opération pour former et soutenir les multiples initiatives des uns et des autres unis dans un même espoir : sauver, soigner et réparer autant que faire se peut ce que cette guerre s'obstine à détruire. J'ai conscience que pour beaucoup d'entre vous nous sommes chanceux, à l'abri derrière les hauts murs de nos bâtiments, dans la chaleur de nos foyers. Vous avez raison, mais qu'adviendrait-il de tous ces gens si nous étions tous partis combattre ? Les blessures, comme les récits qui nous arrivent, sont inimaginables, je ne peux en effet me représenter précisément ta vie quotidienne et les conditions dans lesquelles tu tentes d'exercer ton métier. J'ai soigné récemment un homme qui se disait heureux d'avoir eu les pieds gelés, ce qui avait permis son évacuation. Cet homme ne marchera plus jamais, mais il rentre chez lui. Certains désespérés se seraient mutilés volontairement, je n'ose le croire.

Cher Adrien, j'ai croisé ta charmante épouse dans un couloir du service de chirurgie, elle semblait terriblement inquiète car sans nouvelles depuis plusieurs jours. Je l'ai rassurée, le service postal fonctionne très mal. J'ai lu qu'un demi-million de lettres et près de 40 000 colis arrivent quotidiennement aux soldats mobilisés. Quelle organisation faut-il mettre en place devant cette masse de courrier à traiter ! J'ai rappelé à Mathilde qu'il faut encore que la lettre trouve son destinataire malgré les mouvements de vos régiments, et les difficultés sont certainement les mêmes dans l'autre sens. Je le lui ai dit autant pour m'en persuader que pour soulager son inquiétude. Nous nous accrochons à toutes ces explications raisonnables comme des noyés à leur radeau, pour garder l'espoir. Nous recevons tellement d'informations contradictoires. Les journaux ne livrent jamais la même version que les permissionnaires ou nos patients.

Un permissionnaire, justement, m'a interpellé l'autre soir, devant l'opéra. Il pensait certainement que je m'y rendais, alors que je rentrais à pied chez moi. L'homme était casqué, sale, en capote fanée et gros souliers. Sa tenue jurait, crois-moi, avec les vareuses en drap fin, les culottes ajustées et les chapeaux de ces messieurs bavards attendant le début du spectacle. Il s'est approché de moi et m'a traité de « salaud d'embusqué ». Je l'ai trouvé bien injuste, mais comment lui en vouloir ? Certains jours, jamais tu ne croirais que nous sommes en guerre, plus elle dure, plus certains s'amusent. Autos superbes, femmes chics au parfum de poudre de riz promenant leur petit chien, restaurants, magasins et salles de cinéma pleins. J'ai passé mon chemin sous les quolibets de ce malheureux, il avait probablement abusé de l'absinthe mais je ne l'ai pas blâmé. Ces deux mondes ne peuvent cohabiter. J'espère qu'il n'a pas entendu les chanteurs et comiques troupiers qui transforment la guerre en spectacle et en farce.

Loin de moi cette idée, mon pauvre ami, je pense à toi chaque jour en enfilant ma blouse. Je sais que tu accomplis le même geste. J'attends celui où nous mettrons tous deux gants et masques et où nous poursuivrons ensemble ce pour quoi nous sommes faits. Cette mission et notre foi nous réunissent. À bientôt, mon cher ami, puissent mes pensées t'accompagner. Courage, tout cela finira bien un jour. Un mot de ta main me ferait grand plaisir.

Ton ami dévoué et sincère, ton collègue impatient,
Charles Courteil

À lire lentement, à ânonner chaque syllabe, Abel aurait bien eu besoin de la relire celle-là, le coup du permissionnaire, la poudre de riz, l'absinthe, tout ça il aurait bien voulu, mais le toubib serrait déjà les feuillets contre lui.

***

Depuis l'arrivée en fanfare de son mystérieux voisin, les gars venaient aux nouvelles du côté d'Abel, intrigués par les borborygmes à l'heure de la soupe. Il y avait le bruit, derrière le paravent, et personne n'avait raté le long tuyau en caoutchouc sur le chariot des infirmières. Aux heures vides de fin de journée, ils revenaient aussi réclamer de la musique. D'habitude, si Abel n'avait trop mal, il sortait l'harmonica, acheté avec sa première paye rue Grande, à Valence, et dans la salle, ça reprenait en chœur : *V'là les poilus, Vive le pinard, Auprès de ma blonde*... Celle-là, les infirmières l'aimaient bien, elles rappliquaient et ça chantait à tue-tête, pour un peu ils auraient oublié... Mais depuis qu'ils avaient un locataire de marque, il fallait se tenir. C'est ce qu'Abel expliquait à l'attroupement autour de son lit.

Mais un soir, avec sa barbe de coton virant au rouge, le toubib a tendu son ardoise à Abel, sur laquelle en gros caractères, il avait écrit, donnant à ses mots la force d'un ordre : « JOUEZ ! »

Abel s'était demandé s'ils ne s'étaient pas tous trompés en évitant de faire du bruit autour de lui.

Le major ne pouvait pas sourire mais plissait son unique œil, cherchant à le convaincre. Bientôt, de tous les lits d'éclopés, des bancs des joueurs de dés, du couloir des infirmières, ça montait et s'embrasait sur l'air de *Sous les ponts de Paris*, suivit de *La Madelon*, *Quand un soldat s'en va-t-en guerre*. Le musicien répondait aux demandes des uns et des autres. Le major battait la mesure, la chevalière s'animait. Mais lorsque une larme venait rejoindre le pansement ensanglanté, il regagnait son lit de peine et dépliait le paravent.

L'infirmière venait régulièrement changer le linge qu'il portait maintenant en couverture, comme chez le barbier. Un filet de bave continu, de bulles transparentes s'amassait au bord des lèvres : il était incapable de déglutir. Il n'avait pas supporté la mentonnière. Abel comprenait, pauvre gars, obligé de respirer sans arrêt ce bassin plein de bile... Une seconde opération n'avait pas résolu le problème. Plus que l'impressionnant bandage qui laissait imaginer la friche du dessous, c'était cette fuite incessante qui le retenait la plupart du temps dans sa cachette. Devant Abel, il avait adopté ce geste pudique d'accrocher sa main à l'épaule opposée, en écharpe, afin de lui éviter un spectacle incommodant. Plus d'une fois Abel avait déplié son bras, gardé quelques secondes sa main dans la sienne, lui répétant qu'il n'avait pas à se cacher.

Plus d'une fois aussi les mots s'étaient cognés dans sa bouche, mais Abel n'avait jamais réussi à les prononcer. Le major ne pouvait pas parler, lui n'osait pas. Il aurait fallu reprendre toute l'histoire, il n'en avait ni l'envie ni le courage. Et puis, vu son état, Abel craignait surtout qu'il ne lui en veuille de l'avoir sorti du trou.

Adrien était un des rares à pouvoir se déplacer facilement, aller aux latrines, sur le palier, derrière cette porte vitrée dont Abel n'avait jamais franchi le seuil. S'il l'avait souhaité, il aurait pu s'asseoir sur une des chaises près du poêle, profiter des journaux, des jeux de solitaire à leur disposition. Peut-être même l'aurait-on laissé descendre faire quelques pas dans la cour, sous les marronniers. Un uniforme flambant neuf, revenu de la laverie, attendait sur un cintre accroché au montant du paravent : pantalon et capote en drap bleu, passepoils rouges, boutons et galons d'or. Pourtant, il préférait rester des heures allongé, prostré, serrant sur sa poitrine les lettres qu'il recevait presque tous les jours et qu'il arrivait maintenant à lire seul. Il partageait avec les hommes de troupe l'instant fébrile de l'attente qui suivait l'annonce à la cantonade d'un brancardier devenu facteur : « Aux lettres ! Aux lettres ! » Un vrai clairon ! On l'entendait depuis le bas de l'escalier et même les plus mal en point se redressaient, portés par l'espoir. Une fois la lettre en main, comme les autres, Adrien n'était plus pressé de la lire, pour ne pas dépenser la joie d'un seul coup, la goûter à petits mots. Il lui arrivait de tendre un de ses courriers à son voisin, comme pour s'excuser d'en recevoir tant. Aucun autre gars ne faisait ça, même le cul-de-jatte en face d'Abel qui empilait ses paquets de lettres sur sa table de nuit. Il lui faudrait bientôt une étagère à ce veinard ! Les mots qui viennent de là-bas, de l'autre vie, quand on en a, on les garde pour soi.

Pas lui.

Oui, il posait le joli papier sur le lit. Alors, Abel lisait des nouvelles de gens qu'il ne connaissait pas mais qui, au fil des lettres, lui devenaient familiers. Anna, Mathilde, Jean et les autres, c'était bon de les retrouver. Ils n'étaient pas de son monde, mais l'amitié, les sentiments, les inquiétudes et les espoirs lui paraissaient les mêmes. Ce sont les familles et le cours de la vie qui sont différents. Les mots pour les dire aussi.

L'arrivée d'un colis était un moment moins solitaire. Les oranges, jambons et chocolats se partageaient, chacun y allait de son souvenir, de son anecdote à propos des spécialités régionales, et la salle commune s'emplissait de parfums venus des quatre coins du pays. Certains jours, Abel n'avait pas le cœur à participer à l'agitation générale, il imaginait combien cela devait être cruel pour son voisin qui s'isolait derrière sa toile.

Leur communication, grâce à l'ardoise, réduite jusque-là à l'usage de quelques mots essentiels, avait pris un soir un ton différent.

Les dernières lampes éteintes, il ne restait plus que la veilleuse du palier et les chandelles des rares lecteurs. Abel s'apprêtait à dormir quand tout à coup le major s'était dressé debout contre son lit et avait saisi son épaule d'une main ferme. Il paraissait plus grand que d'ordinaire, maigre, décharné dans sa chemise de nuit. La blancheur des bandes et de la serviette autour du cou sautait aux yeux dans la pénombre comme des plaques de neige sur le chemin, à la nuit tombée. Il a tendu son ardoise, dont les lettres, elles aussi, crevaient l'obscurité. : PARLEZ-MOI DE VOUS. Ce n'était plus un ordre mais une prière.

Quatrième partie

Leurs mille et une nuits

Que de soirs pour un seul matin !

Henri Michaux

Va parler sur commande toi !

Et puis, il se faisait tard. Abel avait pitié de lui avec sa gueule empaquetée et sa bave de vieillard, il voulait bien l'aider, mais là, comme ça, au fond de son pageot, à cette heure, il ne voyait pas bien de quoi causer. En plus, avec un gars qui ne peut pas discuter, à part griffonner quelques mots avec sa craie, ce n'était pas commode. Adrien a dû voir à son air qu'il n'était pas emballé, mais avant même qu'Abel ne lui souhaite bonne nuit et qu'on verrait demain pour la causette, il avait posé sa question sur l'ardoise. UNE FEMME ?

Abel s'est revu à l'école, à l'heure d'écrire les devoirs, quand le maître dictait le sujet de la prochaine rédaction. L'automne, la transhumance, la fête au village. Il fallait se creuser la cervelle. Abel aurait pu lui parler quelques minutes, histoire de ne pas lui faire de peine, de là où il venait, des collines, de la famille ou du boulot, de l'usine, mais les femmes, c'était autre chose. Et puis y penser allait l'empêcher de dormir, pour sûr. Mais le toubib ne bougeait pas, tenant fermement son écriteau. Dans la pénombre, avec son seul œil, Abel s'était demandé comment les gars du gourbi l'auraient rebaptisé, ils aimaient bien trouver un p'tit nom à chacun. Il n'avait pas eu le temps de chercher. Il avait compris qu'il n'allait pas pouvoir pioncer tranquille.

Et puis, Abel ne racontait pas souvent, il causait mais ne racontait pas. Il haranguait fort sur les cageots quand il voulait que les gars de l'usine l'écoutent. Il fallait les réveiller, il ne connaissait pas ça le toubib, mais c'était tout un art de les amener un à un jusqu'à toi, les obliger à te regarder, de loin d'abord, puis petit à petit, les voir faire un pas, puis deux, puis venir carrément entourer le cageot. Décider les indécis. Les timides, les trouillards, Abel ne voulait pas le savoir. Ce qu'il voulait, c'est qu'ils viennent, il les sentait qui se rapprochaient, ça pue les tanneurs, et plus ça puait, plus il parlait fort. Ça, il savait faire, mais les causeries de ce genre-là, c'était pas son fort.

En plus, s'il avait bien lu, le mot sur l'ardoise était écrit au singulier.

Adrien avait hoché sa pauvre tête, un petit geste penché, comme les loirs sous le toit des granges qui te narguent et te défient. Il avait ajouté les mains, ça voulait dire : « Allez mon gars, s'il te plaît. »

Alors Abel avait remonté l'oreiller dans son dos, Adrien était retourné s'allonger et… Il avait écouté l'histoire de Rose.

Rose n'avait pas de nom de famille. Et ce n'était pas non plus ce prénom que son père avait déclaré à la mairie d'un petit village pas loin de chez Abel, plus bas dans la vallée. Il avait dit Élise à la préposée, elle avait trouvé ça joli. Il était cordonnier. La famille vivait chichement mais paisiblement. Élise grandissait entourée de sa mère, de sa grand-mère et d'une sœur plus jeune. L'atelier, sur la place du village, ne désemplissait pas, lieu de rendez-vous des commères et de tous ceux qui appréciaient l'humeur joyeuse du bonhomme et l'accueil de sa femme...

Abel avait l'impression de commencer à raconter un conte de fées à un gamin, ce qu'il n'avait jamais eu l'occasion de faire. Là, en face de lui, un toubib d'à peu près son âge, défiguré, la gueule empaquetée comme un nouveau-né dans ses langes. Il a continué...

Mais voilà, la vie est chienne le plus souvent et le malheur, un engrenage de malheurs, fait tout exploser d'un coup de sabot. Une histoire tellement banale, rencontrée si souvent qu'on peine à y croire. Dans l'ordre : la maladie du père, sa mort, l'atelier au rideau fermé, la mère qui s'épuise à la filature pour nourrir les enfants, un beau-père grande gueule et la jolie fille qui s'en va rêver sur les bords du Jabron dans les bras d'un jeunot qui lui fait tout oublier sous les caresses. La suite ? Prévisible, elle aussi. Un enfant qui s'annonce, le joli cœur qui change d'adresse et le beau-père qui se fâche violemment. Élise a chargé son baluchon et sous les pleurs de sa mère elle a pris le chemin vers la ville avec son petit. Il y eut bien quelqu'un pour lui tendre la main, une blanchisseuse en mal d'enfant qui l'a logée et embauchée quelque temps, mais le mari lorgnait un peu trop le corsage d'Élise, elle s'est de nouveau retrouvée à la rue !

Le major s'était redressé. L'histoire d'Abel l'intéressait, il n'avait pas dû en rencontrer beaucoup des filles comme ça, ils ne dansaient pas aux mêmes bals. Abel sentait qu'il comptait sur la suite pour comprendre. Il ne s'attendait pas à une histoire pareille avec sa question. Il imaginait sans doute une petite gironde, dans un coin de province, quelques loupiots dans les pattes...

— Moi, ce n'est pas Élise que j'ai rencontrée, mais une jeune femme vêtue d'un peignoir de soie bon marché couvert de dessins chinois. De grands oiseaux colorés échoués au fond d'une ruelle d'une ville de garnison. Pour toutes ces filles aux ailes coupées, c'était la fin du voyage. Elle s'appelait désormais Rose et sous un maquillage de théâtre, un sourire figé par trop de rouge, elle cachait un air triste et résigné.

À cette époque, je travaillais à Valence, apprenti ouvrier en cartonnage, je ne rigolais pas tous les jours mais comme il n'y avait pas de ticket retour vers la ferme où j'étais né, il fallait continuer en attendant mieux.

Le major a penché la tête, interrogateur, la ferme c'était encore une autre histoire. C'est qu'il aurait voulu que je lui cause toute la nuit !

— Je vivais à Valence mais les samedis après-midi avec mon copain Élie, on prenait le train pour Montélimar. La musique, déjà la musique ! Élie jouait de l'accordéon, moi de l'harmonica. J'avais appris avec les gars de l'usine, je ne me débrouillais pas mal. Un jour, pour s'amuser, Élie a répondu à une annonce dans le journal. La Lyre Montilienne cherchait des accordéonistes pour les concerts du dimanche sous le kiosque ; alors moi aussi, je me suis mis à l'accordéon. On a été convoqué par le chef de l'harmonie municipale. M. Planel, ce brave homme, m'a tout appris question musique. Je jouais moins bien que mon copain, alors Planel m'a fait bénéficier gratuitement des cours de l'école de musique de la ville qu'il avait créée autant pour des jeunots comme moi sans le sou que pour les gosses de bourgeois. Le samedi, je prenais mes cours, et le dimanche, on jouait en public dans le parc. Élie, il se mettait devant, moi, j'avais la trouille. M. Planel me prêtait un accordéon d'étude pour la semaine. Avec Élie on logeait au-dessus d'une boulangerie, place du marché. Heureusement pour nous le voisinage aimait bien la musique ! On passait tout notre temps libre à Montélimar, et le samedi soir, ou le dimanche avant de repartir, on allait boire un bock au café, et aussi des fois, on allait voir les filles. Enfin... Les filles du 22.

Sans compter les estaminets et leurs serveuses montantes, la ville abritait deux « maisons de plaisir » comme disaient poliment les honnêtes gens du quartier. Nous, on les appelait autrement, claques ou lupanars. On n'en parlait pas trop fort.

Les habitués du 19 étaient pas ceux du 22, question de goût. Au 19, exotisme et mystère des peaux noires, si vous voyez ce que je veux dire. Et un décor cherchant à imiter le luxe des grandes maisons parisiennes. Les tenancières des deux maisons s'invectivaient régulièrement sur le trottoir, l'une accusant l'autre de proposer des grosses filles de la campagne, et l'autre répondant que les gamines des îles, on ne connaissait pas leurs microbes. Il y avait de l'ambiance dans la rue du Chemin-Neuf, et quand les deux lanternes rouges s'allumaient devant les portes cochères aux lourds judas, les clients avaient le choix. Au 22, c'était plus nature.

La première fois, j'ai suivi Élie, je n'étais pas trop malin dans le domaine. Je ne faisais pas le fier. Lui, il était à son aise et il m'a planté là, au beau milieu des banquettes de velours rouge, des glaces aux murs qui multipliaient les effets. Je voyais des filles partout, occupées avec des bidasses ou des vieux en habit. J'allais rebrousser chemin, ce n'était pas pour moi tout ça, quand Rose m'a pris la main. Aussi timide que moi, je l'ai senti dans ses gestes forcés, maladroits, appris sur ordre de la maquerelle. À petits pas hésitants dans ses mules de fausse fourrure aux talons bien trop hauts pour elle, elle m'a conduit près de la buvette où une vieille femme qui ne devait plus monter bien souvent nous a servi un verre de mousseux tiède. Elle a à peine trempé ses lèvres peintes, comme un moineau dans son nichoir. Un petit piaf dans un habit d'oiseau des îles de l'autre côté des mers, elle qui n'avait jamais dû aller bien loin. J'osais à peine regarder ses jambes en montant l'escalier derrière elle. Une voix a gueulé : « Bichonne-le, la douce, c'est la première fois qu'il vient ! Ça se voyait tant que ça ? La douce, c'est comme ça qu'ils l'appelaient, et c'était vrai… »

Le major écoutait attentivement. Il s'était allongé sur le côté, la tête sur l'oreiller comme s'il s'installait confortablement pour écouter un récit qu'il espérait le plus long possible. Son seul œil ne quittait pas les lèvres d'Abel.

— J'attendais la fin de la semaine comme un gamin la Noël, et plus seulement pour la musique. Élie se fichait de moi, lui, il changeait de fille à chaque fois. Au retour, dans le train, il me rappelait qu'elle était déjà couchée sous un autre. Ça me rendait fou. Au fil des semaines, elle m'avait offert son vrai prénom comme un cadeau, et parfois tout le temps de la passe, on restait simplement à se regarder. Elle me parlait, je l'écoutais et elle disait qu'on ne l'avait jamais écoutée comme ça. Ou parfois, on ne faisait rien, elle s'endormait et j'étais heureux de lui offrir un peu de repos. Mais la patronne cognait à la porte, la réveillant brusquement, et je n'y pouvais rien. J'aurais tant aimé arrêter de la partager, effacer cette peinture sur son joli visage et la sortir de là. Mais l'argent qu'elle gagnait, enfin celui qu'on lui laissait, servait à payer la nourrice à Savasse. Moi, je n'avais pas grand-chose. Élie me conseillait d'oublier, il voulait même que l'on change de trottoir, « Paraît que les Négresses, elles te gâtent comme il faut. »

Moi, question gâteries, j'offrais des friandises, des petits riens qui lui faisaient plaisir. Quand elle prévoyait une visite à son gamin, j'achetais un cache-nez, des moufles, un jouet à trois sous. Une fois, j'ai même trouvé un harmonica miniature ; j'ai dépensé pas mal, trop, Élie n'était pas content.

Et puis un dimanche, la maquerelle m'a dit que Rose ne pouvait pas me prendre, elle était occupée, il ne fallait pas que je l'attende. Elle a appelé une autre fille, mais j'avais déjà tourné le dos pour sortir. La semaine suivante, c'est qu'elle était souffrante, alors je suis allé attendre mon copain au troquet. Plusieurs fois, impossible de la voir, ni même de lui parler quelques minutes. J'étais terriblement inquiet et malheureux. Élie trouvait que je foutrais ma vie en l'air à continuer de m'accrocher à une pute. On s'est tellement engueulés ce soir-là, j'ai bien cru que je perdais mon ami.

La fois d'après, je n'ai pas lâché le morceau. Toute maquerelle qu'elle était, je me suis assis sur un de ses vieux sofas et j'ai dit que je ne bougerais pas de là avant d'avoir parlé à Rose. Jamais je n'avais été aussi déterminé. J'ai attendu toute la soirée, repoussant les avances des unes et les verres des autres. Il n'y avait plus grand monde, les bourgeois étaient rentrés chez leurs femmes et les troufions avaient regagné la caserne. On m'avait oublié dans mon coin, j'avais fini par m'endormir.

Sa main, sur mon épaule, m'a réveillé. L'aube se levait. Elle n'était pas maquillée et semblait perdue, amaigrie dans une vilaine robe de chambre. Sous ses yeux, des cernes profonds. Ses cheveux défaits paraissaient filasse. Il ne restait rien du blond cendré que je trouvais si joli. Je me suis levé, elle m'a repoussé, son haleine dégageait une forte odeur. « Le mercure, pardon, c'est le mercure. » Je n'ai pas compris tout de suite. Elle a reculé encore un peu et d'une voix éraillée a dit : « J'ai attrapé la grosse maladie. » On a commencé le traitement, mais je suis trop prise. Pour le moment la patronne me garde car je n'ai nulle part où aller, mais ça ne va plus durer bien longtemps. Elle avait écrit à sa mère, la suppliant de prendre soin d'Émile, sinon c'était la maison des enfants trouvés qui attendait le petit. Elle s'est mise à pleurer. Mon oiseau se noyait. Je l'ai prise dans mes bras, sa respiration malade se perdait dans mon cou. Et puis elle s'est dégagée et j'ai cru la voir s'envoler dans l'escalier. Je ne l'ai plus jamais revue.

Je ne sais rien non plus de son Émile. Je me retournais toujours dans les tranchées quand j'entendais ce prénom. Il doit avoir dans les dix-sept, dix-huit berges. Le fiston, il n'est peut-être pas loin, qui sait, il patauge peut-être dans la boue, comme les autres. J'aurais bien aimé lui parler de sa mère, de ses jolis yeux qui s'allumaient comme des soleils quand elle prononçait son prénom.

Voilà, major, vous avez voulu savoir, vous savez. Oui, il y a eu une femme. Les autres n'ont pas compté.

Abel s'était alors retourné pour cacher ses souvenirs et sa peine, sous la couverture rêche d'un pensionnat oublié au milieu de nulle part.

***

Le lendemain, après une nuit pleine de fantômes, Abel avait entendu crisser sur l'ardoise derrière le paravent. L'infirmière qui retapait ses oreillers avait répondu : « Je vais faire de mon mieux, docteur, on devrait pouvoir vous trouver ça. »

Adrien s'était levé pour lui taper sur l'épaule, comme si les confidences de la veille les avaient rapprochés. Il avait jeté trois mots sur une feuille qui traînait près de son lit : Je connais Montélimar ! Cela n'avait pas trop étonné Abel, dans les boyaux, ce genre de coïncidence arrive souvent. On se dit toujours que le monde est bien petit. Naturellement, Adrien essayait de parler, mais les sons venaient du fond de la gorge et finissaient en bruit de gargouilles. Abel avait souri, il fallait bien être poli mais il ne se sentait pas d'humeur. Tout cela l'avait chamboulé et il lui en voulait un peu.

Abel avait même eu une mauvaise pensée, fugace et fugitive comme la grive débusquée, mais il l'avait eue.

S'il avait passé son chemin, ce jour-là sous la mitraille, il ne serait pas là, les jambes à l'arrêt, et le major non plus. Où serait-il ? Mort peut-être, des mille morts possibles dans cet enfer. Il ne faut pas venir déranger les souvenirs, ils ont du mal à se rendormir et te laissent seul, tout seul comme un con.

***

La Levert était revenue, un carton sous le bras.

Elle avait déballé sur le lit de son voisin tout un matériel venu droit d'une des salles de classe du pensionnat. Plusieurs cahiers d'écolier, des plumes, des buvards et un encrier de porcelaine blanche. Elle avait posé sur la table de nuit une bouteille de lait vide remplie d'encre violette. Elle était repartie chercher une chaise près du poêle et le toubib s'était retrouvé installé comme un fonctionnaire devant son bureau ! Abel ne l'avait pas revu de la journée, juste le son de la plume qui courait sur le papier.

Abel, les lettres, ce n'était pas son fort. Du rapide, des nouvelles de la santé, deux trois mots sur les copains, du vite fait.

Depuis son arrivée à l'hôpital, il avait juste griffonné quelques lignes à son vieux copain Élie dont le conseil de révision n'avait pas voulu : il était myope comme une taupe le musicien ! Quelques mots au dos d'une carte que les infirmières distribuaient, en réponse à sa nièce Jeanne, l'aînée de son frère Maurice, le seul lien qu'il avait gardé avec la ferme. Elle lui donnait des nouvelles de la famille, elle écrivait bien, elle était maîtresse à l'école du village où les deux frères n'avaient pas été les meilleurs. Maurice avait été réformé, lui aussi, comme agriculteur, soutien de famille nombreuse. Deux, trois bafouilles pour remercier sa marraine de guerre de ses colis. Question écriture c'était à peu près tout. Dans les tranchées, les gars grattaient le papier, même ceux qui n'étaient guère instruits. Il faut croire que les rudiments de la communale étaient suffisants. Ils tartinaient dans tous les sens, de haut en bas, sur les côtés et en travers ; Abel s'était souvent demandé comment la fiancée faisait pour comprendre. Un caporal qui n'aimait pas les fainéants et qui n'était pas avare de vocabulaire non plus, gueulait : « Vous n'avez pas bientôt fini de chier de l'encre ou de pisser de la copie ? » La formule dépendait des jours. On l'entendait du fond de la casemate et les amoureux se pressaient de planquer leur porte-mine.

La Levert avait apporté des livres à Abel. Il y avait selon elle une sacrée bibliothèque dans l'école. Elle regrettait de ne pas avoir le temps d'en profiter. Elle lui avait avoué que parfois, dans la journée, lorsqu'elle avait croisé trop de souffrances et de peines, elle se réfugiait quelques minutes derrière la lourde porte de chêne. La pièce désertée de ses élèves studieuses était sombre et froide. Personne n'y allumait plus le poêle et les persiennes étaient tirées. Elle prenait au hasard un ouvrage sur les rayonnages poussiéreux et plongeait avec reconnaissance dans les effluves de vanille et d'amande que dégageait le vieux papier. Elle lisait alors à haute voix quelques lignes, juste pour entendre la musique des jolies choses.

Abel n'avait pas osé lui dire que lire non plus il n'en avait pas l'habitude, il avait eu peur de la décevoir, de passer pour un ignorant. C'est grâce à elle qu'il avait pu terminer *Germinal*. L'histoire lui avait plu, ce Lantier aurait pu être un copain. Il avait osé demander à l'infirmière si l'auteur en avait écrit d'autres. Elle avait souri, Abel avait espéré qu'elle était fière de lui.

***

Pendant plusieurs jours, le lit d'à côté était resté vide. Le major était descendu pour une nouvelle opération. Abel l'avait vu s'éloigner, droit comme un i dans l'allée centrale sur ses grandes guiboles, en uniforme, comme s'il allait livrer bataille. Un signe de la main et le paquet de linges qui lui servait de tête avait disparu. Les gars n'en revenaient pas, l'élégance et le courage de l'officier, avec celui-là c'était pas du chiqué ! « Au fond de notre pieu, à sa place, pas sûr qu'on y serait allé sans chialer. »

Abel posait des questions à la Levert, elle n'en savait pas plus, il devait rester quelque temps dans le service de chirurgie, en observation. Le toubib lui manquait. Va comprendre, lui aurait dit son ami Élie, ce n'était pourtant pas le genre de gars qu'il aurait choisi comme copain.

Abel ne s'imaginait pas dans le même troquet à partager une armoise verte. Soigné comme il était, avec son flacon d'eau de Cologne ambre et doré reçu dans son dernier colis, avec sa mallette de toilette en cuir pleine de boîtes et d'objets en corne dont Abel ne connaissait pas l'utilisation et cette pile de livres qui prenait toute la place sur sa table, il l'imaginait plutôt boire autre chose et pas dans son quartier. Il faisait partie du monde sur lequel il avait gueulé dans la rue pendant des années avec les copains syndiqués. Ils avaient peut-être défilé sous ses fenêtres, sa femme avait alors probablement fermé les volets pour ne pas effrayer les enfants ou ne pas les gêner pendant leur cours de piano. Ils ne devaient pas lire le même canard, ni écouter la même musique, ils n'avaient pas non plus le même tailleur ni le même cordonnier. Pourtant, ils étaient maintenant dans la même misère, et pour une fois le bourgeois était plus mal loti que lui.

Et puis voilà qu'Abel l'avait sauvé. Il l'avait trouvé sur son chemin, le hasard de la vie, celui de la mort peut-être qui accueille tout le monde indifféremment ? Abel se souvenait d'avoir insisté auprès d'Émile, l'Alsacien ne comprenait pas, vu l'état du blessé. Abel non plus ne comprenait pas, mais il l'avait fait. Ce jour et cette heure comme un lien entre eux, lien qui ressemblait au jeu du « même sang, même homme » que les gamins pratiquaient à l'école quand ils frottaient leurs doigts piqués avec une ronce acérée pour partager une infime goutte écarlate qui mêlerait à jamais le sang des deux amis. Parfois, il était sur le point de cracher le morceau, ça le démangeait mais refusait de sortir. Comme une grosse faute qu'on a commise. Il n'attendait aucun remerciement, aucune gratitude, mais ce n'était jamais le bon moment, il n'y arrivait pas. L'heure était passée, celle où il avait reconnu sa chevalière. Après, il était trop tard.

« Le temps fait son ouvrage », répétait la mère, autrefois, devant les épreuves quotidiennes, qu'elles soient dérisoires comme un genou écorché des petites sœurs, ou plus grave, lorsqu'elle soutenait un voisin dans le deuil. Parfois il apaise, rend les choses plus simples, parfois il enferme et la parole s'enterre. Comme on enfouit un chien, sous un amas de terre et de pierres derrière la grange, profondément mais pas trop loin. Abel avait souvent réfléchi aux mots terribles prononcés, ceux que l'on croit définitifs, au retour impossible dans la famille… Les jours étaient passés, à quoi bon ?

La vérité changerait irrémédiablement sa relation avec le major dont Abel savait combien elle était improbable, certainement de courte durée. Lorsque la guerre finirait puisque ce jour allait arriver, ils reprendraient chacun leur chemin. Elle n'en était que plus précieuse. S'il avait su, le major ne l'aurait pas choisi pour ce qu'il était mais pour ce qu'il avait fait.

***

Les gars étaient revenus fumer et causer autour du lit d'Abel. Ils avaient retrouvé leurs habitudes de troufions d'avant l'arrivée du major et ils ne parlaient pas poésie. Abel jouait de l'harmonica, des airs appris à l'oreille, des mélodies qu'il déclinait selon son humeur. Le lit vide, le paravent ouvert sur l'univers minuscule du major, sa chemise, ses livres, la photo sépia de sa femme, des dessins enfantins, tout cela le portait à la mélancolie.

Quand les brancardiers avaient remonté le major, c'était l'heure de la soupe. Abel avait posé pain et cuillère et avait interrogé les deux costauds. Visiblement pressés de dîner eux aussi, ils lui avaient souhaité bon appétit et déplié le paravent sur le blessé endormi. Abel avait veillé toute la nuit. Levert, de garde, était venue plusieurs fois le rassurer et lui conseiller de dormir. Elle avait déplacé le fauteuil en osier dédié au repos des infirmières de nuit près de son lit. Ils s'étaient assoupis l'un près de l'autre.

Ce n'est que le lendemain matin que les bruits familiers avaient repris. Abel n'y connaissait rien mais cela ne semblait pas s'être amélioré. Le chirurgien était venu. Un petit vieux, tout en nerfs, qui n'avait pas pris le temps de changer sa blouse, de quoi foutre la trouille à toute la salle. Il sentait la réglisse, le genre agité à mâcher de la gomme toute la journée. Il parlait fort en articulant, comme si le major était devenu sourd ou qu'il était retombé en enfance. Abel trouvait qu'il oubliait qu'il parlait à un confrère, cela lui avait déplu.

Le bonhomme était satisfait de son boulot. « Comme sur des roulettes. On va vous sortir de là, vous serez bientôt bon pour la prothèse. » C'était plutôt encourageant. Abel lui avait souri. « Ça va aller mon pote », aurait-il dit s'il avait osé.

***

Deux ou trois jours après, Abel l'avait retrouvé assis sur son lit. Malgré sa tronche impossible, Abel devinait quand il souriait. Et il souriait. Il avait l'air impatient que son voisin se réveille. Il lui avait sans attendre tendu un de ses cahiers. Pas de doute, il voulait qu'Abel le lise tout de suite. Il avait ajouté une feuille volante à part, avec ces quelques mots :

Mon cher voisin, vous m'avez manqué ! En bas c'est moins drôle qu'ici, il n'y a pas de musique ! Je crois que ce n'est pas encore demain que nous pourrons avoir une véritable conversation, ce qui me ferait pourtant grand plaisir. Ce que vous m'avez confié l'autre soir m'a beaucoup touché et j'ai eu le temps d'y repenser. Je me demandais si vous accepteriez que l'on continue à discuter, enfin, c'est une façon de dire, que vous parliez et que je vous réponde par écrit, un échange entre nous, histoire de nous tenir compagnie, tout en apprenant à nous connaître ?

J'ai écrit quelques pages sur une femme moi aussi. J'ajoute que par le plus improbable des hasards, il est possible qu'elle ait croisé la route de votre jolie Rose...

Là, bien sûr, il l'avait intrigué, et il le savait. Malin le toubib.

Abel était encore plongé dans l'encre violette quand la Levert avait versé le jus dans son quart et posé la tranche de pain sur son lit. Elle avait eu l'air étonnée. Elle ne l'avait jamais vu bouquiner de si bon matin.

Elle est partie. Toute seule, avec sa valise, elle a refermé la porte derrière elle. Mon père n'a pas quitté son fauteuil, il a continué sa lecture du journal comme si de rien n'était. Je me suis précipité à la fenêtre et je l'ai vue descendre la rue, sans se retourner, puis disparaître. Il pleuvait, je m'en souviens encore. Tout était gris. J'ai couru vers mon père et j'ai tambouriné de mes poings, le journal, sa poitrine, j'aurais voulu me battre comme un grand. Il a saisi mes poignets, il a dû me parler mais je n'ai rien entendu et j'ai fini par aller me blottir dans les bras de ma grand-mère qui, debout près de la porte, pleurait en silence...

Ce jour où on m'a ramassé sur le champ de bataille, quand, les yeux obstrués de sang et de terre, j'ai senti le poids d'une couverture jetée sur moi, dans un brouhaha incompréhensible de pleurs et de plaintes, c'est Elle que j'ai cru apercevoir dans les silhouettes blanches qui s'agitaient autour de moi.

L'une de ces formes se rapprochait, repartait pour mieux revenir s'entretenir avec un uniforme bleu que je percevais à travers la brume tenace accrochée à mes paupières. J'ai voulu chasser de mes mains le voile opaque qui me gênait, mais elles étaient attachées le long de la civière. C'est la première chose que les infirmiers avaient dû faire pour m'empêcher de toucher le trou béant de ma joue... En reprenant petit à petit conscience dans un lieu envahi de blessés, je cherchais à attirer l'attention de la forme blanche que je prenais pour ma mère. C'est ainsi que je la vois. Cet uniforme représente un tel bouleversement dans ma vie d'enfant que je ne peux le dissocier de l'image maternelle.

Ma mère est née dans une famille lyonnaise. Une famille qui avait prospéré dans la sidérurgie au siècle dernier. À la suite de difficultés financières, dont on ne m'a jamais expliqué les raisons, mon grand-père, Honoré Delalande, fit faillite, et, terriblement affecté et dépressif, il succomba peu de temps après d'une pneumonie. Ma grand-mère se retrouva dans une situation précaire, chargée de deux enfants adolescents, Georges et Camille. Ces années furent difficiles pour ma mère alors jeune fille, elle les évoquait sans honte devant moi, affirmant qu'elles lui avaient enseigné l'humilité et l'empathie, qualités indispensables dans son métier.

La rencontre avec mon père, né d'une famille de grands bourgeois protestants lyonnais, a permis à ma mère de renouer avec une vie plus aisée, dont elle fit profiter ma grand-mère qui s'installa chez eux à ma naissance. Je vous parlerai plus longuement de ma grand-mère une autre fois, tant elle fut importante pour moi. Sans elle, ma vie aurait été toute différente.

Mes premiers souvenirs d'enfant sont attachés au temple, place du Change à Lyon. Je crois savoir que c'est aux côtés d'une amie que ma mère avait commencé à aider à l'infirmerie protestante. Cette femme portait un curieux prénom, Nézida, je m'en souviens encore. Dans un premier temps, mon père l'encourageait à poursuivre une vie sociale et amicale au travers de nombreuses activités de bienfaisance. C'était oublier que sa femme ne faisait jamais rien à moitié, et son engagement dans la communauté protestante prit jour après jour une place trop importante pour lui.

Les premières disputes entre mes parents datent de cette époque, j'étais un très jeune garçon. Mon père accusait l'amie de ma mère de l'entraîner sur le mauvais chemin, entendez celui du travail et de l'autonomie. Il l'aurait voulue tout entière dévouée à sa maison et à sa famille, dépendante de lui. C'était mal connaître le tempérament impétueux de ma mère qui affirma de plus en plus sa volonté de travailler et annonça au cours d'un déjeuner familial sa décision d'entreprendre des études d'aide-soignante puis d'infirmière. Tout était étudié, programmé, elle ne changerait pas d'avis.

La vie à la maison devint vite impossible, je me réfugiais dans le lit de ma grand-mère qui occupait la chambre adjacente à la mienne. Les comptines enfantines murmurées à mon oreille dans la chaleur de ses bras couvraient les éclats de voix jusqu'à ce que je m'endorme.

Et puis, un jour, elle prit la décision terrible, inconcevable, de quitter la maison. Partir, une simple valise à la main, dût-elle abandonner mes pleurs derrière la fenêtre.

J'ai vécu les semaines et les mois suivants accroché à ma grand-mère. Celle-ci avait gardé contact avec sa fille. Nous allions tous les deux lui rendre visite le plus souvent possible dans la petite chambre qu'elle louait au dernier étage d'une vieille maison sur les quais. Même si j'étais heureux de la voir, cet endroit me faisait peur, il y faisait froid et nous croisions de drôles de gens dans l'escalier. Et je m'interrogeais : faut-il qu'elle nous aime si peu pour préférer vivre ici ? Ni ses explications entrecoupées de sanglots ni ses baisers ne me rassuraient. Je sortais de ces visites si malheureux. C'était forcément ma faute, je n'avais pas su la retenir.

Suivirent des années mornes, désespérantes, d'enfant coupé en deux. Mes parents ne pouvaient pas divorcer officiellement, c'était inimaginable et légalement presque impossible. Ma grand-mère faisait de son mieux, nous étions souvent seuls à la maison, mon père travaillait et sortait beaucoup. La présence de sa belle-mère l'arrangeait, il n'a jamais été question, Dieu merci, qu'elle vive ailleurs jusqu'à mon entrée à l'internat. Cette année-là, celle de mes onze ans, ma mère prit encore un peu plus le large en partant suivre une formation d'infirmière en Suisse. Les deux seules écoles françaises étaient payantes, hors de portée pour elle. Brusquement, tout s'écroulait autour de moi !

Son départ impliquait que mon père serait désormais seul à prendre les décisions me concernant. Bien que nous soyons protestants, il a choisi de m'inscrire à l'institution catholique des Chartreux. Seule l'excellente réputation de l'école importait. Une discipline stricte, traditionnelle, donnant de très bons résultats. « Une discipline digne de ce nom, voilà ce qu'il faut à ce garçon. Avec de tels antécédents familiaux, allez savoir ce qui nous attend, si nous n'y prenons garde ! » disait-il à mes oncles et tantes quand ils venaient nous rendre visite. Sa mère qui n'avait jamais approuvé son mariage répétait : « Je vous avais pourtant prévenu. » Elle lui conseillait aussi de me faire examiner par leur médecin de famille, ma solitude et le silence dans lequel je m'étais enfermé l'inquiétait. Aurais-je hérité de quelque anomalie de caractère ? Avec une mère pareille, c'était probable. Mon père décida aussi, sur les conseils de sa famille, qu'il était temps que je sorte des jupes de ma grand-mère vieillissante. Elle est donc partie, emportant définitivement avec elle les jours heureux de mon enfance. J'ai beaucoup pleuré, insistant pour qu'elle m'emmène avec elle. Il a fallu la force de mon père pour m'arracher à ses bras. Pauvre Anny, c'est ainsi que je l'appelais. J'ai rendu son départ plus douloureux encore, je le regrette, car sa peine était aussi profonde que la mienne. J'étais désespéré, je n'ai plus prononcé un seul mot en présence de mon père jusqu'à notre séparation devant la chapelle de l'internat.

Abel avait posé le cahier, trop ému pour poursuivre. C'était à pleurer. Il n'imaginait pas qu'une enfance dans les beaux quartiers d'une grande ville puisse être aussi triste.

Décidément, ce gars l'obligeait à penser à des choses auxquelles il ne pensait jamais. Déjà l'autre soir, il s'était senti tout tourneboulé. Il avait mis un sacré bout de temps à s'en remettre. Et voilà qu'il recommençait à déterrer le passé.

Le major était en train de bouquiner un de ses livres au titre impossible.

« Vous savez, avait dit Abel, votre histoire de solitude, de silence, même au milieu de tas de frangins et de frangines, même avec le père et la mère dans le même lit, j'en connais un rayon moi aussi. »

Le soir, sur l'ardoise il avait écrit : VOUS AVEZ LU ?

Il avait semblé déçu. Abel ne lisait pas vite, mais il n'avait pas envie de le lui avouer.

Abel avait levé le doigt, comme un môme, pour quémander une chandelle. M. Anselme lui en avait apporté, c'était bien le genre à en avoir une réserve ! Il avait repris sa lecture.

Il le voyait devant lui, le gamin dans son costume et sa blouse noire, marcher le long d'un couloir où chaque pas l'éloignait un peu plus de la sortie, les bonnes sœurs moins souriantes que celles de l'hôpital, surtout avec un parpaillot, et son nom au-dessus du lit pour bien lui faire comprendre qu'il n'y avait pas d'erreur, c'était bien sa place, et pour un bout de temps. Il n'avait pas dû être trop dépaysé en arrivant ici, il décrivait à peu près la même salle, avec les lavabos collectifs et le grand réfectoire où pendant des années il n'avait pas eu de dessert, piqué par les plus grands.

Il racontait les samedis chez son père, silencieux, interminables. Heureusement, il y avait les cours de piano payés par la grand-mère. Ça le sauvait, le piano. À l'internat, une religieuse s'était aperçue que ses doigts tapotaient toujours sur ses cuisses, sur la table ou son pupitre. Quand il lui en avait donné la raison, elle l'avait laissé jouer sur le piano de la bibliothèque. Les souvenirs qu'il avait gardés de cette pièce « lambrissée » au parquet en « point de Hongrie » étaient si précis, si émouvants, qu'Abel s'était senti profondément touché. Il avait demandé discrètement le lendemain à un gars qui se disait menuisier ce que « lambrissé » voulait dire. Et le point de Hongrie, c'était quoi ?

Abel avait repensé à M. Planel et ses cours d'accordéon. La musique réconfortante, toujours, jusqu'à cet étui au fond de sa poche pendant l'assaut, désormais sur son chevet…

Ce n'était pas étonnant que le major écrive tant de mots savants avec tout ce temps passé avec les livres comme seuls copains !

Abel l'imaginait sans peine attendre les visites de sa mère. Valait-il mieux en avoir une comme la sienne, épuisée par la tâche, par la vie qui malmène, qui avait vite oublié les caresses et les mots doux de la petite enfance, ou en manquer comme le jeune pensionnaire en avait souffert. Il n'était pas rancunier, le gamin, c'était un gentil. Abel, à sa place, n'aurait pas traversé en courant une cour de pensionnat pour se jeter dans ses bras.

Avec elle, ce n'était pas la même chanson qu'avec le père. Les gourmandises, les gâteaux… les tartes à la praline, Abel en avait eu l'eau à la bouche. Et les visites au musée, au zoo ! Il pensait en lisant à la Joséphine, à tout ce qu'elle n'avait jamais connu. C'est l'Antoine, le frangin, qui aurait aimé ça, des dessins, des peintures sur les murs dans de beaux cadres dorés… Va savoir si depuis qu'il était parti celui-là était allé dans des endroits pareils…

Le pauvre gamin, après ces après-midis enchantés, cela devait être douloureux de retrouver l'internat. Au même âge, Abel noyait sa peine dans la chopine avec les copains la veille de retourner à l'atelier.

Mais il avait fallu grandir quand même, c'est pour tout le monde la même histoire, tu baisses la tête, tu avales tes larmes et puis tu avances. Même chez les bourgeois.

Quelques années plus tard, la mère était revenue avec son diplôme. Quand ils avaient pu divorcer, le père s'était remarié avec une plutôt gentille et sa mère avait occupé un poste d'infirmière à l'hôpital de Montélimar, dans le service, Abel n'en revenait pas, des malades de la syphilis.

« Nom de Dieu, si ça se trouve elle a soigné ma Rose… Pourvu qu'elle n'ait pas aidé mon Élise à mourir… »

Abel lui avait posé des tas de questions. Il voulait tout savoir, sur les traitements, si sa mère lui avait un peu parlé de son boulot, s'il était allé la voir. À cette époque, il commençait ses études de médecine, il aurait pu aller l'aider et la croiser, sa jolie. « Quand on l'a vu une fois, mon p'tit piaf, on ne peut pas l'oublier... »

Après toutes ces années, comme ça, d'un coup, lui revenait le parfum de Rose, échappé, envolé de la pierre tombale, du poids du temps passé.

Adrien ne voulait pas lui faire de peine, mais non, il ne se rappelait pas. Il était bien allé rendre visite à sa mère, mais des malades de la syphilis, il y en avait tellement. Il se souvenait juste de ces cabines où l'on enfermait le malade, un réchaud empli de braises à ses pieds, et de l'infirmière qui, par un trou, jetait des tablettes de mercure...

Impossible d'oublier cette saleté de maladie. Suspectés de lâcheté volontaire, vêtus d'un costume qui les distingue des autres soldats, parement jaune au col de la vareuse et sur la face externe du pantalon, pas moyen de louper les contaminés. Sans compter les tracts distribués régulièrement, des mises en garde contre les cabarets à prostituées qui prolifèrent à proximité des lignes : soldats, soyez sérieux, méfiez vous, conservez à votre patrie et à l'armée un corps sain et vigoureux !

***

Ils avaient continué comme ça. L'un parlait, l'autre écrivait, sur l'ardoise où le papier. Une suite de jours qu'ils avaient appris à ne plus compter.

Abel se souvenait des réunions de cellule du Parti où, avec les syndicalistes, il n'y avait pas moyen de terminer une phrase. Si un gars, à la tribune ou perché sur son cageot, ne plaisait pas, on ne lui laissait pas le temps de développer et il se sauvait sous les gueulantes et les poings levés. On ne faisait pas dans le respect des opinions, même avec des copains. Le major ne risquait pas de l'interrompre et Abel était si appliqué à sa lecture qu'ils étaient tous deux attentifs l'un à l'autre. Pour Abel, qui avait si peu lu, c'était une sacrée découverte. Cela lui plaisait, il attendait le carnet qui voyageait de plus en plus souvent, franchissant la barrière du paravent comme celle invisible entre les deux hommes si différents.

Adrien décrivait ses études de médecine et son choix de spécialité : les maladies infectieuses, la prévention par l'hygiène des femmes et des nouveau-nés... Il racontait aussi ses amis, ses premières amours, sa mère, encore et toujours, l'admiration qu'il avait pour elle. Elle s'était remariée avec un toubib parisien, qu'elle avait convaincu de venir travailler auprès d'elle. Abel, lui, c'étaient plutôt les combats, les grèves pour les salaires, le temps de travail, le secours mutuel, leur opposition aux valeurs de la société bourgeoise et la « conscience de classe » qu'ils enseignaient aux jeunots. Ils avaient connu l'enthousiasme du collectif mais aussi les déceptions, les trahisons et la faillite du mouvement ouvrier international en 14. Adrien écoutait.

Abel avait raconté une anecdote qui avait fait réfléchir son voisin, il le lui avait écrit le lendemain sur l'ardoise, il souhaitait en discuter :

« Il fait froid, j'ai un cache-nez autour du cou, envoyé par ma marraine de guerre après que j'ai répondu à son annonce dans le journal où elle cherchait un biffin à réconforter. Le capitaine me demande ce que j'ai là, que d'après les ordres on ne doit rien avoir autour du cou. Je réponds que je ne connais pas cet ordre mais il me rétorque en élevant le ton que nul ne doit ignorer la loi, et il part avec mon cache-nez, me laissant peler de froid pour le reste de ma garde. À la guerre, tout pareil que dans le civil, c'est toujours les mêmes bougres pour qui c'est marche ou crève ! »

Et puis, bien sûr, Adrien lui avait parlé de son amour, de Mathilde.

Un matin, alors qu'Abel l'avait entendu une bonne partie de la nuit froisser du papier, gratter sa plume et froisser encore, il lui avait tendu la lettre. Adrien avait insisté, lui mettant dans les mains les quelques feuillets.

Mon amour, ma jolie Mathilde,

Vos lettres éparses sur mon lit me ravissent, mais elles sont aussi l'expression de l'inquiétude dans laquelle vous vivez depuis plusieurs semaines. Comme je m'en veux de ces nuits pour vous sans sommeil par ma faute. Vous avez certainement imaginé le pire et je trouve enfin la force de vous rassurer. Ne vous faites plus de soucis, car je me porte bien maintenant, et voici la raison de mon trop long silence, bien malgré moi je vous l'assure. Comme vous l'avez peut-être appris, nous avons subi une offensive ennemie particulièrement meurtrière dans notre secteur. Je me suis retrouvé en première ligne. Mon poste de secours a été victime de tirs d'obus qui emportèrent nombre de nos blessés mais aussi deux de nos infirmiers ainsi que des brancardiers. Je n'ai donc eu d'autre choix que de revêtir le brassard à croix rouge pour accompagner le seul brancardier valide pour évacuer les malheureux incapables de regagner nos lignes par leurs propres moyens. Il fallait entendre leurs appels au secours de plus en plus faibles, la nuit tombait, bientôt il serait difficile de les repérer. Je n'ai pas réfléchi, j'ai suivi mon camarade habitué à ce genre d'exercice. Nous avons pris la peine de fixer un tissu blanc au bout d'un bâton. Je le tenais bien haut au-dessus de ma tête.

L'ennemi nous a repérés et une pluie de boue et de terre s'est abattue sur nous, me blessant légèrement aux jambes et au visage. Je ne sais à qui je dois d'être vivant, et je ne le saurai peut-être jamais, mais on m'a ramassé puis soigné. Tout cela est passé, on m'a opéré et les médecins sont confiants. Ils prennent soin d'un de leurs confrères, croyez-moi. Je suis bien traité, installé dans une salle vaste et claire d'un pensionnat réquisitionné. Nous avons la possibilité de déplier un paravent, pour plus d'intimité. La nourriture est bien meilleure que sur le front, les fermes alentour fournissent ce qu'elles peuvent et agrémentent l'ordinaire. Un poêle ronfle jour et nuit. Quel confort après le froid et l'humidité de nos abris. J'en profite pour vous remercier, ma chérie, de la couverture épaisse dans votre dernier colis qui m'a bien servi. Elle ne m'a malheureusement pas suivi ici, mais elle doit certainement réchauffer un autre soldat.

Dans notre pensionnat, l'ambiance est chaleureuse et même joyeuse, je partage avec mes voisins le goût pour la musique. Celui qui est installé à côté de moi joue de l'harmonica de façon harmonieuse et un autre a fabriqué de ses mains une mandoline dans une caisse à cartouches ! Le manche, taillé au couteau dans un morceau de hêtre, est du plus bel effet. À part les cordes, tout a été fait avec les moyens du bord et la sonorité est très agréable. J'ai hâte toutefois de retrouver mon piano et nos sonates à quatre mains. Tout le monde s'occupe comme il le peut, il y a autour de moi des artisans de talent qui bricolent avec ce qu'ils ont récupéré sur le front et gardé au fond de leurs poches ; bijoux, tabatières, porte-plumes et même des jouets. Je ne manquerai pas d'en rapporter un à ma petite Anna. Quel plaisir de lire qu'elle grandit bien ! Le récit de ses bêtises enfantines est une de mes plus jolies lectures. Ici, nous parlons souvent de nos familles, et prononcer vos prénoms me réchauffe le cœur.

Vous pouvez, ma chérie, m'envoyer des livres. Cela me ferait grand plaisir. Je patiente avec ceux qu'une infirmière a la gentillesse de choisir pour moi dans la bibliothèque du pensionnat. C'est ainsi que je viens de terminer un recueil de nouvelles de votre cher Maupassant. Il est bon parfois de relire un livre après quelques années, on y trouve toujours plus que la première fois, ou du moins autre chose, des émotions différentes. Je me souviens encore de celui laissé sur ma table de nuit, à peine commencé quelques jours avant mon départ. La Femme pauvre, *de Bloy. La lumière retrouvée dans la plus totale solitude et la plus grande misère. De quoi méditer au milieu de cette horrible guerre...*

Les nouvelles que vous me donnez de la famille sont bonnes et je m'en réjouis. Ma mère, encore active à l'hôpital, cela ne doit pas vous étonner ! Elle me raconte tout cela en détail dans ses lettres. Elle ne s'arrêtera jamais, j'espère qu'elle prend soin d'elle, l'épidémie de fièvre typhoïde est féroce et avec tous ces soldats arrivés du front porteurs du choléra, je ne suis pas tranquille. Je me garderais bien de le lui dire et de lui conseiller la prudence, vous la connaissez, elle ignore ce mot ! Quant à mon beau-père, il est du même acabit, on peut dire qu'ils se sont bien trouvés ces deux-là !

Quant à vous, j'espère que vous n'en faites pas trop à l'Hôtel-Dieu. Courteil m'a écrit, j'ai cru comprendre que vous étiez submergés. Je suis fière de vous mais souhaite ne pas vous retrouver épuisée. À ce sujet, il n'est absolument pas nécessaire d'entreprendre un long voyage pour venir me rendre visite. Ce pensionnat est au milieu de nulle part, les trains sont peu sûrs, bondés de permissionnaires avinés et les routes impraticables. D'après mes confrères, je dois rester encore quelques semaines en convalescence. Si vous voulez m'épargner de l'inquiétude et me faire vraiment plaisir, mon amour chéri, écrivez-moi, glissez dans l'enveloppe les dessins adorables de notre fille et prenez soin de vous comme vous le faites si bien d'elle. Saluez bien votre mère pour moi, remerciez-la encore de s'occuper avec tant d'attentions de notre cher petit ange.

Ma Mathilde, je vous embrasse aussi fort que possible, soyez tranquille, tout ira bien. Comptons ensemble les jours qui nous séparent, ils passeront plus vite.

Votre mari qui vous aime, votre Adrien

Le mensonge, ça ne finissait jamais bien. Abel en connaissait un rayon question baratin, mais il ne se voyait pas lui faire la leçon.

Et puis, il lui avait fait lire celle-ci, qui l'avait inquiété :

Mon cher ami, mon cher confrère,

Ma lettre, aujourd'hui, ne sera pas bien longue, une arrivée massive de blessés est attendue en gare de Perrache dans la journée et tous les services sont sur les dents. Je ne sais où nous allons les mettre, tu ne reconnaîtrais pas l'hôpital. Il est des soirs où je ne rentre même pas chez moi. Il est plus simple de rester dormir dans mon bureau où on m'a installé un lit de camp. Je n'ai pas à me plaindre, c'est toujours plus confortable que la paille humide au fond des cagnas comme me le décrivent ces pauvres gars. Je suis heureux et soulagé de te savoir à l'abri de cet enfer dans un hôpital.

Cependant, cher Adrien, je me dois de te confier mon inquiétude : j'ai assisté, hier, un confrère chirurgien dans une opération délicate. Un jeune homme, étudiant en philosophie, avait littéralement été scalpé sous l'explosion d'un de leurs nouveaux obus toujours plus meurtriers.

Le confrère m'a impressionné par sa dextérité, sa maîtrise parfaite. On sentait qu'il avait le souci de la reconstruction fonctionnelle mais aussi de l'esthétique, afin de permettre à ce garçon de retrouver sa place parmi les siens sans trop de dommages. Après cette longue intervention, nous avons partagé un café et je lui ai fait part de mon admiration. Il m'a alors confié avoir été formé à de nouvelles techniques par un ponte en matière de chirurgie maxillo-faciale, un homme exceptionnel qui, malgré son âge, avait tenu à exercer au plus près du front. Le confrère est régulièrement en contact avec lui, n'hésitant jamais à lui demander avis et conseils.

Il s'agit probablement d'une coïncidence, mais dans leur dernier échange, ce chirurgien lui aurait confié travailler actuellement sur le cas intéressant d'une blessure de la face par éclat d'obus. Le malheureux ne pourrait ni parler ni s'alimenter normalement, et la reconstruction de sa moitié de visage arrachée constituerait un véritable cas d'école. Le patient serait lyonnais, médecin lui-même à l'Hôtel-Dieu. J'en ai laissé tomber ma tasse ! Je veux croire que c'est une erreur, et puis tu n'es évidemment pas le seul de nos médecins mobilisés.

Mais depuis cette rencontre, le doute s'est installé et ne me quitte plus. Se pourrait-il, Adrien, que tu ne m'aies rien dit, et que dans nos lettres tu m'aies caché certaines choses ? Et Mathilde, en sait-elle plus que moi sur la nature de tes blessures ? Je ne l'ai pas vue depuis un bon moment, mais je suis persuadé qu'à l'approche de Noël elle ne résistera pas au plaisir d'aller t'embrasser. Elle sait, comme moi, qu'à cette occasion les familles ont le droit de visiter leurs blessés, et que les trains ne fonctionnent pas si mal.

Mon cher ami, ne me laisse pas dans cette incertitude, écris-moi vite. Quoi qu'il te soit arrivé, je peux t'assurer que je ferai tout ce qui est possible pour te venir en aide. Je m'inquiète peut-être à tort, mais si par malheur c'est bien de toi qu'il s'agit, nous te ferons au plus vite transférer dans nos meilleurs services, tu peux compter sur moi et sur tous nos confrères de l'Hôtel-Dieu. Réfléchis bien à cette proposition, car s'il t'est arrivé quelque chose de grave, tu auras à cœur, j'en suis certain, d'épargner Mathilde.

Mon très cher Adrien, reçois toutes mes affectueuses pensées
Charles Courteil

***

C'était le début de l'après-midi. Dans la salle ça somnolait, ça ronflait même un peu. Une pluie chargée de neige tapait aux carreaux. Il faisait déjà sombre, c'était quelques jours avant Noël. Les infirmières étaient occupées à décorer la salle avec les colis qui arrivaient de l'arrière. Tout était calme. Le major aussi se reposait, la tête enturbannée, un livre ouvert sur la poitrine.

Abel a tout de suite su que c'était Elle. Exactement comme il l'avait décrite. Brune, élancée. Enveloppée dans une cape en drap bleu marine, elle cachait ses mains dans un manchon de fourrure claire. Elle arrivait droit sur eux, accompagnée d'une religieuse qui lui parlait à l'oreille. Elle regardait rapidement de part et d'autre, visiblement surprise par ce qu'elle découvrait. Leurs regards se sont croisés. Abel l'a saluée. Il se demandait vraiment comment ils allaient s'en sortir.

Il pensait au pluriel car sur ce coup-là, ils étaient complices.

Abel avait fini par dire au major que ce n'était pas forcément une bonne idée de lui raconter des bobards, « mais moi, une femme j'en ai pas, c'est vous qui savez ».

La nonnette lui a indiqué le lit de son mari. Elle a, sans prononcer un mot, interrogé Abel, les yeux pleins de larmes. Il dormait, on l'entendait à peine. Alors, elle s'est laissée tomber sur le bord du lit d'Abel. La sœur s'est retirée en disant qu'elle allait prévenir le chirurgien de sa visite, il la recevrait plus tard. Abel ne savait pas si elle avait entendu. Il ne faisait pas le malin, elle avait vraiment l'air sonnée.

Elle a sorti de son manchon ses mains fines. Sa cape était mouillée. Si Abel avait pu, pleutre qu'il était, il se serait levé, se serait sauvé pour courir sous la pluie. Elle s'est présentée, le son est sorti de ses lèvres colorées comme de l'un de ces roseaux qu'il taillait autrefois dans les bois.

« Mathilde Delaitre, je suis son épouse. » C'est son filet de voix qui l'a réveillé.

Elle s'est levée, figée, devant le montant du lit. Elle a porté ses mains devant sa bouche comme pour s'empêcher de crier. Il a tendu la sienne, longue et pâle.

Immobile, tout en elle semblait à l'arrêt. Incapable du moindre geste, de répondre à son appel. Son corps refusait d'y croire, en attente de la fin du cauchemar. De longues secondes, une éternité avant que l'Amour ne ressuscite, engloutisse la réalité et qu'elle se jette enfin dans ses bras.

Abel ne voulait pas se montrer indiscret. Il entendait à travers ses larmes qu'elle répétait : « Mais pourquoi, pourquoi ne m'as-tu rien dit ? »

Lorsqu'elle a compris qu'il ne pouvait pas répondre, elle s'est tournée vers Abel et l'a assailli de questions. Le pauvre major voulait intervenir mais il ne pouvait que cracher ses bulles habituelles et ça dégoulinait de partout. Il tremblait, il ne tenait plus sur ses pattes, il cherchait son ardoise, tout ça, c'était trop pour lui. Abel a essayé de la calmer, de lui dire que c'était impressionnant mais moins grave que cela en avait l'air. Il n'inventait rien, il avait entendu le chirurgien : après la cicatrisation, il pourrait bénéficier d'une prothèse, il reparlerait, mangerait normalement. Abel lâchait tout en vrac, pour apaiser le désespoir qui noyait ses jolis yeux.

Elle a repris ses esprits et a tiré le paravent derrière elle. Abel n'a plus entendu que ses chuchotements.

Le médecin chef est monté ; tous les deux, ils ont échangé devant le major, puis elle l'a suivi, les laissant seuls.

Avec sa craie, il a écrit : C'EST MA FAUTE.

Il avait l'air d'un clown triste. Un clown triste, c'est encore plus désespéré qu'un clown ordinaire.

Abel l'a pris contre lui et ils sont restés ainsi un long moment. Ses grandes mains de toubib sur son large dos d'ouvrier. Abel était aussi arrosé que lui par les larmes. Il a séché doucement cette pluie de peine avec son mouchoir, tout doucement. Le major s'est laissé faire comme un môme qu'on apaise et console. Ils ont fini par se sourire.

Quand elle est revenue, elle lui a annoncé que le chirurgien prévoyait son transfert dans un service lyonnais spécialisé dans les blessures de la face, celui du professeur Albéric Pont. Il ne pourrait pas être mieux soigné. Elle a dit plein d'autres choses encore... Ils se regardaient, ne l'écoutaient plus, ses lèvres roses s'agitaient toutes seules comme dans un film muet. Abel et Adrien avaient compris. Leur temps était désormais compté.

***

Abel se souvenait du premier Noël sur le front, les troufions n'avaient pas rigolé. Ils ne s'y attendaient vraiment pas. Ils se voyaient de retour au plus tard pour les vendanges. Les gars qui prétendaient que ça allait durer, ils ne le disaient pas deux fois, tout le gourbi leur tombait sur le poil.

Au début du mois de décembre, la troupe y croyait déjà moins au réveillon au coin du feu.

Ce n'était pas croyable ce qu'il avait pu faire froid ce putain de premier hiver. Un vent glacial courait dans les tranchées, les gars disaient qu'il se foutait de leur gueule, le zef, à venir s'engouffrer là-dedans pour leur geler les fesses. La boue, c'était de la glace. La terre, ils la devinaient en dessous, brune, prisonnière. Ils glissaient dans les ornières avec leurs godillots empaquetés dans du journal, du carton, n'importe quoi qui accrochait un peu. Ils se cassaient quand même la gueule. Les « crapouillots » explosaient, les gars couraient moins vite, gelés et gênés dans chaque mouvement sous leurs couches de loqueteux, enveloppés comme les vieilles qui se protègent de la bise. Ils bouffaient les jambes engoncées dans des sacs, assis sur un bouteillon ou un havresac. Ils n'avaient plus de nom ni d'âge.

Au soir de ce premier réveillon, il paraît que sur certaines lignes des gars avaient partagé leur misère avec les Boches. C'était plus haut, du côté des Tommies. Les Teutons auraient allumé des bougies sur les parapets et levé les bras en signe de trêve. Dans le coin d'Abel, le seul cadeau qu'on s'était fait d'un côté et de l'autre, c'était de laisser chacun tranquille pour ramasser ses morts. Un cessez-le-feu non officiel, juste pour ça. Ils avaient enfin pu ramener Baugé, un Bordelais qui chantait des airs d'opéra. Un bail qu'il ne chantait plus. Abel avait eu du mal à oublier l'état dans lequel il était quand ils l'avaient enseveli. Après ça, personne n'aurait pu aller taper la balle ou le carton et boire des schnaps avec ceux d'en face.

Une partie de la nuit que ça leur avait pris ce sale boulot. Heureusement, ce soir-là, y avait eu le pinard et la gnôle pour accompagner le chocolat et toute la bouffe qu'ils avaient reçue. Abel en avait vu malades comme des chiens, ils avaient perdu l'habitude de se goinfrer autant.

Dans les tranchées, il faut la mettre en sourdine pour ne pas se faire repérer. Cette nuit-là, personne n'avait tiré sur la fête chez le voisin. C'était *Stille Nacht* contre *Marseillaise.* Abel avait même tenté *L'Internationale,* le caporal avait mis ça sur le compte de l'alcool de prune que les paysans de l'arrière leur avaient offert. C'était ça le premier Noël sous les étoiles, une nuit avant de se refoutre sur la gueule.

***

Et Abel se retrouvait là, à regarder des anges préparer la table, disposer des oranges, des friandises aux papiers colorés et des paquets bien ficelés venus de tous les coins du pays. Le poêle ronflait et ça sentait bon les gâteaux, ça sentait la paix. Un parfum que l'on reconnaît lorsqu'on l'a perdu. Les petites avaient voulu les gâter. Abel trouvait malheureux de voir leur jeunesse se perdre parmi ces éclopés, elles devraient être en train de s'amuser et de danser dans leurs jolies robes de fête.

Depuis plusieurs jours, chacun sortait de son colis deux petites figurines, inséparables, reliées par un brin de laine, et leurs drôles de noms couraient dans la salle comme un vent de printemps. Nénette et Rintintin les avaient rattrapés jusqu'ici. Même pour un gars sans enfant comme Abel, impossible d'ignorer ces poupées d'avant-guerre, en vitrine dans tous les bazars, cajolées dans toutes les poussettes, et dont la réclame s'affichait sur les murs de France et dans les journaux illustrés. 8 francs 90 la pièce, 17,50 le couple.

Francisque Poulbot, le créateur de ces poupées à tête de porcelaine leur avait donné les surnoms que sa femme et lui s'attribuaient dans l'intimité. Curieusement, Nénette était le monsieur, et Rintintin, la dame, ce qui bien vite s'inversa dans les jeux enfantins. Petit Lardon, dit aussi Radadou, complétait l'univers de ces jouets présents dans toutes les familles françaises. Poulbot les avait inventées pour concurrencer les poupées allemandes, plus modernes, qui envahissaient le marché. Dès le début de la guerre, les usines cessèrent de produire des jouets et tout le monde se mit à fabriquer Nénette et Rintintin avec ce qui lui tombait sous la main. Des brins de laine colorés, des chutes de tissu récupérées ici ou là. Les deux personnages étaient toujours reliés, symbole de fidélité et d'éternel amour. Réalisées dans toutes les écoles du pays et envoyées au front, elles sont censées protéger ceux qui les portent des Gotha, les bombardiers allemands. Les soldats les cachent sous leur vareuse ou les portent autour du cou, passant le lien derrière la nuque. Cartes postales, chansons, elles sont partout, elles viennent de l'arrière, des enfants, des familles. La laine est douce au fond de la poche ou contre son cœur. Parfois, une goutte de sent-bon s'est imprégnée et tout chavire le temps d'un instant. Abel a eu les siennes, la Levert a déposé le petit couple vert et bleu sur le chevet, fallait-il y voir un signe timide, un peu maladroit ? Abel l'a glissé au fond de sa musette, tout contre son harmonica. Adrien a préféré asseoir celles reçues de sa mère sur sa pile de livres. Les deux mascottes se font face, souriantes grâce au fil de laine rose qui leur tient lieu de lèvres.

Depuis la visite de Madame, le major était sombre. Pas moyen de savoir s'il avait été heureux de la voir, ou s'il s'en voulait de lui avoir causé un tel choc et de lui avoir menti. Abel avait préféré le laisser tranquille. Adrien ne lui avait plus donné de lecture. Il espérait que ce silence ne durerait pas trop longtemps, le savoir malheureux, seul derrière sa toile, lui donnait le cafard.

Ce n'était pas l'approche de Noël, il n'était pas comme la plupart des gars dans la salle qui avaient le moral en berne d'être séparés de la famille, des gosses, de la femme, le souvenir des Noëls passés et la trouille de ceux à venir. Ce n'étaient pas des étrennes qu'ils allaient ramener, mais des pattes en moins, des moignons ou des sales gueules.

Abel, personne ne l'attendait à la maison, et le 25 décembre, d'habitude, c'était plutôt une bonne bouffe avec les célibataires comme lui ou avec les p'tiots qui n'avaient pas le sou pour le voyage vers la famille. On picolait, on faisait de la musique et on trouvait toujours deux trois filles pour guincher gentiment. La journée passait vite et le lendemain on reprenait le boulot...

Depuis quelques jours on lui avait retiré son attelle et il avait pu faire quelques pas timides à l'aide de béquilles. Il avait réussi à enfiler son falzar tout seul. « Quand même, y'a pas de doute, ça vous pose un homme », lui avaient dit les copains !

La veille de Noël, le toubib était enfin sorti de sa cachette. Abel s'était dit que c'était vraiment un beau cadeau. Il avait pris Abel par le bras et tous les deux ils avaient traversé la salle aller et retour sous les applaudissements. Mlle Levert n'était pas la dernière à taper des mains et son sourire faisait mouiller ses yeux. Malgré le lieu, malgré la douleur, Abel n'aurait pas souhaité de plus beau Noël. « Le roi n'était pas son cousin », aurait dit son copain Élie.

Le soir, les infirmières leur avaient fait la surprise de quitter la blouse blanche. Elles s'étaient préparées comme pour aller à la noce, les infirmiers aussi avaient sorti le costume. À part quelques pauvres bougres qui ne pouvaient pas bouger, on avait remis la veste et ça sentait fort le savon à barbe. La table était rudement jolie, les filles avaient fait du bon boulot : bouquets de houx et de gui, bougies et papillotes ; dans cette lumière leurs faces de soldats amochés avaient presque bonne mine.

Mais le clou de la soirée avait été l'arrivée en fanfare de la Levert portant dans ses bras un Gramophone, suivie d'une petite, chargée d'un coffret de disques. D'où sortait-elle ça ? Il fallait sûrement aller loin à l'arrière pour trouver dans la région un tel attirail ! Abel ne l'avait jamais vue si heureuse, elle en était presque jolie. Il avait remarqué les petites frisettes et les perles d'oreilles.

Elle leur avait raconté : deux brancardiers qu'elle connaissait bien étaient intervenus après le bombardement d'un gros bourg plus à l'est. Peu de pertes humaines, la plupart des habitants étaient partis depuis belle lurette, mais partout des maisons éventrées, des toitures effondrées et des chats errants. Ils devaient quand même aller vérifier qu'il n'y avait plus personne. Une fois, ils avaient trouvé un petit vieux qui avait refusé de les suivre ; accroché à sa maison, il voulait y mourir.

Le jour de leur trouvaille, ils étaient entrés dans ce qui restait d'une maison bourgeoise. Parmi les armoires écrasées, les gars n'auraient pas dit non à un peu de boustifaille ou de pinard. Pas la peine de descendre à la cave, elle devait être vide depuis un paquet de temps, à se demander si les Boches n'étaient pas venus que pour nos bouteilles. Pour le reste, les gars savaient que le pillage était interdit, il ne fallait pas rigoler avec ça. Conseil de guerre et pire encore. Cela n'avait jamais empêché les troufions d'améliorer un peu l'ordinaire avec leurs trouvailles. Une couvrante, du linge, des bouquins, de la vaisselle utile dans les cagnas. « On voudrait bien le voir, celui qu'a résisté. » Bref, les gars étaient tombés sur le Gramophone. Un beau, avec un pavillon à larges pétales tout en cuivre sur un socle en bois peint. Ils n'avaient pas hésité, ça distrairait les copains et les malades. De toute façon les proprios n'étaient pas près de revenir dans le coin, et si ce n'étaient pas eux qui se servaient, ce serait un autre.

Un Gramophone ! Nom de Dieu, s'il y en avait un qui était content, c'était le major !

Il avait pris le coffret en cuir souple, les disques en cire étaient bien rangés dans leurs pochettes en tissu. Ils ont tous vu son œil s'illuminer et briller comme jamais dans la lumière des chandelles. Il est allé chercher son ardoise, il a écrit : MERVEILLEUX ! RAVEL ET DEBUSSY ! MERCI. Il avait posé sa main sur l'épaule de Levert, s'il avait osé, il l'aurait embrassée.

Les gars autour de la table ne connaissaient pas, mais le toubib était tellement heureux qu'ils ne demandaient qu'à le croire et à découvrir.

La musique s'était élevée doucement, plus personne ne pipait un mot. Ils se regardaient. Dans cette pièce, il y avait de tout. Des vieux, des minots, des gars du Sud, des Parigots.

Il y avait même un Sénégalais, arrivé de pas longtemps. On était ouvrier, fonctionnaire, paysan, serrurier à Belleville. Ils étaient là parce qu'il fallait bien la faire cette putain de guerre, même si pour eux cela avait mal tourné. Mais ce soir-là, tous ensemble, ils en auraient presque pleuré d'entendre cette musique, et il avait fallu beaucoup de pinard pour qu'ils finissent la soirée au son de l'harmonica d'Abel.

Le lendemain, le jour de Noël, c'était plutôt calme dans le pensionnat des biffins. Il fallait cuver le vin de la veille. Il n'y avait plus grande activité dans la maison, moins d'infirmières, seules quelques religieuses fidèles au poste. Le major ne quittait plus le Gramophone et ses disques et ça somnolait dans tous les coins, bercé par le son du piano. Dans l'après-midi, il s'était remis à écrire sur son cahier. Le soir, comme à son habitude, il l'avait déposé sur le lit d'Abel.

Il revenait sur sa petite enfance. Celle qui te colle aux sabots.

Quelques mois avant que ma mère ne quitte la maison, le dernier Noël avec mes deux parents, nous sommes allés comme chaque année dans la propriété de ma grand-mère paternelle dans le Beaujolais. Nous y retrouvions mes oncles et tantes, leurs enfants et surtout trois cousines d'à peu près mon âge.

Mes deux grands-mères étaient radicalement différentes. Je tutoyais l'une et donnais du vous long comme le bras à l'autre. Mes relations avec ma grand-mère paternelle étaient convenues, retenues dans un ensemble de règles de bienséance établies et sans surprise. Elles se déroulaient dans un ordre précis, toujours le même : un baiser sur le front, une question sur mes résultats scolaires, une autre sur ma fréquentation de l'école du dimanche et mon assiduité au culte. Une appréciation sur ma taille, mon maintien, suivie immanquablement d'une remarque sur ma chevelure. Un épi contestataire empêchant tout espoir de raie régulière.

Malgré les efforts de ma mère pour essayer de dompter ma tignasse à grands frais de lotion, je n'égalerais jamais la coiffure impeccable de mon père. Ce sujet et le geste de la main marquant le dépit signifiaient la fin de notre entretien qui ne serait complété par aucun autre pendant tout le séjour.

J'aimais bien pourtant ces voyages vers la campagne, les habits du dimanche, l'arrivée devant le perron imposant, le lustre du vestibule et ses gouttelettes de verre transparentes qui nous accueillaient comme autant d'étoiles. L'odeur de cire, des dames en blanc qui s'affairaient, et en toute saison le vieux jardinier qui ratissait les allées du jardin. Je m'étais souvent fait reprendre quand je lui faisais des signes à travers les larges fenêtres lorsque nous étions à table. J'aimais aussi, par-dessus tout, écouter ma grande cousine Louise jouer du piano au salon. Quand nous, les plus jeunes, devions monter nous coucher, je collais mon oreille sur le parquet pour pouvoir l'entendre encore un peu. Ma mère me retrouvait parfois endormi dans cette position. Dans cette maison, ma mère était différente. Une façon de s'asseoir sur le bord des fauteuils, les mains réunies sur la jupe et les nombreux froncements de sourcils m'intimant de me tenir droit. Nous étions ici sous le regard sévère des portraits de famille alignés dans l'escalier.

Je ne comprenais pas que ma grand-mère maternelle ne soit jamais invitée dans cette maison, même à Noël. Mon père prétendait qu'elle ne serait pas à l'aise et qu'elle préférait passer les fêtes chez son fils. Je l'appelais Anny, au grand désespoir de mon père qui aurait souhaité que je dise Granny comme dans les bonnes familles aux références anglaises. Ne réussissant pas à prononcer, jeune enfant, la première syllabe, un peu rugueuse, je n'en avais conservé pour toujours que la voyelle.

Anny partageait mon quotidien depuis ma naissance. Anny, les bras protecteurs, la douceur, l'odeur de savon, la voix qui console, les mains qui soignent. Mais Anny que l'on n'emmène pas, et qui d'un geste de la main, d'un baiser soufflé assure qu'elle sera là au retour de son petit chéri.

Mais Anny que l'on oublie vite, tout à la joie du voyage. En ce dernier Noël en famille, alors que déjà ma chère grand-mère faisait de son mieux pour me protéger des fréquentes disputes, nous l'avons laissée seule. Mon oncle Georges était dans la famille de sa femme dans l'Ain. Nous avons laissé Anny derrière cette fenêtre agiter son mouchoir, et je me souviens avoir ressenti avec force le désir de descendre de la voiture à cheval, de lâcher la main gantée de ma mère, pousser la porte cochère, courir dans l'escalier, taper de mes deux poings pour entrer et affirmer mon choix en me jetant dans les bras de celle que je ne voulais pas abandonner.

Mais, et ce fut ma première lâcheté, je me suis contenté d'un timide sourire et d'un petit geste, attiré par la promesse de la table chargée des treize desserts, des cadeaux et de la cousine au piano. Je n'ai rien dit. Comme je n'ai rien dit, non plus, devant le désarroi de mon père quelques mois plus tard quand il cherchait chez son fils un réconfort, entre les silences et les éclats de voix. Dans l'attente des retours de plus en plus tardifs de ma mère, il était affaibli, résigné et moi maladroit et injuste comme peut l'être un enfant, j'avais sans vraiment le décider pris son parti à elle.

Pourquoi est-ce aujourd'hui que je repense à cela ? Est-ce cette musique nostalgique qui nous porte ou cette neige qui nous enveloppe et nous isole, éclopés que nous sommes, comme sur un navire dérivant en pleine mer. Ici, au milieu de nulle part, tout cela pousse à la mélancolie. C'est à la fois triste, joli et doux la mélancolie, elle gomme les remords. Ne restent que les regrets…

Il avait raison le major, cette musique et cette neige les emmenaient là où ils n'avaient pas forcément envie d'aller. Abel lui avait rendu son carnet, il n'était pas seul à sentir le sale goût que te laisse ce que tu n'as pas osé faire quand il aurait fallu ou ce que tu as fait quand tu n'aurais pas dû.

***

Depuis qu'Abel pouvait se déplacer, il allait parfois s'asseoir sur le rebord de la fenêtre. De hautes fenêtres cintrées par une rangée de vitraux colorés. Semblables à celles des manufactures textiles dans son pays. Il avait remarqué qu'on en avait retiré les poignées, les religieuses ne voulaient peut-être pas que des désespérés puissent sauter un soir de moins bien. Abel en avait vu des gars qui voulaient en finir. Ils posaient leurs armes et avançaient sans protection face à l'ennemi, attendant la volée de balles qui balaierait tout ce cirque. Arrêter tout ! Le toubib y avait-il pensé avec la tronche qui l'attendait ?

Abel aimait bien ce qu'il voyait depuis l'étage. Une étendue blanche sans fin. Après les arbres de la cour, plus rien, à part quelques rares fumées de cheminées au-dessus de fermes lointaines. Et une route, une seule, qu'il devinait aux traces laissées par les camions qui déversaient des hommes blessés et repartaient avec des macchabées. Un étroit lacet qui venait de là-bas, du feu et du reste. Avec ce qu'il tombait depuis plusieurs jours, on ne le verrait bientôt plus, jusqu'au prochain convoi.

Abel s'était senti si loin de ses collines, si loin de ce que sa vie aurait pu être. Est-ce que cette saleté de guerre allait finir un jour ? Qu'allaient-ils faire avec tout ça après ?

Il était resté un moment à suivre une volée d'oiseaux au-dessus du toit d'un préau où des jeunes filles avaient dû jouer au cerceau, soulevant leurs jupes dans des éclats de rire.

Abel avait reconnu la cape sombre du prêtre accompagné de deux religieuses qui d'en haut semblaient sautiller, petits pas noirs, luisants dans la neige. Les infirmières les avaient prévenus qu'un office religieux aurait lieu au rez-de-chaussée en fin d'après-midi. Ils étaient tous conviés, même les non-catholiques avaient-elles précisé. Le Seigneur veille sur chacun d'entre nous, là, tout de suite, Abel ne savait plus très bien où il en était avec sa foi.

***

Le major bouquinait. Faute à l'enfance, à Noël, à la neige ou la musique, Abel avait eu envie de lui parler de sa petite sœur Céleste. Adrien avait posé son livre, comme il le faisait toujours lorsqu'il était interrompu, sur son torse, ses longs doigts entrecroisés emprisonnant l'ouvrage.

La Céleste, c'était une cascade de boucles brunes, une broussaille d'épines impossible à dompter. La mère essayait bien, à coups d'huile d'olive sur le peigne, mais elle filait aussi vite que le chien qu'elle avait ramassé Dieu sait où, et qui ne la lâchait pas. Le père n'en voulait pas. La gamine, elle a dormi dans la grange avec son clebs jusqu'à ce que le vieux cède. Céleste, elle courait plus vite que vous, major. Quand une chèvre s'aventurait où la petite n'avait pas donné la permission, fallait la voir ! Dès que la terre se réchauffait, elle jetait ses sabots et même sur les pierres des chemins elle s'envolait. La petite sœur, elle avait le rire qui venait à la fois du ruisseau et du vent dans les chênes. Elle ne rechignait pas au travail, elle parlait aux bêtes, des vaches aux biquettes en passant par les poules et le reste. Quand elle a commencé à tenir l'étal au marché, fallait voir le monde autour de la planche. Un sourire, et des yeux, des billes de jais, noyés dans la mousse, le menton relevé pour te planter bien droit la lumière ; tu ne pouvais pas t'en sortir.

Au mitan de la journée, plus un picodon, plus de noix ou de caillé. Tout était vendu. Même un major comme vous, il n'aurait pas résisté.

C'était tout ça ma Céleste, mais moi, je n'étais pas son frère préféré. J'aurais bien voulu. Je ne le lui ai jamais dit.

Je n'ai jamais rien dit à personne.

Elle, elle chantait tout le temps, moi, j'étais en colère.

Silencieux dans les bons jours, renfrogné et méchant le plus souvent. Enfermé dans mon sale cabochon comme ils disaient tous, faut dire que j'y mettais du mien. Des fois, on te colle un rôle que tu ne sais plus comment en sortir, alors tu continues. Tu existes comme ça. J'ai retrouvé la même chose plus tard, et ici tout pareil. Vous aussi major, je parie. Moi, une fois pour toutes, je suis le gueulard, celui qui porte les réclamations, qui cause pour les autres devant les chefs. C'est comme ça. Il a suffi qu'une fois, après une soirée de chopines, je leur parle du syndicat, des manifestations, et c'était parti.

Dans la famille, j'étais le pas gentil, l'écorché vif, celui qui lestait les grenouilles à la patte. Tout ça, c'était pour qu'on me remarque, ce n'était pas un bon calcul mais je ne le savais pas.

De toute façon, on ne peut rien faire pour changer ce qu'on a été, pas vrai major ?

Faut-il que je n'aie pas grand-chose à raisonner ici pour mijoter de pareilles idées. Pourtant, à la poterie, aux cartonnages, à l'usine et même dans les boyaux, j'étais plutôt le bon gars…

Céleste passait son temps avec un de mes autres frangins. Antoine, celui qu'avait les mains longues et fines comme les vôtres. Elle le suivait partout avec le papier, les crayons de bois et tout son bazar pour dessiner les piafs ou Dieu sait quoi. Celui-là, le toujours dispensé de corvées, on peut dire que je lui en ai fait voir. Alors la gamine, elle se dressait devant moi, plissait son front, se mordait les lèvres, serrait les poings, et quand elle se décidait à te les envoyer bien au milieu de l'estomac, t'avais la soupe de midi qui te revenait.

Le coup de la soupe avait fait rire le toubib, enfin comme il le pouvait.

Oui, ma p'tite frangine, c'était la seule à se dresser devant moi comme un coq, surtout pour défendre son Antoine. C'est ce coup-là qui me faisait le plus mal, son amour pour lui.

Abel avait cessé de parler, les mots lourds comme des pierres, âpres, étouffants, pesant au fond de la gorge.

C'était son tour. Le toubib avait saisi l'ardoise sur son chevet : après la séparation de ses parents, il allait en vacances chez des amis de sa mère dans le Sud. Une famille avec quatre fils qu'il enviait par-dessus tout. Au temple, il priait pour que le bon Dieu le fasse changer de nom. Parents et enfants lui répétaient qu'il faisait partie de la famille, qu'il était chez lui, mais une fois l'été passé, il retrouvait sa solitude. Il avait compris qu'il était impossible de changer de famille, il fallait vivre avec elle, la fuir, en construire une autre et finir par s'apercevoir qu'elle était là, en nous, vivante, noueuse et bruyante comme un essaim d'abeilles.

Le toubib descendait régulièrement voir le chirurgien. Quand il revenait, il racontait à Abel. Personne ne voulait lui montrer son visage. Pas de glace dans la salle d'examen. Il avait demandé à Abel de retirer les bandages pour qu'il puisse se regarder dans la vitre. Il l'en avait dissuadé, il se serait fait surprendre par les filles qui allaient et venaient régulièrement dans la salle et ils n'auraient jamais pu refaire le pansement à l'identique. Surtout, Abel avait encore devant les yeux l'affreuse vision, le souvenir de la charpie, le plus tard serait le mieux.

Des coloniaux venaient d'arriver, des gars aux yeux rouges qui pleuraient et se mouchaient sans arrêt. Les pauvres avaient été gazés, ils avaient voulu se protéger au fond de leur gourbi sans se douter que cela allait être pire. Il paraît qu'ils crachaient tout leur intérieur. Ils avaient eu droit à la cocaïne et les petites ne cessaient de leur laver les yeux et de leur mettre des tampons d'huile dans les narines.

Adrien avait écrit qu'au moins ceux-là, s'ils s'en sortaient, ne feraient peur à personne. Leur infirmité, ils pourraient la cacher.

Il avait été marqué par une sale expérience, au début de la guerre.

Abel en avait lu le récit douloureux dans son carnet.

Avant d'être affecté dans le secteur où Abel l'avait trouvé, le major appartenait à une ambulance hippomobile qu'il partageait avec deux autres médecins. L'ambulance avait stationné quelque temps dans le parc d'un château appartenant à un cardiologue du coin. Pendant que le cantonnement se montait, le toubib et un confrère, un certain Hippolyte, étaient partis à bicyclette, curieux de voir les dégâts sur la cathédrale de Reims dont ils avaient appris le bombardement à quelques kilomètres de là. Il se souvenait des petits chemins, de l'air doux de la fin d'été, un air de balade à la campagne. Au premier abord, la cathédrale semblait moins atteinte qu'ils ne le craignaient. Elle tenait debout et la lumière filtrait à travers les vitraux bleus de l'abside. Les deux cyclistes étaient repartis rassurés. Mais quelques jours plus tard, rebelote, les Boches avaient mis le paquet cette fois. Tirs d'obus en masse : la toiture prend feu et l'édifice qui menace de s'écrouler. Les toubibs apprennent que de nombreux blessés allemands sont toujours rassemblés à l'intérieur depuis que la cathédrale a été transformée en hôpital militaire par les Allemands eux-mêmes lors de leur brève occupation. Les gars seraient couchés sur des lits de paille. L'ambulance se rend au plus vite sur les lieux, un drapeau de la Croix-Rouge flotte désormais au sommet de la tour nord. Des blessés affolés tentent de sortir de la cathédrale, la chaleur est épouvantable, des soldats français les en empêchent, soutenus par une foule de Rémois déchaînés.

Le clergé de la cathédrale, un capitaine de dragons et les deux toubibs tentent d'arracher d'une mort horrible les malheureux, mais certains sont déjà asphyxiés ou brûlés vifs. Le major avait assisté un jeune gars dont le visage dévoré par les flammes porterait à jamais des marques horribles, un vrai cratère. Plus de nez ni de lèvres, voilà ce qu'il avait écrit. Il ne parvenait pas à l'oublier. Il savait que pour ce gamin qui ne parlait pas la même langue que lui, pour ce môme censé être son ennemi, le choix était le même que le sien, un masque en plâtre ou balader sa gueule hideuse à faire fuir les femmes et les enfants.

***

C'était le lendemain du jour des Rois. Ils avaient bien rigolé. Les infirmières avaient fait comme elles pouvaient. À la place des galettes, ils s'étaient régalés de crêpes épaisses et s'étaient coloré les doigts de sucre roux et de saindoux. Pour la fève, un gros haricot avait fait l'affaire. La Levert leur avait dit que les baigneurs en porcelaine qu'on avait l'habitude de trouver dans la pâte étaient fabriqués chez les Boches, alors ça aussi, comme le reste, ils pouvaient se le garder. C'est elle qui avait trouvé la fève ; elle l'avait, en rougissant un peu, déposée dans l'assiette d'Abel. Les gars avaient crié : « Un baiser ! Un baiser ! » et il avait senti ses lèvres à peine posées sur sa joue, un pétale de cerisier sur les chemins au printemps…

Adrien commençait à voir son bouillon s'épaissir, il ne pouvait toujours pas mâcher mais le roi c'était lui ! Les filles lui avaient collé sur la tête une couronne qu'une petite avait fabriquée dans du papier brillant. Fallait le voir avec sa gueule bandée et la couronne de Melchior rouge et vert posée sur le dessus. Une infirmière avait pris la photo. Pauvre vieux, la tronche que ça lui faisait. Abel le regardait, attendri et triste à la fois. « On ne se rend plus compte à force de vivre entre nous, mais sûr que dehors on ferait peur, et pas qu'aux gamins. »

Ils avaient passé une jolie journée, arrosée de cidre et bercée de musique. Ils avaient eu raison d'en profiter, parce que la nuit suivante ce n'était pas la même danse…

En plein milieu de la nuit, les cloches du pensionnat les avaient réveillés. Celle de la grille et les deux autres, côté chapelle et école. « À toute volée qu'elles carillonnaient ! » Les filles en cheveux, en tenue de nuit ; les brancardiers en caleçon long couraient dans tous les sens. « Bombardement, bombardement, vite, il faut descendre ! » Pas le temps d'émerger et de se rendre compte. Ils pressaient ceux qui pouvaient de déplacer et s'affairaient pour transporter les autres. Il fallait prendre son quart et le plus possible de laines et de couvrantes. C'est qu'il n'arrêtait pas de neiger depuis Noël et que là où on les emmenait, il n'y avait pas de poêle.

Adrien a embarqué sa couverture, son ardoise et ses cahiers, puis il s'est chargé des affaires de son voisin. Avec ses béquilles, difficile de porter quoi que ce soit et courir n'était pas encore pour cette nuit. Et voilà que le sifflet de la cornette en chef se mettait lui aussi à chanter. Les cloches s'envolaient de plus belle, les invalides appelaient au secours, les soignants hurlaient des ordres inaudibles dans un tel vacarme. Le Sénégalais braillait, avec son bandage sur les yeux, il n'y voyait que dalle. Pas le temps d'enfiler les godasses, le major a aidé Abel pour les chaussettes. Ils ont suivi le flot, mais, arrivé à la porte vitrée, Abel s'est aperçu qu'il avait oublié son harmonica. Il a juré comme un charretier et le toubib est reparti en courant le chercher. Ils se sont fait engueuler. La cornette a vérifié qu'il n'y avait plus personne, un sourd peut-être qui pioncerait encore, et ils ont tout laissé derrière eux.

Abel avait cru ne jamais pouvoir descendre ce foutu escalier. Heureusement que le major était là avec sa grande carcasse, il ne l'avait pas lâché. Il devait y avoir un paquet de bonshommes mal en point dans le pensionnat car il en arrivait de tous les étages. Des gueules qu'ils ne connaissaient pas. De quoi leur donner le tournis. Protégés depuis un bail dans leur salle, ils en avaient oublié le dehors. Dirigés vers un escalier étroit qui descendait à la cave, ils avaient entendu les détonations. Sourdes d'abord, puis au fur et à mesure, Abel avait senti que ça tremblait sous les chaussettes. Encore des marches, et dans la pénombre les lueurs titubantes d'une guirlande de chandelles. Adrien le tenait fermement sous le coude.

Voilà que cela recommençait, ils retrouvaient l'odeur de la terre, les parois humides, le manque d'air et le froid qui commençait à piquer. Tout leur revenait en bloc. Une histoire commune. Certains perdaient les pédales, le trou, c'est pas possible de l'oublier et y a trop de sales images qui te reviennent. Même le toubib avait les mains moites.

Dans leurs souvenirs, les bombardements des zeppelins, des gars qui de là-haut balançaient des grenades à la main. Mais ils entendaient les brancardiers qui parlaient de bombardiers géants, de Gotha, de tirs stratégiques, offensifs, défensifs, ils ne suivaient plus. Ils avaient un peu décroché de la guerre alors qu'elle était loin d'être finie. Abel s'était demandé combien de gars étaient crevés depuis qu'il y avait laissé ses guiboles.

Ils s'étaient assis comme ils le pouvaient sur des sacs de sable. Ça puait les patates germées et les fruits surets. Et ça tonnait au-dessus. À chaque détonation, toutes les cinq minutes à peu près, ils se serraient un peu plus les uns contre les autres. Malgré le peu de lumière, ils découvraient des chevelures d'habitude cachées sous les voiles. Ça faisait un bout de temps qu'ils n'avaient pas vu une fille en robe de nuit. Abel en avait remarqué une, qui avait une sacrée jolie cascade dans le dos, un blond très doux, il y aurait bien laissé glisser ses mains. Ils allaient être enterrés sous les gravats d'une école de jeunes filles, faits comme des rats au beau milieu de plaines gelées, à mille lieues de chez eux, et Abel divaguait... Sous les chocs, la paroi de la cave s'effritait, laissant tomber la poussière sur leurs têtes. Il fallait se reprendre, ce n'était pas le moment de se laisser aller.

L'odeur de fruit aigre devenait vraiment forte. Alors, pour meubler le temps, Abel avait raconté au major, dont il sentait le poids de l'épaule contre la sienne, comment on faisait avec les poires au pays. Lorsque la situation devient grave, c'est toujours pareil, c'est un détail, un souvenir minuscule qui te revient, un petit bout de vie.

Au bout de trois mots, le major avait sorti son ardoise : APPELEZ-MOI ADRIEN.

Surpris et ému, Abel avait un peu bafouillé en commençant son histoire par son prénom.

Maj.., pardon, Adrien, quand j'étais gamin, les poires on les croquait encore chaudes, gorgées de soleil, sitôt tombées de l'arbre. On en laissait pourrir au pied, tellement il y en avait. Des cageots pleins qu'on ramenait. C'était le travail des filles de les ranger bien espacées sur les claies dans la grange. Il leur fallait pas de lumière et de l'air sec. De l'air, il en manquait pas. Jules, le père, il n'était pas le premier pour la construction, et les planches elles te laissaient voir la montagne de l'autre côté. Le mistral te jouait une sacrée chanson quand, en automne, le cul par terre, tu triais les châtaignes. Les filles emballaient chaque poire dans du journal, ça augmente la durée de conservation, mais elles jacassaient, ça traînait en longueur. La mère finissait par arriver, on l'entendait depuis sa cuisine, et le bâton levé elle te réveillait les frangines qui récoltaient les nouvelles du pays. Elles ne comprenaient rien sûrement, il n'y avait rien à comprendre de ces papiers déchirés, éparpillés sous leurs sabots. Elles s'attardaient sur une photographie, un titre qu'elles déchiffraient. Ça les faisait rire. Caché derrière la grange à les épier, je les entends encore glousser comme des oies, et la mère pour finir riait avec elles en les ébouriffant. À les voir comme ça, mêler leurs cheveux, leurs pieds nus et leurs mains sales, je cognais mes sabots contre les pierres, les troncs et tout ce qui résistait à ma peine que les autres appelaient colère. Abel s'était tu brusquement.

Alors, le major avait passé le bras autour de son cou, son grand bras dégingandé, un geste pour le consoler, un geste de frère... Abel avait sa chevalière sous le nez. Elle revenait de loin celle-là.

Ils n'avaient guère eu le temps de s'apitoyer, car à partir de là ça s'était mis à taper sérieusement. Des cris, du silence. Des cris et encore des cris. La trouille était là. Ils la connaissaient tous.

Ce n'est quand même pas vrai qu'on va finir dans ce trou ? Adrien avait secoué la tête comme un gamin capricieux qui dit non, sans appel. Les sœurs s'étaient mises à prier tout haut. Un gars essayait la chansonnette. Va savoir où ça se cache et comment tu te débrouilles avec la peur. Alors Abel a sorti son harmonica. « Si ça devait s'arrêter maintenant, c'est en jouant que je voudrais qu'elle me prenne la Camarde, en jouant à côté d'un copain. »

Ils ont attendu que l'aube se dégage enfin, laissant apparaître la couche de neige dans la cour à travers le soupirail. Une aube silencieuse, épuisée par trop de bruit. La nuit les avait laissés immobiles, figés par le froid. Endormis sous des cartons, des toiles de jute, enlacés, réunis par la trouille. Le major dormait encore, couché sur son « bon » côté, Abel ne voyait plus que le bandage perdu dans les couvertures. Il l'avait épaté le toubib. Durant cette nuit de guerre, sans un mot, il avait soutenu, secouru, donné tout ce qu'il pouvait. Une poutre, puis des étagères en fer s'étaient abattues sur un petit groupe installé au fond de la cave. Après un grand fracas, dans la pénombre, on avait entendu des cris et des appels au secours. Le major s'était levé d'un bond. Sans béquilles, avec tous ces corps à enjamber, Abel n'aurait pu aller bien loin. La seule chose qu'il pouvait faire, c'était essayer de rassurer autour de lui, les biffins comme les jeunettes, elles n'étaient pas préparées à ça.

Le major, lui, il y était allé. Plusieurs gars et une religieuse étaient coincés sous l'amas de bois et de ferraille. Avec les plus valides, ils avaient réussi à les dégager. La sœur pleurait en silence, son épaule était déboîtée. Le toubib lui avait donné un morceau de chiffon à mordre et l'avait replacée d'un coup. Pour les autres, un garrot quand ça saignait trop, et pour un bras cassé une attelle bricolée à l'aide de cagettes. Rien qu'avec ses mains il avait fait des miracles. C'est la cornette en chef qui l'avait dit.

Les nuits dans le froid, ils connaissaient, elles sont désespérément longues, comme si les aiguilles de ton gousset avaient décidé que les minutes seraient désormais des heures. Pendant qu'il soignait, le toubib, Abel causait avec ses voisins. Ils n'avaient pas de cibiches et ils avaient faim. Un petit malin était parti voir s'il trouvait quelque chose. Il n'avait que ses allumettes en poche et c'était comme dans le conte que la mère racontait à Violette. Le temps d'une petite flamme et la nuit revenait. Il en avait grillé le pauvre et s'était brûlé les doigts plus d'une fois, mais il leur avait rapporté, fier comme un général, deux pots de confiture. Il y en avait toute une réserve, mais pas de pinard ; c'est qu'on est coincés sous un pensionnat, pas sous une gargote, plaisantaient les gars. C'était de la bonne, de la mirabelle, il y en avait partout sur la plaine dans ce coin avant que les Boches crament tout, même les arbres en fleurs... Ils avaient fourré leurs doigts dans les pots et léché bruyamment la gelée dorée. Dans leurs yeux, Abel l'avait lu : putain, que sommes-nous devenus ?

Le jour s'était levé, mais la lumière, pâlotte, empêchée par le poids du ciel, annonçait une journée triste.

Plus de frappes aériennes depuis l'aube. Les Boches avaient probablement pilonné la route et le pont qui les reliait à la ville. Ils n'avaient sûrement pas fait dans la dentelle, si en plus ils pouvaient dégommer quelques bâtisses et une poignée de fermes au passage, c'était toujours ça de pris. Qui avait décidé le premier qu'ils pouvaient sortir de la planque ? Peu importe, ils avaient suivi. Un p'tit gars, l'air déjà vieux, avec un accent ch'ti à couper au couteau, s'était relevé : « Depuis le premier jour, mi ch'suis un mouton comme les autres... » Personne n'avait répondu.

Fatigués, blancs comme des linges, une armée de fantômes.

Le bâtiment n'avait pas été touché, à part des morceaux de verre sur le plancher. Le gars qui était menuisier a dit qu'il s'en occupait, « Une patte en moins, ça va pas m'empêcher de travailler, faut que j'm'habitue, la soupe, elle va pas venir toute seule quand je vais m'en retourner. » Les filles se sont activées à rallumer le poêle. Le vent s'était engouffré par les vitres cassées, il y avait des journaux et des papiers éparpillés sur le sol. Malgré la fatigue, tous ceux qui le pouvaient avaient mis la main à la pâte. D'habitude ils se laissaient faire, ils étaient devenus flemmards. Ce matin-là, après avoir eu la trouille ensemble, ils ne pouvaient pas laisser les blouses blanches faire tout le boulot. L'un passait le balai, l'autre préparait le jus et distribuait le pain de la veille. Comme Abel n'était guère vaillant sur ses jambes, il s'était assis près du chariot des infirmières et avait attendu les instructions de la Levert. Malgré la situation, elle gardait le sourire, elle devait trouver cela beau tous ces éclopés au turbin. Elle lui avait collé des mètres de bandages à rouler et à plier, lui avait montré le coup de main, et il s'était appliqué.

Depuis qu'ils étaient remontés, il n'avait pas revu le major.

La Levert lui avait dit qu'il était à l'étage au-dessus. Il aidait les toubibs à réorganiser les salles de soins. Abel n'en revenait pas, avec sa moitié de tronche il était debout après une nuit pareille et voilà qu'il aidait ses confrères !

Il était revenu tard, à l'heure ou le pensionnat enveloppé de nuit et de neige leur semblait seul au monde, perdu sur une planète en guerre. Il était gelé, épuisé. Abel l'avait sermonné, engueulé même, un vieux couple, les gars d'en face s'étaient foutus de lui. Adrien avait toussé toute la nuit ; un son rauque, un aboiement de chien qui lui déchirait la poitrine. Au matin, la fièvre était là, Abel avait aidé la Levert à poser les cataplasmes. Il n'avait pas quitté le lit de son ami de toute la journée, et la nuit suivante il n'avait dormi que d'un œil.

Il n'y a qu'Élie qu'il avait veillé ainsi, la fois de sa pneumonie. Élie et sa mère.

Le lendemain de la naissance de Violette, elle était restée dormir en bas pour ne pas réveiller le père qui devait se lever à l'aube. La Violette, je ne l'ai pas beaucoup connue, je l'ai surtout fait pleurer, la mère lui passait tout. La mère avait la fièvre, la matrone avait dit que c'était le lait qui montait. Les autres dormaient, moi, j'entendais le petit bruit sec qu'elle faisait avec ses dents, le bruit de la noix cassée sous la pierre. Elle grelottait, alors je l'ai couverte d'un boutis épais, elle transpirait, j'ai épongé son front, son cou avec une éponge humide, comme j'avais vu faire pour la grand-mère. Ça soufflait dehors, par bourrasques contre les vitres noires. J'étais seul avec elle. J'ai laissé courir mes doigts sur ses cheveux trempés, emmêlés, sur le contour de son front affaissé, sur les rides de chaque côté qui descendent jusqu'au menton. Chez nous, on ne se touche pas, jamais. J'ai posé mes lèvres tout près de sa bouche, à en boire son haleine. C'était la première fois que j'étais si proche d'elle. Et la dernière. Quand la petite a commencé à gémir, je l'ai soulevée du berceau qui avait bien trop servi. J'aurais pu la laisser tomber sur la tommette, les langes humides puaient et ses cheveux noirs sentaient le caillé. Je ne ressentais rien de plus que devant un agneau nouveau-né. Peut-être moins. Alors, sans réfléchir, j'ai crispé mes mains et serré comme on fait autour du cou des lièvres. Elle a poussé un cri et la mère s'est réveillée.

Pendant que le major se reposait, Abel regardait à travers la buée des carreaux. C'était comme si le mistral ou le vent d'ici dont il ne connaissait pas le nom avait soufflé si fort qu'il avait emporté le pensionnat dans un autre monde. Une charrue folle avait labouré les champs de neige, laissant apparaître des cratères de terre brune et sale. Des fumées sombres s'élevaient au-dessus des ruines. Dans la cour, noir sur blanc, quelques marronniers étaient restés debout, brûlés vifs, comme les hommes sur le champ de bataille, quand il n'en reste plus que la forme carbonisée. La girouette qui d'ordinaire grinçait au faîte de la grille d'entrée gisait muette dans la neige souillée. Le préau, écroulé en un tas de grosses pierres, n'accueillerait plus de rires. La guerre, toujours elle, les avait rattrapés. Qu'en était-il là-bas, dans les boyaux, à la ville et ailleurs ?

Dès qu'il s'était senti mieux, le malade avait demandé à Abel de lui lire les nouvelles. Depuis le bombardement la route était devenue impraticable. Pour le ravitaillement depuis la ville, on avait ressorti les charrettes à cheval. La dernière avait laissé un essieu dans les ornières de boue gelée. Le pain était rationné et on s'inquiétait pour le pinard. Alors les nouvelles fraîches, c'était pas tous les jours.

Il savait bien, le toubib, que ce qu'on racontait dans les nationaux comme *La Croix* ou *Le Miroir* c'était toujours la même chanson. Rien sur les opérations militaires, c'était interdit sauf en cas de déroute de l'ennemi, et toujours la rengaine sur la bravoure, le patriotisme et le sens du devoir. Même le poilu blessé sur son brancard réclamait qu'on le soigne au plus vite pour repartir sans tarder défendre sa patrie. Les gars se demandaient où ils l'avaient trouvé celui-là. Jamais rencontré et le major non plus. Abel lisait à haute voix pour en faire profiter les voisins, ils rigolaient parce que « ce n'est pas la peine de pleurer pour ça aussi, mais quand même, ils se foutent de notre gueule ».

« Les obus des Boches éclatent mollement, sans force, les nôtres font des plaies plus graves. Leurs balles pénètrent très peu, la blessure est aseptisée et facile à soigner. Notre artillerie réduit au silence les pièces ennemies qui ripostent à peine et semblent bientôt manquer de munitions. Au plus fort de la bataille saluons la légendaire insouciance du pioupiou français ! »

Ils lui en auraient donné des plaies de Boches ! Le colonial, avec ses yeux brûlés, gueulait « Pourquoi, ils ne parlent pas des gaz ? » Ils se rappelaient les uns les autres les feuilles de chou qui circulaient dans le boyau, c'était plus marrant. Les recettes de cuisine à la sauce tranchée, la dernière mode au rayon costume et leur vie quotidienne, les états d'âme, les femmes, le rêve du retour, la vermine, les rats… Ce n'était pas la même littérature.

Le major, lui, il avait ses livres qui arrivaient de Lyon régulièrement. Il en avait toute une pile au pied de son lit. Il les proposait et en laissait sur la table près du poêle.

Au retour de la toilette, un matin, Abel en avait trouvé un empaqueté sur son oreiller. Sur la page de garde, de sa belle écriture, il avait écrit : « Pour Abel, mon ami de douleur. »

Le chirurgien avait raison. Les plaies cicatrisaient bien et le major bavait de moins en moins. Il portait maintenant autour du cou une sorte d'écharpe de tissu blanc qui lui donnait l'air d'un dandy. Un de ces hommes élégants et fortunés qui les menaçaient de leur canne quand Abel et les siens défilaient en chantant sur les avenues lyonnaises.

Les chairs de son palais et de sa bouche se reconstituaient, il avalait désormais des soupes tièdes, des purées ou des bouillies. Il partageait leur table et si on passait outre à cet énorme pansement, il paraissait de loin le plus valide d'entre eux.

Ils savaient tous deux que le jour de son départ approchait. Il recevait de nombreuses lettres de sa famille, de ses amis qui l'attendaient et préparaient son arrivée. Il avait devant lui d'autres opérations.

« C'est qu'on allait lui refaire une petite gueule toute neuve à notre major ! » Les gars rigolaient, « Ce ne serait peut-être pas si mal de se la faire arranger aussi, notre tronche, ça pourrait aider avec les filles ! »

Adrien avait écrit dans son cahier qu'il continuait à lui donner tous les soirs.

Mon visage, où est-il mon visage ? Mes proches disaient qu'on y retrouvait les traits de ma mère, la lumière noire de ses yeux, les lèvres fines et le sourire de mon père.

Il était le lien qui me rattachait aux origines. Ainsi, je tenais paraît-il mes pommettes hautes d'une arrière-grand-mère que je n'ai pas connue.

Il devait être aussi une trace que je laisserais après moi. Il se dessinait doucement sur la frimousse de ma fille, au détour de la courbe du nez ou de la forme du menton...

Ce visage, je ne l'avais partagé avec aucun frère, aucune sœur. Mais il était celui caressé par Mathilde... mes lèvres, celles qu'elle aimait embrasser ! Alors, maintenant, que vais-je faire de ce visage inconnu, effrayant, de cette gueule rapiécée, rafistolée, cassée à jamais ? À quoi, à qui vais-je ressembler ? Pourrai-je encore me regarder, me reconnaître, me supporter ? Et celles et ceux qui m'aiment et que j'aime, le pourront-ils ? Ici, parmi vous, je me sens à l'abri des jugements. J'ai peur Abel, terriblement peur.

Abel avait cherché les mots pour répondre. Des banalités sur l'amour des siens, plus fort, plus profond qu'une apparence ? Il méritait mieux. Bien sûr, avec le temps, il reprendrait sa place, retrouverait son métier, ses confrères, ses amis et le cours de sa vie. Certains pourraient dire qu'il avait eu de la chance.

Abel était hanté par la pensée qu'il en veuille à jamais à l'inconnu qui l'avait sorti de sa tombe. Il en avait vu des gars partir sur leur civière, appeler la mort, refusant de vivre sans un ou plusieurs membres, arrachant le bandage sur leurs yeux les condamnant au silence de la nuit.

Abel a lu comme il aurait écouté. Il s'est tu. La souffrance ça ne se partage pas… ça s'additionne plutôt.

***

« Dans une semaine, deux ou trois jours, il allait partir mon major, mon ami. »

Abel la connaissait cette sensation du temps qui presse et qu'il faut vite remplir avant qu'il ne s'enfuie.

Le dernier soir à la ferme avant de partir à la ville, lutter pour rester éveillé et garder bien cachés les images et les bruits familiers : les bêtes dans l'enclos, le pas du père, le souffle du frère. La mère qui s'éloigne et disparaît sur le chemin ou la nuit dans la chaleur d'une fille avant de la quitter la veille de partir au service.

Alors, pour arrêter les aiguilles, ils ont échangé, échangé encore. Tous les deux. Ils se sont raconté l'important et l'inutile comme de vrais copains, et c'était bon.

Ils avaient leurs habitudes. Allez savoir pourquoi, le major avait appelé nos conversations nos « mille et une nuits » ! Le soir, Abel chuchotait pour ne pas gêner les voisins. Quand il sentait la fatigue lui piquer les yeux, il soufflait sur sa chandelle et s'endormait au son de la plume qui grattait derrière le paravent. Le major était un couche-tard, Abel avait gardé le rythme de sa vie d'ouvrier. Le sommeil qui surprend après une journée laborieuse.

Au matin, le cahier attendait sur son lit, de nouvelles pages à l'encre violette qu'il lisait tranquillement dans la journée, en prenant son temps. Adrien avait souhaité qu'il raconte aussi des souvenirs heureux. Abel était revenu vers l'enfance…

C'était un jour de chastagneuses. Les ramasseuses de châtaignes, des filles des environs, venues à pied, parfois de loin, vers les fermes de chez nous. Pendant des jours, elles courent les vergers et rassemblent dans leurs panières profondes les fruits bruns et brillants et les hérissons aux épines acérées. Elles sont logées dans les granges et nourries aux tables familiales. Pour nous, les enfants, leur venue était un de ces moments d'animation qui ponctuaient notre vie régulière et monotone.

Je n'étais pas bien vieux mais la cohabitation avec ces jeunes filles me rendait curieux et mal à l'aise à la fois. Je les observais, feignant de tailler un bout de bois ou tout autre travail qui aurait rendu ma présence nécessaire dans la cour où elles s'installaient sur des chaises disposées en cercle. Souvent, une voix claire s'élevait, reprise en chœur dans des chansons pleines d'allégresse. Leurs corps épanouis, leurs gorges dénudées, les manches relevées pour mieux saisir les pinces de bois grâce auxquelles elles attrapaient les bogues piquantes, elles furent mes premiers émois de garçon maladroit et solitaire.

Ce jour-là, l'une d'elles, à peine plus âgée que moi, était venue tirer de l'eau du puits. Je l'avais aidée à porter le seau et nos mains s'étaient frôlées. J'avais senti mes joues devenir aussi rouges que les liens qui retenaient ses cheveux. Le soir, à la tablée, plusieurs fois nos regards s'étaient croisés sans oser s'attarder. Après le souper, il faisait encore doux pour un soir d'automne, certaines s'étaient assises sur les murets dans la cour pour papoter ou fredonner encore quelques airs nostalgiques. Elle s'est approchée de moi, adossé à la grange, occupé à ouvrir des noix avec mon canif ; j'ai senti son épaule se réchauffer à la mienne. La nuit tombait et avant de suivre les autres qui entraient se coucher, elle a posé sur mes lèvres mon premier baiser. Nous nous sommes retrouvés les soirs suivants et j'osais timidement m'aventurer vers sa gorge, prendre sa main, caresser ses cheveux. Elle sentait la paille et le lait frais. Elle est partie avec les autres, une fois l'ouvrage terminé, et n'est jamais revenue…

Abel avait aussi raconté la récolte de la lavande. Les villages écrasés de chaleur, le ciel qui se colore du mauve de la terre ; agrippés aux champs pentus, les coupeurs d'épis, penchés sur leur faucille, le sac coloré porté en bandoulière, les brassées de fleurs bleues qui sèchent au soleil, le parfum âpre, la danse des abeilles… Après avoir déjeuné de pain et de fromage, les hommes somnolaient à l'ombre des saules et les mères rafraîchissaient dans l'eau des fontaines leurs jambes griffées par les souches acérées laissées par la faucille.

Abel avait eu l'étrange sensation que ce récit, la description des paysages n'étaient pas étrangers au major.

Adrien voulait en savoir toujours plus, d'où lui venait cette envie de refaire le monde, son engagement au syndicat, la lutte sociale, tout... Lui avait toujours été solitaire, de longues années à étudier, de travail acharné, une vie d'ascète entre ses livres et la musique pour atteindre son objectif : soigner et sauver des vies humaines. Et puis pour ses choix personnels, il avait eu pour modèle sa mère, bien sûr, mais aussi son beau-père dont il admirait l'engagement. Sa route avait été tracée, pas celle d'Abel. Pour que son ami puisse comprendre, Abel avait continué...

Quelques années plus tard, c'était la fin de l'été, je travaillais toute la journée aux champs à moissonner. Au village, les bras se déplaçaient là où il y avait de l'ouvrage. D'un champ à l'autre, peu importait le propriétaire, il fallait engranger avant les violents orages de la fin août et sauver la paille. On n'avait guère le temps de profiter des fêtes votives des environs, mais cette année-là, pas moyen d'éviter l'événement en titre de toutes les gazettes. Une affiche avait même été placardée sur la porte de la mairie et sur des arbres aux quatre coins du village. Le pasteur s'y était mis lui aussi, glissant dans son sermon l'information païenne incontournable, objet de polémiques de clocher et de bagarres dans les estaminets entre les enthousiastes et les farouches opposants : le train arrivait jusqu'à nous ! Et la fête allait être mémorable.

Les jours précédents, le maître à l'école nous avait incités à réfléchir sur la phrase d'un sénateur natif d'un village voisin : « La locomotive ne charrie pas que des marchandises, elle transporte des idées. »

La veille de l'arrivée du train et des trois locomotives qui assureraient les rotations, nous avons vu monter du bourg les lumières lointaines des feux d'artifice. Certains étaient descendus pour assister aux salves d'artillerie sur la place du

Champ-de-Mars. Occupés aux champs, nous étions partis le lendemain avec le reste du village.

Une procession de charrettes chargées de femmes et d'enfants apprêtés pour l'occasion. Même les anciens étaient du voyage. À l'appel de l'événement historique, notre village s'était entièrement vidé. À l'entrée du bourg, la maréchaussée nous a arrêtés, nous obligeant à descendre des carrioles. Des barrières, élevées jusqu'à la gare nouvellement construite, imposaient le chemin à la foule qui arrivait de partout. La fanfare municipale en grande tenue rougissait déjà sous le soleil d'août. Les enfants massés derrière les barrières agitaient de petits drapeaux tricolores que des jeunes filles tiraient de leurs paniers et distribuaient à qui voulait. Le père nous en a tendu un à chacun et j'ai enfoui le mien au fond de ma poche.

Tout à coup, dans un fracas terrible, le train entra en gare. Les locomotives s'immobilisèrent en soufflant sous les applaudissements de la foule. La chorale des écoles, accompagnée de la fanfare, entonna *La Marseillaise*, l'allégresse était totale. À côté de nous, affiché sur un platane, il était écrit en grosses lettres : GRAND BANQUET OFFERT À LA POPULATION. Un immense buffet avait été dressé sur des nappes blanches. Mais quand les barrières s'étaient ouvertes, la maréchaussée n'avait laissé passer que les quelques porteurs d'un petit carton blanc à liseré doré. Deux cents invitations, pour deux cents privilégiés, les notables. Patrons des manufactures et des poteries, membres du conseil presbytéral, curés et tout ce que cette petite ville comptait de gens importants.

Les gens se bousculaient pour ne rien manquer du spectacle. Et nous les avons regardés s'installer. Et nous les avons regardés boire et manger. Autour de moi, les femmes dépliaient leurs torchons contenant des noix, du fromage et du pain. Les hommes avaient prévu quelques chopines qu'ils se passaient de main en main tandis que de l'autre côté on servait les meilleurs crus dans des verres à pied. Je croquais de rage dans ma pomme alors que personne autour de moi ne semblait se soucier de ce qui me révoltait. Si ce n'était la crainte du père, j'aurais bien jeté des cailloux sur ce train et sur ces bourgeois.

Mais je crois que j'étais encore plus en colère contre cette masse agglutinée depuis le matin, tout sourire, agitant leurs drapeaux, saluant bêtement dans l'espoir d'apercevoir un officier ou un préfet. Même la mère se hissait sur la pointe des pieds pour admirer une toilette, une ombrelle en dentelle. Des femmes élégantes au bras d'hommes chapeautés, accompagnés de leurs enfants si bien élevés. À ceux-là aussi, j'aurais volontiers lancé des pierres, surtout celui en costume de marin ridicule et bottines cirées, je lui aurais bien sali la culotte et dérangé la coiffure, mais la bagarre aurait été trop facile, il aurait chialé, pour sûr, et appelé sa mère. C'est encore moi qui me serais fait botter le cul et traiter de vaurien. Valait mieux regarder par terre et cogner ses sabots pour cracher la rage. Je me souviens que la mère a saisi mon bras, m'a tiré à l'écart : « Mais enfin, qu'est-ce que tu as ? Tout le monde s'amuse et toi tu bougonnes encore ? » Je me souviens encore qu'elle a ajouté : « Mais qu'est-ce qu'on a fait au bon Dieu pour avoir un fils de travers ? »

Le bon Dieu n'avait rien à voir là-dedans, je ne pouvais pas aller droit, c'était comme ça.

Oui, Adrien, tout le monde était heureux, mes parents, mes frères, les voisins, le village entier. Tous, sauf moi. Et en fin d'après-midi, quand on a vu disparaître dans le bruit et la fumée ceux qui, le ventre plein, avaient eu le droit de faire partie du voyage, j'ai détesté les autres visiblement indifférents de rester à quai.

Vous savez, Adrien, même à mon âge, je voulais déjà les mêmes droits pour tous, des droits qu'on arrache puisque personne ne veut nous les donner. Pas de pitié ni de servilité, je voulais une vie tête haute. C'est peut-être le souvenir de ce jour-là qui m'accompagne à chaque fois que je lève le poing ou que j'ouvre ma gueule. En repartant, j'avais ramassé un menu emporté par le vent, il me reste en mémoire : saumon, jambon, filet de bœuf et en dessert des oublies montées. Je n'ai jamais su ce que c'était.

Ce sont de petites gaufres très fines surmontées de crème, avait alors écrit le major, soudain nerveux. Il s'était levé de sa chaise et s'était mis à marcher devant les fenêtres, les deux mains dans le dos, visiblement mal à l'aise.

Abel ne comprenait pas son trouble et son agitation. Il avait pris l'ardoise sur la table et d'une écriture brutale, rapide, il avait griffonné.

J'Y ÉTAIS CE JOUR-LÀ, J'Y ÉTAIS.

Abel était stupéfait. « Comment ça vous y étiez ? » Adrien avait juste tracé en lettres fatiguées : *Demain Abel, demain.*

Abel avait soufflé la chandelle, assailli de questions. Au matin, le cahier était sur son lit.

***

Abel, c'est absolument incroyable, mais j'ai vécu la journée de fête que vous venez de me décrire, même si mes souvenirs de cet événement ne correspondent pas exactement aux vôtres. La famille dont je vous ai tant parlé, ces amis de ma mère chez qui nous passions nos étés depuis la séparation de mes parents, habitent ce village, ce bourg comme vous l'appelez. Ovide Soubeyran, le père, était un homme très pieux, il occupait un poste important dans une manufacture. Il est décédé de la typhoïde peu de temps avant la guerre et leur maison, qui fut un peu la mienne à la belle saison, est à deux pas de la gare que vous évoquez. Elle domine le Jabron, vous l'avez certainement vue mille fois en passant devant son portail ouvragé. Ma mère et mon beau-père ont acheté une maison à quelques kilomètres de là et je passe beaucoup de temps au Grangeon avec Mathilde et la petite. Avouez que cette coïncidence est troublante.

Je me souviens très précisément de cette journée, du monde plein les rues, de ce repas interminable sous les yeux d'inconnus, cette impression d'être au zoo à Lyon, dans la cage du fauve que les enfants essaient d'exciter en agitant leur mouchoir. J'ai surtout souvenir d'avoir guetté afin de l'éviter un garçon de quelques années mon aîné dont je me méfiais depuis l'été précédent. Un de ces gars de la campagne qui avait pris plaisir à moquer et à effrayer le petit citadin que j'étais. Je l'avais aperçu dans la foule au moment de l'arrivée du train et j'avais pris la direction opposée, me privant du spectacle que j'attendais pourtant depuis des jours. Il me semblait avoir grandi, la casquette sombre vissée sur la tête et les bras nus dépassant d'une veste trop courte. J'avais gardé mes craintes pour moi, refusant de passer pour un pleutre auprès des quatre garçons d'Ovide dont j'attendais qu'ils me voient comme un frère. Ma mère et moi avions profité de l'invitation du chef de famille et je fus très fier de monter à bord de ce train et très triste de descendre au premier arrêt avec la bonne et les deux derniers garçons, trop jeunes pour les festivités de la soirée à Montélimar.

Sur le chemin du retour, la pauvre femme, traînant trois gamins en larmes derrière elle, nous répétait sans cesse le grand privilège que nous avions eu et que nous devrions penser à tous ces enfants massés derrière les barrières. Et dire que vous étiez l'un d'eux, Abel... C'est extraordinaire que le sort nous ait ainsi fait nous rencontrer dans cet hôpital. Ne trouvez-vous pas ? Mon cher ami, nous aurons encore plus de choses à partager dans nos prochaines conversations.

Toute la journée, il y avait eu beaucoup d'agitation autour du lit du major. Pas un moment pour lui parler. Le chirurgien était monté de bonne heure pour lui annoncer son départ prévu avec la prochaine ambulance, au plus tard le lendemain après-midi. Elle le conduirait à la gare où une infirmière de la Croix-Rouge l'accompagnerait jusqu'à Lyon. Une place lui était réservée dans le service du docteur Pont. S'était ensuivie une description détaillée de ce qui l'attendait et des améliorations qu'il était raisonnable d'espérer. Le chirurgien était parti sur un « Chapeau mon garçon » digne de sa réputation de toubib grande gueule mais respecté du front. Toutes les infirmières, tous les brancardiers ont défilé, le félicitant pour son courage, lui souhaitant le meilleur. La Levert s'est assise sur son lit, elle lui a rappelé les débuts si difficiles avec ce « foutu » bec de canard ! C'était la première fois qu'elle lâchait un peu son langage et il avait ri. C'est que maintenant on le voyait rire, et c'était bon, même si Abel n'avait pas du tout le cœur à la rigolade. Les gars qui pouvaient se déplacer sont venus lui souhaiter bonne chance. Certains ont écrit leur adresse sur des bouts de papier qu'il a glissés dans sa gibecière. Écrirait-il à tous ces bougres quand il aurait retrouvé sa vie ?

Les gars du syndicat, quand ils sortaient d'un petit séjour en prison, ils rapportaient des tas de noms et d'adresses de ceux avec qui ils avaient partagé la captivité, les longues heures vides et la mauvaise soupe. Ils écrivaient une fois, voire deux, et puis basta, tout s'effaçait bien vite, dilué parmi les mauvais souvenirs d'une histoire qu'ils préféraient oublier. « Les copains de tôle, c'est encore la tôle », c'est ce qu'ils disaient. Et les copains de guerre et d'hosto à la fois, ça fait peut-être beaucoup dans le genre mauvais souvenirs ?

Le major a passé une bonne partie de la journée sur son ardoise à remercier les uns et les autres. Plus d'une fois Abel eut l'impression qu'il fuyait son regard. Abel ne cherchait pas non plus le sien.

Il aurait voulu qu'il soit déjà parti, d'un coup, comme ça, comme un pansement qu'on arrache rapidement pour avoir moins mal, ou moins longtemps.

Le major est descendu pour une dernière consultation et il est revenu avec un bandage tout neuf. Les gars l'ont charrié, un bandage pour la noce, pour le grand voyage qu'ils disaient. Le facteur s'est pointé et lui a remis son paquet de lettres habituel. Il en a montré une à Abel, le parfum de Mathilde… Et puis, il s'est retiré derrière son paravent, ça faisait un moment qu'il ne l'utilisait plus.

Abel a entendu le bruit de la plume sur le papier pendant un bon moment. C'était rare qu'il écrive dans la journée. Depuis la veille, il s'interrogeait. « Lui, avec sa gueule, et moi, avec mes béquilles, nous avions vécu ensemble des moments inoubliables, nous avions aussi évoqué souvent nos vies parallèles… Comment se faisait-il que nous n'ayons pas su que nos chemins s'étaient à ce point croisés ? Nous avions des images communes dans nos têtes de gamins, pourquoi nos impressions étaient-elles si différentes pour un même événement, comme définitivement séparées par des barrières invisibles mais semblables à celles du jour de l'inauguration ? »

Avant qu'il ne s'isole, Abel avait soufflé au major une question qui le taraudait : « Adrien, ce jour-là, celui de l'arrivée du train, pourquoi aviez-vous eu si peur de rencontrer ce garçon de la campagne ? »

D'un signe, il lui avait fait comprendre qu'il trouverait bientôt dans son cahier la réponse qu'il attendait.

Pour patienter, Abel avait sorti son harmonica et joué en regardant par la fenêtre les premiers bourgeons rescapés de cet hiver de neige et de feu.

Le soir, les gars avaient réclamé de la musique et des chansons. Abel avait abusé du pinard. Le vent secouait derrière les vitres, la buée les isolait de l'extérieur, ils s'étaient laissés emporter par l'harmonica et le son d'une guitare-mandoline qu'un pauvre gars avait fabriquée dans son casque et laissée à un infirmier avant de crever à l'étage au-dessus. Ils ne le connaissaient pas ce type, mais ils l'avaient bien remercié, c'était du bon boulot, et le p'tit ch'ti ne s'était pas mal débrouillé avec l'instrument de fortune. Le major avait mis son uniforme et il les a toutes fait valser les blanchettes ! On voyait son grand corps maigre et sa tête tournoyer, un coup pile, un coup face, dans la lumière des bougies. Abel éméché le voyait s'envoler.

Quand il est allé se coucher, le carnet était là. Pour lui aussi c'était la dernière danse. Abel a allumé une clope, ce soir-là personne n'aurait pu lui interdire quoi que ce soit, il valait mieux lui foutre la paix.

Il a lu avec le goût de la gnôle au fond de la gorge, et celui, âcre, d'une Caporal. Il a lu en s'accrochant à chaque mot. Il a lu pour en profiter jusqu'au bout.

Cette année-là, nous étions arrivés depuis quelques jours à la Malautière, la maison dont je vous ai parlé. C'était une journée d'été, de celles que j'attendais avec impatience derrière les vitres de l'internat. La famille avait décidé d'un pique-nique à Comps, un village voisin que vous connaissez certainement. En chemin, nous nous sommes arrêtés pour rendre visite à une famille de paysans dont Ovide s'occupait dans le cadre de ses activités caritatives. La mère nous a reçus dans la cour de la ferme. Son mari et son fils aîné étaient aux champs. Mais les autres enfants, trois garçons et deux plus jeunes filles nous ont rejoints. Ils étaient habillés comme ceux de la campagne et paraissaient bien plus aguerris que moi.

Les adultes s'étaient installés à l'ombre, au bord d'une mare. Le plus grand des garçons nous a entraînés en contrebas dans une clairière bordée d'un bois qu'il semblait bien connaître. Alors a commencé pour moi un véritable calvaire. Je ne voulais pas paraître un stupide petit citadin devant mes amis et ce grand gaillard. J'ai accepté tout ce qu'il me proposait : fumer du sureau, qui me fit tousser et pleurer pendant un bon moment sous les rires de ceux que je pensais mes alliés, boire à la chopine que le garnement avait subtilisée dans la cave de son père, un alcool qui me fit vomir, supporter ses quolibets quand il me fit croire que l'endroit était infesté de serpents. Des défis et des moqueries en tout genre. Je mourais d'envie de retrouver les parents mais, privé de soutien, je ne bougeais pas... Au bout d'un moment qui me sembla encore bien long, le plus jeune frère, apitoyé, est venu à mon secours. Il portait avec lui un matériel de dessin et avec une de ses sœurs il m'a entraîné un peu plus loin, vers un bosquet plein d'oiseaux. La petite a pris ma main, elle sautillait sur ses pieds nus. Ensemble nous avons grimpé sur un tas de bois et elle m'a montré du doigt un nid plein de petits qui piaillaient. Nous n'avons pas senti le danger arriver derrière nous. Juste le temps de baisser la tête. Quelques secondes après, les appels stridents des petits cessèrent avec la chute du nid. Deux tirs de lance-pierre avaient suffi.

Personne n'a réagi au rire sonore du tireur. Personne sauf moi qui, sans réfléchir, me suis jeté sur lui les poings en avant, sans crainte des représailles. Il s'est dégagé et je me suis précipité sous les buissons au pied de l'arbre. Des pierres m'écorchaient les genoux et les ronces s'accrochaient à ma chemise et me griffaient le visage.

C'est là que ma mère m'a trouvé. La petite était partie la chercher car je refusais obstinément de quitter ma cachette. Je pleurais en silence et serrais dans mes mains les brindilles du nid éclaté, le duvet encore tiède et les petits corps aux becs entrouverts.

Les gaillards et le gars aux crayons ont tout essayé, je refusais de bouger. Pour me consoler, la petite a dit qu'elle allait enterrer les oisillons et son frère a glissé le dessin qu'il en avait fait dans ma poche. Ce fut ma première confrontation avec la mort.

Abel avait posé le carnet, sa main tremblait. Le major s'était endormi. À peine quelques petites bulles débordaient et éclataient sur ses lèvres.

À l'aube, un mauvais sommeil avait fini par emporter Abel.

À son réveil, Adrien faisait ses bagages. Sa femme lui avait envoyé du linge qu'il pliait comme un bourgeois. Sans un mot, Abel lui a tendu son cahier qu'il a rangé dans sa mallette en cuir. Il a posé quelques livres sur son lit et lui a tapé sur l'épaule.

Puis tout est allé très vite. L'ambulancier est venu prendre le bagage, le major a retapé son lit et son oreiller comme s'il allait revenir. Il a regardé autour de lui, le plafond, le crucifix... Il s'est planté devant Abel et l'a pris dans ses bras, un long moment. Abel entendait son cœur s'affoler et comme un tambour dans ses oreilles, nom de Dieu, ça tapait là-dedans.

Alors, brusquement, aussi violemment que le barrage cédait au printemps et laissait dévaler la boue et les branchages, charriés par la fonte des neiges, là-haut, au-dessus de la ferme, il n'a pas pu se retenir. Il se foutait des autres.

« Pardon Adrien, je vous demande pardon, le sale môme, le morveux, le tueur d'oiseaux, c'était moi ! »

Adrien avait reculé d'un coup, comme s'il recevait de nouveau un obus en pleine figure.

Ce n'est pas vrai qu'on allait se quitter comme ça, pour un peu, j'aurais chialé comme une mauviette, un con, un lâche, tout à la fois. J'aurais voulu gueuler que ce n'était pas le même, pas le vrai, pas celui qui l'avait ramassé dans la brume, un jour d'enfer.

Mais Abel n'avait rien dit.

Adrien s'est approché, de ses pas de géant, il a repris son ami dans ses bras, l'a serré plus fort encore, leurs cœurs ensemble, affolés telles des cloches à toute volée. Ils seraient restés là, enlacés, jusqu'à la fin de cette putain de guerre, si la Levert ne les avait pas séparés. La voiture attendait…

Abel n'a pas eu la force ou le courage de l'accompagner jusqu'à la porte que le major a franchie sous les applaudissements de toutes ces tronches d'éclopés.

Il a posé le front sur la fenêtre. Avant d'entrer dans la voiture, Adrien a levé les yeux vers lui, soulevé son képi et enfin, sûrement pour la première et dernière fois de sa vie, il a levé son poing dans un dernier sourire de traviole.

Abel l'a vu tendre à travers la vitre de la voiture un papier à la Levert qui déjà agitait son mouchoir.

Il a suivi, aussi longtemps qu'il a pu, l'ambulance qui s'éloignait à travers des champs qui tout doucement, malgré tout, reverdissaient.

Elle est venue vers lui, les yeux humides, elle lui a tendu une page, griffonnée à la hâte, arrachée d'un cahier d'écolier.

Cinquième partie

Les mémoires oublieuses

> Les maisons renaîtront sous leurs toits rouges, les ruines redeviendront des villes et les tranchées des champs, les soldats victorieux et las rentreront chez eux. Mais *Vous*, ne rentrerez jamais.
>
> Roland Dorgelès

> Il est plus facile de faire la guerre que la paix.
>
> Georges Clemenceau

Sur le chemin du retour de l'hôpital où elle venait de rendre visite à Adrien, les larmes de Mathilde s'étaient mêlées à celles laissées par la pluie sur les vitres embuées de la voiture qui la ramenait vers la gare.

Elle ne savait rien de l'aspect du visage de son mari, couvert sur plus de la moitié par d'épais bandages. Elle pleurait sur sa voix perdue, sur l'image obsédante de la salive qui, sans cesse, s'accumulait sur le linge autour de son cou, laissant son menton inondé de bave.

Les vitres, la pluie, les larmes, elle avait fermé les yeux pour chasser le souvenir et oublier le goût fade et l'odeur fétide laissés sur ses lèvres par un baiser tant attendu, désormais étranger.

Qu'y avait-il sous les pansements ? Quelle sorte d'homme allait bientôt partager son lit ? Le pourrait-il encore ?

Sur le bord de la route, parmi les décombres et les ombres errantes des habitants, des chevaux morts ou blessés, aux mâchoires béantes offertes sous la pluie. Leurs gueules abandonnées à la terre et aux mouches hanteront longtemps ses nuits solitaires. Des cauchemars pleins de bouches obscènes, dégoulinantes de sang et de boue, la réveillaient en sursaut, laissant son visage ravagé de larmes et son corps épuisé d'avoir tenté de repousser la figure d'Adrien. Des formes ondulantes, effrayantes s'amusaient à remplacer les traits familiers. Elles approchaient et glissaient leurs mâchoires gluantes dans le creux de son cou où son amour aimait tant s'attarder.

Alors Mathilde se noyait dans les souvenirs sépia des portraits de leur mariage, dans les photos d'une journée d'été, Adrien, torse nu, à la rivière, le sourire éclatant. Un homme beau dont elle moquait parfois les traits fins, la douceur de la peau, là, juste sur les tempes où elle s'amusait à déposer un baiser. Serait-ce le même homme qui s'approcherait d'elle, la nuit. L'entendrait-elle encore prononcer son prénom qu'il associait toujours aux plus tendres mots ?

Elle n'avait pas obtenu l'autorisation de lui rendre visite au centre lyonnais du docteur Pont lorsqu'il y avait été admis pour une éventuelle reconstruction. Adrien s'opposait-il à sa venue ?

Craignait-il qu'elle ne soit tellement choquée qu'elle ne le supporte pas ? Son amour était-il devenu si effrayant qu'elle ne puisse le regarder ? Ne rien voir, n'était-ce pas pire qu'imaginer ? Où était-ce vraiment inimaginable ? Mathilde n'était plus l'infirmière luttant face à l'horreur, seulement sa femme.

Elle avait si souvent prié lorsque Adrien était au front, implorant que, même malade, même mutilé, on le lui rende, que tout serait supportable, sauf sa mort.

En perdant un visage, perd-on aussi la personne ? Si elle était un jour elle-même défigurée, l'aimerait-il, la désirerait-il encore ?

Les journées s'éternisaient en une multitude de questions pour lesquelles elle ne trouvait aucune réponse.

Elle allait prier à Saint-Jean mais se sentait mal à l'aise devant les figures féroces et grimaçantes des gargouilles et le bruit de l'eau crachée de leurs gosiers.

Un après-midi, attablée à la terrasse d'un salon de thé près de chez elle, Mathilde laissait baguenauder son esprit. La place bruissait de l'agitation légère d'un printemps qui s'annonçait. Son regard fut attiré par le titre en caractères gras d'un journal abandonné sur une chaise voisine.

DOCTEUR ALBÉRIC PONT :
UN HONNEUR POUR NOTRE VILLE

Autour de Mathilde, en un instant, la ville cessa d'exister. Elle lisait le plus vite possible, avalait les mots, les caractères se mélangeaient, elle devait se reprendre, avide d'informations, espérant que ces lignes allaient lui parler de la vie au centre et, qui sait, peut-être de lui.

Chers lecteurs,

Il est temps de mettre en lumière un homme exceptionnel dont l'engagement au service de ses concitoyens honore notre communauté, participe au rayonnement de notre belle capitale des Gaules et, en ces temps de doute sur les valeurs humaines, rassure et donne à espérer. Il s'agit du docteur Albéric Pont.

Voilà un homme que ni l'âge ni la confortable situation professionnelle n'ont empêché d'occuper la fonction, certes noble, mais modeste, d'infirmier de 2e classe à la gare de Perrache, dès les premières semaines du conflit. Issu d'un milieu très privilégié, il a délaissé les salons bourgeois et s'est engagé par patriotisme.

Originaire du Gard, Albéric Pont, après des études de médecine dans notre ville, s'oriente vers l'odontologie dont il parfait la connaissance à Genève puis à Paris où il est disciple du docteur Claude Martin.

Fondateur de l'école dentaire de Lyon, il persuade la direction des hospices de lui permettre d'accueillir au sein de son école les blessés d'un nouveau genre, celui engendré par les conséquences de cette guerre moderne dont des milliers de nos soldats subissent chaque jour la cruauté. Nous pensons en particulier aux victimes de blessures terriblement destructrices qui laissent à ces malheureux des visages arrachés.

Rappelons que les chirurgiens-dentistes sont appelés au front comme simples soldats. Le Service de santé aux armées les considère comme faisant partie d'une spécialité annexe des équipes médicales. C'est pourtant dans les locaux de l'école dentaire alors désertée que le docteur Pont, bousculant les réticences, les habitudes et les hiérarchies d'un milieu peu enclin à l'innovation, a créé un centre de prothèses au service de l'hôpital.

Bientôt la quarantaine de lits qui accueillent les blessés de la face ne suffira plus à répondre à l'afflux de malheureux que déversent chaque jour les trains en provenance du front. Le médecin se bat avec énergie pour ouvrir d'autres lits dans des écoles, des pensionnats, partout où peut s'organiser cette prise en charge spécifique des blessés de la face. Il a également élaboré une trousse d'urgence adaptée à ces blessures afin que, dès la prise en charge sur le champ de bataille, les brancardiers et les premiers secours n'amenuisent pas, par leur ignorance non coupable, les chances d'une éventuelle reconstruction ultérieure.

Chers lecteurs qui passez devant l'établissement scolaire du quai de Jaÿr, ou sous les ombrages devant l'école des Minimes, sachez que près de 800 de nos héros y sont accueillis. Ils y sont appareillés, greffés, reconstruits patiemment, sujets d'expériences et d'innovations extraordinaires dans l'unique but de leur redonner figure humaine.

Combien de ces malheureux a-t-on laissé mourir dans la terre putride des combats tant l'aspect terrifiant des plaies donnait à penser qu'ils n'avaient aucune chance de survivre ? Et pourtant, il existe un écart important entre l'apparence de la blessure et son réel degré de gravité, et c'est un autre combat du docteur Pont que d'avertir et de former ceux qui en première ligne pourraient hésiter à sauver les blessés de la face tant ils semblent des cas désespérés.

Il faut encore pour ces gueules cassées passer au travers des épreuves des postes de secours, peu équipés pour les recevoir : les hémorragies sont fréquentes et l'infection guette dans l'attente d'une évacuation possible vers un premier hôpital de campagne.

Imaginons-les, en état de choc, dans la douleur, la peur et le froid, sous les tirs d'artillerie ou ballottés dans des automobiles ou des trains surchargés.

C'est donc au bout d'une chaîne de souffrance et de fracas que notre remarquable concitoyen peut mettre toute sa technique en œuvre dans la reconstruction de voûtes palatines, de mâchoires et d'arcades broyées. Aidé de courageux confrères, ainsi que de nombreuses infirmières compétentes et dévouées, le docteur Albéric Pont fait chaque jour des miracles et redonne espoir à des hommes que la fureur d'autres hommes a détruits.

Nous venons d'apprendre que le réputé et respecté infectiologue de l'hôpital de la Charité Adrien Delaitre a été admis dans un des services du centre maxillo-facial du docteur

Pont. Rapatrié des lignes ennemies où il s'est illustré par son héroïsme : il aurait été blessé puis secouru sur le champ des opérations militaires en toute première ligne alors qu'il aurait pu rester au poste de secours à accueillir les blessés. Une pénurie de brancardiers valides après un assaut ennemi dévastateur serait à l'origine d'une telle admirable prise de risque.

La rédaction du Républicain de Lyon *salue le courage du docteur Delaitre et lui adresse ainsi qu'à sa famille des vœux de prompt rétablissement.*

Les mains de Mathilde s'étaient mises à trembler si fort qu'elle avait posé le journal sur ses genoux. Elle leva ses yeux embués vers le fronton du temple, imposant bâtiment sur la place du Change. L'univers familier du quartier, le kiosque à journaux, l'étal de la fleuriste, l'odeur de cuir s'échappant de la porte ouverte du cordonnier voisin, tout était semblable. Mais tout, en quelques minutes, était devenu insolent de normalité.

Le serveur s'était approché, conscient de son trouble, il lui avait demandé si tout allait bien. Il n'avait pas cru en sa réponse et avait joint à sa commande de thé un verre de vin de Porto accompagné d'un sourire bienveillant.

Mathilde avait eu pour première pensée qu'il aurait peut-être mieux valu, pour lui comme pour elle, qu'Adrien ne revienne pas. Cette pensée, impossible, immorale, elle devait la chasser. Elle avait lu qu'au front les hommes priaient pour être épargnés, bien sûr, mais s'il devait en être autrement, ils priaient pour mourir proprement. Pour ceux qui se retrouvaient chez le docteur Pont, ce vœu n'avait pas été exaucé.

***

Berthe Guilin, sœur Berthe en religion, avait accueilli M. André Delaitre. Une stature impressionnante dans l'encadrement de la porte. Redingote noire, tête haute, il offrait une allure stricte et digne, le genre d'homme à se tenir droit pour affronter le pire. Malgré la canne à pommeau sous la main gantée et les cheveux blancs libérés lorsqu'il avait soulevé son chapeau pour la saluer, il aurait été difficile de lui donner un âge. Seuls ses yeux au bleu délavé, cernés et las de trop d'attente, trahissaient l'inquiétude.

La première visite d'un membre de la famille d'un patient était un moment terrible, pour le blessé bien sûr, mais aussi pour les soignants. Sœur Berthe, qui assistait le docteur Pont depuis l'ouverture du centre, avait mis en place un stratagème astucieux et très efficace afin de préparer le visiteur au choc inévitable que lui procurerait la découverte d'un visage étranger, souvent repoussant, loin des précieux souvenirs chéris en l'absence de l'être aimé.

Le patient attendait dans une pièce à part, en compagnie d'une jeune bénévole, une de ces nombreuses jeunes filles lyonnaises engagées à secourir les soldats. Pendant ce temps, l'infirmière recevait le visiteur, et sous prétexte de tâches pressantes à accomplir, elle l'entraînait à sa suite dans la salle commune. Elle s'arrêtait près d'un lit, servait à boire à l'un, en recouvrait un autre. Elle tentait d'intéresser le parent au sort de celui-ci ou de celui-là, prenant soin de choisir certains sujets plus gravement atteints, le préparant ainsi à la violence de la découverte. Au centre, afin de faciliter la cicatrisation, les pansements étaient limités au strict nécessaire après les opérations et les visages restaient le plus possible à l'air libre, appareillés parfois de prothèses métalliques qui pouvaient être impressionnantes. De nombreuses interventions intermédiaires étant souvent nécessaires, le spectacle des pires aberrations pouvait se révéler une épreuve insupportable pour le visiteur. « Après avoir croisé Chastan ou Perec, ils trouvent le leur presque beau », répétait souvent sœur Berthe. La malice et l'humour, des traces d'humanité bien vivantes en ces murs.

Les infirmières s'étaient étonnées que le médecin chef ait autorisé la visite de M. Delaitre père.

Les chirurgiens, pouvant parfois passer pour des hommes durs et insensibles, refusaient généralement de confronter le patient au regard des siens avant que le processus de réparation ne soit terminé ou qu'ils jugent ne pas pouvoir aller plus loin dans la reconstruction. Les visites étaient ainsi en majorité préparatoires à une sortie prochaine du centre. Quelques exceptions à cette règle aux conséquences malheureuses n'avaient pas incité les médecins à la modifier.

Toutefois, ils semblaient l'avoir contournée pour leur confrère, le docteur Delaitre. Sœur Berthe avait appris que M. Delaitre père était un homme respecté et influent dans le milieu protestant lyonnais. Il avait certainement usé de ses relations pour obtenir l'autorisation de rendre visite à son fils.

Le major, marié et père d'une petite fille, refusait pourtant obstinément de recevoir ses proches au centre tant qu'il n'aurait pas retrouvé la possibilité de leur parler normalement. Les sons qu'il émettait depuis la dernière intervention commençaient tout juste à ressembler à des mots. Sa nouvelle voix plus nasillarde résonnait faussement à son oreille. Adrien mettait en œuvre diverses stratégies afin de prononcer correctement certaines consonnes. Comme un acteur de théâtre, sans cesse il répétait. Autour de lui, dans les autres lits de souffrance, une langue était née, pleine de mots agglomérés, démontés, remontés. Les infirmières s'en amusaient. « Voilà que vous barjaquez, messieurs ! » disaient-elles.

C'était une chose que d'avoir lu ou entendu parler de l'existence de ces grands blessés, c'en était une autre de les approcher. *Le Républicain* avait publié un article consacré à ces malheureux soldats brûlés par les bombes au phosphore qui ne leur laissaient pour visage que des cratères aux parois ravinées d'où partaient en tous sens de longues fissures. La religieuse s'était demandé si cet homme, ce père, l'avait lu.

M. Delaitre avait à peine répondu aux civilités que les médecins recommandaient de faire durer afin de détendre autant que possible le visiteur. Il n'était visiblement pas de ceux qui tergiversent ou cherchent à se protéger. Il voulait voir son fils au plus vite.

Sœur Berthe l'avait conduit vers la salle commune où l'odeur, malgré l'habitude, la surprenait et l'écœurait chaque fois. Le vieil homme n'avait rien laissé paraître, à peine un léger raclement de gorge nerveux. De sa main libre, il passait et repassait ses doigts sur sa barbe grise parfaitement taillée. L'infirmière les connaissait ces petits signes, malgré la maîtrise, le corps finit toujours par se trahir.

Il ne s'attardait sur aucun lit. S'il ne reconnaissait rien de son fils, il cherchait déjà plus loin. Il l'aurait deviné sous un amas de bandages comme les mères et les femmes. Bien avant qu'on leur indique la place d'un malade, elles savent.

Arrivé au fond de la salle, il avait fixé la religieuse sans comprendre. Sœur Berthe lui avait souri, un sourire empli de douceur et de grâce, avant de frapper à une porte adjacente. Quelques secondes suspendues et la porte s'était ouverte sur le major en uniforme, droit et fier comme son père. Il avait alors tenté d'articuler un « bonjour père » qui s'était perdu dans un afflux de salive.

Sœur Berthe avait senti M. Delaitre s'affaisser brièvement sur sa canne ; il avait pris son fils par les épaules, puis sans effusion d'aucune sorte, il avait seulement répété ces mots : « Mon Dieu ! Mon Dieu !... »

La jeune bénévole s'était levée, prête à se retirer avec la religieuse, toutes deux respectueuses de préserver l'intimité des retrouvailles, comme elles le faisaient à chaque fois, mais M. Delaitre avait déjà lâché son fils pour retenir sœur Berthe et l'assaillir de questions médicales, comme s'il voulait sans attendre obtenir la certitude que l'état dans lequel il le voyait aujourd'hui n'était que transitoire.

Sœur Berthe en avait été peinée pour le major. Elle avait lu dans ses yeux la trace d'une profonde déception mais d'un geste le major l'avait invitée à s'asseoir et à répondre à son père. M. Delaitre avait posé gants, canne et chapeau sur le guéridon et s'était installé sans plus regarder son fils.

La sœur avait assisté à tant de réactions surprenantes qu'il n'en était pas une qu'elle aurait qualifiée de « normale » et jamais elle ne se serait autorisé le moindre jugement moral. Elle avait fait de son mieux pour livrer à ce père en attente de réconfort des informations que, elle le savait, il se répéterait sans cesse en sortant de cette pièce, cherchant le moindre signe, la moindre raison d'espérer auxquels s'accrocher. Lorsqu'ils arrivaient au centre, ces soldats avaient depuis si longtemps souffert et enduré l'inimaginable qu'ils ne vivaient plus que de courage et de volonté. Ce n'était pas le cas de leur famille pour qui le pire était à venir.

Sœur Berthe avait expliqué à M. Delaitre ce qu'il voulait et avait besoin de savoir.

Un éclat d'obus avait emporté la partie droite de la mâchoire et de la joue de son fils, le privant ainsi de la possibilité de parler et de mastiquer. Il avait eu la grande chance d'être secouru et d'être pris en charge rapidement dans un hôpital non loin du front. Ses tissus avaient ainsi pu être maintenus en bon état, ce qui était favorable à une réparation ultérieure.

« Vous devez, monsieur, bien comprendre la différence entre les reconstructions fonctionnelles comme celles dont votre fils a bénéficié depuis son arrivée, qui lui permettent de mieux se nourrir et de commencer à recouvrer la parole, et les interventions esthétiques tout aussi nécessaires qui ont été initiées mais sont loin d'être terminées. Le docteur Pont est très confiant, il a mis au point une technique de prothèse en gélatine réputée et utilisée sur tout le territoire et chez nos alliés avec d'excellents résultats. Mais il faut se montrer patient. Il s'agit d'opérations lourdes, inédites. Votre fils sait que tout ne sera pas parfait, qu'il lui faut faire le deuil d'un visage passé, mais en tant que médecin il est convaincu que tout est fait dans son intérêt. Le soutien de la famille est bien évidemment un atout considérable dans ce projet de reconstruction. »

La sœur Berthe et la jeune bénévole étaient sorties, laissant les deux hommes dans le silence.

Peu de temps après, elles avaient vu un vieil homme courbé traverser la salle et se diriger directement vers la sortie sans prêter attention à qui que ce soit. Un des plus jeunes pensionnaires, que tous appelaient Jeannot, et qui se faisait un malin plaisir de provoquer et d'effrayer les visiteurs en les interpellant, s'était approché de lui avant qu'il ne passe la porte et de son sourire enfantin, espiègle malgré un visage sans nez, une bouche déformée par l'absence de lèvres, lui avait souhaité bonne route en soulevant un chapeau imaginaire. Le vieil homme s'était précipité dehors, comme poursuivi par une créature tout droit sortie de l'enfer.

Mathilde avait assailli son beau-père de questions lorsqu'il était revenu de sa visite au centre. Prisonnier de sa force et de sa dignité protestante, il avait éludé, affirmant qu'Adrien allait bien, que ce serait long mais provisoire, et que surtout son fils était vivant. Cette seule certitude méritait leur reconnaissance éternelle à tous ceux à qui ils le devaient.

Sa belle-mère réagissait de la même manière, comme si rien ne pouvait faire vaciller ni douter l'amour maternel.

Mathilde se sentait seule, coupable d'oser s'interroger sur sa capacité à accepter le pire.

Elle connaissait l'admiration d'Adrien pour sa mère, qui avait pris le pas sur les rancœurs ou les jugements du temps des douleurs enfantines. Camille avait soutenu Mathilde les jours d'inquiétude lorsqu'il était au front puis à l'hôpital, écoutant sa peine, ses appréhensions. Dans l'ignorance, elles avaient espéré ensemble. Mais depuis que tous savaient ce qu'il en était de l'état d'Adrien, Mathilde se sentait désemparée pour affronter ses frayeurs. Elle sombra dans un abattement profond.

L'attente fut longue, et elle ne sut que plus tard de quoi elle était faite pour lui. Il n'en parlait pas dans ses lettres, esquivant, comme elle apprenait elle aussi à fuir les questions impatientes de leur fille. La guerre leur avait appris, à l'un et à l'autre, le mensonge.

***

Puis vint la colère. Pourquoi était-elle, elle, sa femme, tenue à l'écart, ignorante de son état, protégée comme une enfant. Malgré son métier, malgré les responsabilités qu'avaient prises les femmes pendant ce conflit, elle était encore considérée comme fragile, moins apte que son beau-père, tout vieil homme qu'il était, à supporter cette situation.

Elle avait alors décidé d'écrire aux médecins du centre, affirmant que désormais elle voulait être tenue au courant des traitements et de tout ce qui était entrepris dans la reconstruction du visage de son mari. Elle refusait toute réponse sibylline, réclamait des détails, la provenance des prothèses, des appareillages.

Elle s'informa, découvrit le travail d'Anna Coleman Ladd une Américaine dont le mari, médecin, travaillait en France. Cette femme, sculptrice, avait développé une technique de masque à partir du moule du visage du blessé, puis, s'aidant de photographies, elle reproduisait l'apparence perdue. Son talent d'artiste était reconnu et son atelier parisien ne désemplissait pas. On disait d'elle qu'elle mettait un peu d'humanité là où l'espoir n'avait plus le droit de cité. Mathilde souhaitait s'assurer qu'Adrien bénéficiait à Lyon de ces techniques de pointe dont les journaux glorifiaient les avancées fulgurantes.

Elle prit le train pour Paris afin de rencontrer la chirurgienne Suzanne Noël dont les patients défigurés se prenaient à espérer le retour à une vie presque normale. La « magicienne », comme la nommaient même ses confrères masculins, rassura Mathilde sur l'excellence du centre lyonnais et répondit à toutes ses questions. Cette femme forçait l'admiration. En deuil de son mari, intoxiqué par le gaz moutarde, elle s'acharnait jour après jour à opérer, restaurer, sauver la vie de ces soldats et de leur famille. En refermant la porte de son cabinet, Mathilde s'était sentie plus forte.

Dans ses lettres, elle avait supplié Adrien de cesser de l'épargner. Elle voulait tout savoir, être près de lui, le soutenir. Ils devaient affronter cette réalité ensemble. Il refusait qu'elle fasse toute démarche pour venir le voir, il ne se sentait pas encore prêt, mettait toute son espérance dans une ultime intervention, mais il lui avait promis de ne plus rien lui cacher.

***

Le jour arriva. Mathilde était restée longtemps immobile, le front à la fenêtre. Elle avait vu la voiture de son beau-père approcher puis se garer, lentement, comme si la scène se déroulait au ralenti sous ses yeux suspendus à l'instant suivant. Le vieil homme était descendu le premier pour ouvrir la portière à son fils. Il lui avait semblé que la longue silhouette d'Adrien en uniforme se dépliait peu à peu pour sortir. Il avait levé les yeux vers la fenêtre de leur appartement, mais il était trop loin pour qu'elle puisse le voir distinctement, une écharpe noire dissimulait en partie son visage. Elle avait entendu ses pas dans l'escalier. Son cœur battait à tout rompre d'émotion et de peur mêlées.

Les médecins l'avaient prévenue : le premier regard, la première réaction pouvaient être terriblement douloureux pour lui, il allait guetter le moindre signe et l'interpréter. Alors, dans les quelques secondes qui les séparaient encore, dans une boucle de mots, une litanie, un chapelet qu'on égrène en y croyant très fort, elle se répétait : « Mon amour est rentré, mon amour est rentré, il est vivant, vivant... » et elle avait saisi la poignée en cuivre avant qu'il ne frappe.

Elle n'avait pu retenir les larmes. Elles pouvaient être de bonheur. Adrien avait retiré l'écharpe pour la regarder bien en face, sans tricher ; c'était bien lui, elle le retrouvait malgré cette peau tendue comme un masque de carnaval qui aurait perdu sa moitié. Mais ses yeux noisette retrouvaient le chemin des siens et elle s'était précipitée dans ses bras autant pour fuir le visage de cire que pour ressentir enfin la chaleur de son corps, longtemps, longtemps, demeurant ainsi sans bouger, à le respirer, à écouter la vie battre dans sa poitrine.

Elle avait pris ses mains pour les embrasser encore et encore. La chevalière gravée de son initiale était toujours là, sentinelle fidèle de leur amour.

Mathilde et Adrien avaient déménagé. Il fallait laisser derrière eux un passé révolu et marquer le début d'une nouvelle vie. Adrien avait besoin de calme et de repos, et selon le docteur Pont, le contact avec la nature pourrait lui faire le plus grand bien. Le retour des soldats blessés, les pénuries alimentaires et d'insolubles difficultés économiques auraient rendu la vie au centre-ville de Lyon incompatible avec les épreuves qui attendaient son mari.

Charles Courteil avait aidé Mathilde à trouver une maison dans les monts d'Or, une région de bocage, de chemins au milieu des collines en pente douce, de villages aux ruelles pavées et aux maisons de pierre blonde. La proximité de la ville laisserait à Adrien la possibilité de reprendre progressivement sa place à l'hôpital de la Charité où son poste l'attendait. Mathilde avait mis provisoirement son travail de côté afin de s'occuper au mieux du retour d'Adrien.

Les premiers mois, il était resté lointain, prisonnier de griffes invisibles, tenaces, et les tentatives de sa femme pour le ramener vers elle se soldaient le plus souvent par une fuite dans le silence.

Il cherchait la paix dans de longues marches solitaires, qui le laissaient épuisé mais ivre de grand air et de liberté. Des évasions répétées, gibecière sur le dos, canne en bois à la main, des défis comme celui qu'il se fixait avec rage devant son piano dans le déchiffrage de nouvelles partitions, Debussy, Ravel, choisissant volontairement les plus ardues, celles où il savait se perdre.

Il n'y avait pas que son visage qui avait changé. Les nombreuses cicatrices et les traits figés, sans expression, auxquels Mathilde finissait par s'habituer ne constituaient pas la plus grosse blessure malgré les apparences. Bien plus sourdes et profondes étaient les déchirures, les traces enfouies, et, coulant dans ses veines, un poison insidieux. Le docteur Pont avait écrit à Mathilde pour lui conseiller patience et tolérance. La route serait longue, pavée d'embûches, de progrès qui lui laisseraient croire à la guérison et de rechutes difficiles à supporter.

Lorsque les doutes l'envahissaient ou que ses forces s'amenuisaient, elle s'accrochait au symbole qui brillait sur son doigt. La chevalière frappée de l'initiale d'Adrien rappelait celle gravée du M qu'il n'avait jamais quittée depuis le jour de leur mariage. Elle supposait qu'elle avait été le témoin de l'horreur mais l'avait protégé pour retrouver un jour sa sœur, sa moitié.

Seule Anna semblait parfois trouver le chemin vers l'esprit de son père lorsqu'elle glissait sa petite main dans la sienne et l'entraînait vers le jardin. La petite n'avait pas réagi comme certains journaux décrivaient d'horribles retrouvailles familiales. Après l'avoir observé, elle avait de ses doigts parcouru le visage, elle s'était attardée, pleine de curiosité naïve, sur les cicatrices. Elle avait posé des questions sur la douleur, il avait répondu. Elle l'avait embrassé sur le nez, les yeux, les oreilles, de multiples petits baisers comme il aimait à le faire dans son cou, autrefois. Mathilde s'était éloignée pour cacher ses larmes.

Si Adrien se prêtait un temps à ses jeux, bien vite il s'isolait de nouveau pour noyer ses pensées dans une contemplation lointaine...

Adrien s'inquiétait du sort de ses camarades, médecins, infirmiers, pas encore démobilisés. Il se souciait aussi de ses compagnons d'hôpital dont il prenait régulièrement des nouvelles, mais aussi de ceux qu'il avait laissé derrière lui au centre lyonnais, comme ce jeune homme, au visage emporté par un tir de fusil à bout pourtant. Il demandait à Mathilde de lui poster des colis, des friandises et des livres d'images car le malheureux savait à peine lire.

Il avait confié à Mathilde son inquiétude de ne recevoir aucune nouvelle depuis quelques semaines de son voisin de chambrée Abel Chagnac, avec lequel il avait entretenu une correspondance régulière depuis son départ du pensionnat. Il devinait les efforts d'Abel devant la feuille vierge, ne serait-ce que pour écrire quelques lignes, sa honte de faire des fautes. Rien non plus de Mlle Levert, infirmière en chef, à la même adresse. Il avait alors écrit à un soldat appartenant à l'escouade de Chagnac, dont il le savait très proche, en espérant qu'il soit encore vivant. Un certain Borel… dont il reçut rapidement un courrier en retour.

***

Lucien Borel, soldat du 129e régiment d'infanterie, au major Delaitre

Major,

J'ai pas trop l'habitude d'écrire, aussi j'ai demandé à Auguste Rousset qu'est plus savant que moi de prendre sous ma dictée.

Ici, c'est toujours pareil, c'est du fond d'un gourbi, là où on se sent un peu plus en sécurité, que je vous réponds.

D'abord, faut vous dire que j'ai été bien étonné de recevoir votre lettre. Même le facteur n'en revenait pas, à part quelques cartes de ma marraine de guerre et les rares nouvelles de ma tante de Quimper, je fais pas partie des chanceux qui savent plus quoi faire de leur courrier.

C'est que je me souviens bien de vous. Quand on vous a évacué, c'est toute l'escouade qu'était bien peinée, c'est pas tous les jours qu'on rencontre un major respectueux des pauvres gars que nous sommes et bien compréhensif. On a pas oublié ce que vous avez fait pour le jeune Parfait. Ce jour-là, pour sûr, on a tous levé notre quart à votre bonne santé.

Si vous écrivez, c'est que ça va mieux, croyez bien que j'en suis content et je le dis à tous ceux que je croise dans le boyau. C'est pas si souvent qu'on fête les bonnes nouvelles, vous avez pas pu oublier dans quel bourbier on vit et on crève.

J'avais pas vu votre blessure, pourtant j'étais pas loin sous le feu, mais à ce qu'on m'a dit, le shrapnel vous avait bien amoché et on donnait pas cher de votre peau. C'est qu'on en a eu des pertes ce jour-là, ces salauds de Boches, ils avaient mis le paquet, un vrai 14 Juillet !

Que vous soyez encore là, major, ça donne de l'espoir pour tous ceux que j'ai vus partir sur les brancards, qui pissaient le sang malgré les linges souillés de terre avec lesquels on les avait ficelés.

Mais je cause et vous voulez surtout savoir si j'ai des nouvelles du Chagnac.

Je vais vous dire que j'en ai reçu pendant un bon moment. Il disait toujours qu'il savait pas écrire le coquin, mais nom de sort, je voudrais bien être aussi ignorant que lui ! Des vraies lettres avec des tas de lignes. Il voulait tout savoir sur les copains, la cantine, les chefs, les totos et les bestioles, notre pauvre vie de poilu quoi ! Faut croire que le trou et les gars qui sont dedans, c'est pas si facile à oublier une fois qu'on est au chaud. Il donnait des détails sur ses journées de « planqué » comme il disait, les blouses blanches, la soupe, le bon pieu et le poêle qui ronfle. C'est qu'il nous a fait rêver le salopard, même s'il disait qu'il était pas près de courir le guilledou sur ses deux guiboles. Pourtant il se plaignait pas. C'était un gars bien l'Abel, sous sa grande gueule, fallait y voir autre chose. Un jour, je pourrai vous raconter tout ce qu'il a fait pour moi.

Ça fait un bout de temps que j'ai rien reçu. Il est peut-être rentré chez lui, il a dû reprendre à l'usine. Allez savoir s'il a besoin de ses pattes pour le boulot. Pour moi qui suis paysan, ce serait pas si commode si ces saletés d'obus m'embarquaient une guibole... On dit dans les journaux qu'arrivent jusqu'à nous qu'à l'arrière y a toujours du travail pour les poilus, même si on est plus les mêmes, on est attendus comme des héros qu'ils disent. Alors, je m'inquiète pas trop pour le Chagnac, le retour à la vie civile ça doit l'occuper, pas le temps d'écrire. Et puis c'était un chaud lapin le garçon, les copains ça passe après, surtout quand on a manqué !

Ou alors, ils lui ont trouvé un poste dans l'intendance ou dans le génie. Allez savoir, l'armée vous lâche pas comme ça. Jusqu'à la moelle on nous use, c'est que plus ça va, plus ils ont besoin d'hommes, faut bien des remplaçants à tous ceux qui croupissent six pieds sous terre. On va même chercher les vieux, c'est vous dire. Des vieux qui dorment comme des chiens sur leurs sacs, les pieds dans la boue, si c'est pas malheureux !

En tout cas, je ne peux pas trop vous renseigner, je garde votre adresse au cas où j'aurais des nouvelles, je manquerais pas de vous prévenir.

C'est quand même quelque chose la vie. C'est pas toujours drôle, mais des fois, c'est bien fait.

Quand il m'a écrit que vous étiez dans le lit à côté du sien, les gars et moi on en est pas revenus. Après ce qu'Émile l'Alsacien nous a raconté, on était pas peu fiers de lui.

C'est qu'il vous a pas laissé tomber ce jour-là. Abel, il s'est entêté à vous sortir du trou où la terre aurait pas tardé à vous avaler. L'Émile a dit qu'à cause de la poussière, y faisait noir comme dans un four, que les Boches faisaient silence pour recharger et tout recommencer, qu'il avait gueulé si fort que le gros l'avait entendu et retrouvé dans le brouillard, et qu'il avait jamais voulu vous lâcher. Émile il a pensé que s'il ne réussissait pas à vous sortir de là, Abel y resterait jusqu'au bout, même à crever avec vous. Le capitaine nous a dit qu'en s'accrochant à vous de cette façon, alors qu'il vous connaissait à peine, c'était comme s'il avait voulu sauver un frère ou tous les soldats à la fois. On a trouvé ça beau. « Chapeau l'Abel », voilà ce qu'on a tous dit quand ils l'ont embarqué avec ses pattes en sang vers l'arrière.

Je suis bien heureux de savoir que c'était pas pour rien tout ça et que vous allez bien. C'est Madame qui doit être soulagée. Je me souviens que vous nous aviez parlé aussi d'une petite fille. J'ai pas beaucoup de manières, mais je les salue bien toutes les deux.

Major, ça m'a fait plaisir de parler un peu avec vous. La soupe et les copains m'attendent. Paraît que la quille devrait plus tarder, une question de jours, qu'ils disent…

Je vous envoie mon bon souvenir.

Lucien Borel

C'est à partir de ce jour-là que l'infatigable quête d'Adrien avait vraiment commencé.

***

Le comportement d'Adrien avait alors changé. Plus de randonnées mais des heures enfermées dans son bureau, à se consacrer à une quête fébrile, obsessionnelle, dans toutes les directions, dans l'unique but de retrouver cet Abel Chagnac à qui il disait devoir la vie.

Cet homme que Mathilde avait rencontré brièvement lors de sa visite au pensionnat lui avait laissé le vague souvenir d'un brave soldat compatissant aux souffrances de son voisin de lit, mais à aucun moment de leur courte conversation il n'avait mentionné le lien profond qu'il y avait entre eux, ni son rôle dans le sauvetage de son époux. Le personnel de santé semblait l'ignorer également, sinon elle supposait qu'il l'en aurait informée.

Lorsqu'il était encore dans le service du docteur Pont, Adrien lui avait écrit combien lui étaient nécessaires ces contacts avec les camarades restés au pensionnat, et les infirmières envers qui il était très reconnaissant. Là où elle n'avait vu qu'un attachement passager, Mathilde découvrait une véritable fraternité née du partage de grandes souffrances, de pleurs et de rires, mais aussi d'une multitude de petits riens : des images, des bruits, des odeurs… Comme des pierres accumulées, amalgamées et magnifiées, ces souvenirs avaient dressé un mur entre Adrien, ses compagnons d'un côté, et elle de l'autre. Le temps et lui seul était son allié, mais le temps, depuis le commencement de cette guerre, depuis ce matin d'été, lui semblait désespérément long.

La lecture de cette lettre avait eu pour effet de redonner à Adrien une énergie, un dynamisme qu'elle croyait perdus, engloutis sous un amas de terre et de cailloux à des lieues de chez eux.

Adrien avait une dette, une dette d'honneur, digne des personnages de romans d'Alexandre Dumas qui avaient accompagné son enfance, une obligation morale dont il n'aurait de cesse de s'acquitter.

Leurs repas, d'habitude silencieux, simplement égayés par la présence d'Anna, s'animèrent des récits d'Adrien qui se mit à raconter à Mathilde les conversations qu'il avait eues avec son camarade. Il n'en omettait aucun détail, elles semblaient inscrites en lui avec la précision des paroles importantes. Abel Chagnac s'invitait chez eux aussi souvent qu'un vieil ami. Adrien prononçait maintenant distinctement les mots mais lentement, d'une voix étrange qu'il lui avait fallu accepter et reconnaître pour sienne, il racontait la vie de ce soldat dont elle avait à peine conservé l'image, au fil des jours Abel lui devenait familier.

Abel n'avait rien dit pendant leurs nombreux échanges qui puisse laisser supposer son geste héroïque. Adrien y voyait une noblesse, une grandeur d'âme, une dignité admirable. Si cet homme avait, sans autre raison que son humanité, risqué sa vie pour le sortir de sa tombe de poussière, il se devait à son tour de faire la lumière sur sa disparition et son silence. Adrien ne pouvait imaginer que son ami ait volontairement cessé de lui écrire. Il devait être blessé, pire peut-être... Il en avait tant vu, de ces corps devenus anonymes, recouverts à la hâte, sous le poids d'une terre commune, dont le nom était réduit à cette seule identité de « Mort pour la Patrie ». Il avait accueilli avec soulagement la décision tardive de Joffre, sous la pression sociale, d'imiter les Anglais qui enterraient leurs morts pas plus de six tête-bêche. Il avait appris à Mathilde que dès le début du conflit les Allemands avaient toujours honoré les leurs individuellement, de même que les corps de leurs ennemis. Elle avait souri quand il avait cherché à l'impressionner en prononçant ces mots dans un allemand presque parfait : *Freunde und Feinde im Todt vereint,* qu'il avait fièrement traduit : « Amis et ennemis unis dans la mort. »

Mathilde remerciait du fond du cœur ce soldat à l'attitude chevaleresque d'avoir sauvé deux fois son mari. La première sur le champ de bataille, et la seconde en l'arrachant à une détresse plus lente et plus sournoise, enfouie dans les cachots emplis de solitude et de silence dans lesquels il s'était enfermé.

Adrien retrouvait le goût de vivre pour que ces hommes, son compagnon et tant d'autres ne soient pas doublement ensevelis : dans la boue des tranchées, puis dans le tréfonds des mémoires oublieuses.

Tous les jours Adrien écrivait, attendait, impatient, les réponses. Mathilde l'avait accompagné à Lyon interroger les hôpitaux, les autorités militaires qui, assaillies de demandes, les promenaient de bureau en bureau, les laissant parfois fouiller eux-mêmes dans des piles de dossiers désordonnés. Adrien imaginait que Chagnac avait peut-être été fait prisonnier. Il leur avait fallu plusieurs jours pour passer minutieusement en revue les listes des retours et des décès en détention. Il avait eu grand-peine à cacher son agacement quand un fonctionnaire zélé, qui visiblement s'était tenu éloigné du front, lui avait remis, d'un air hautain, la liste des fusillés dans le secteur. Ils avaient parfois, au détour d'une page de registre, lu le cœur battant le nom de Chagnac, mais aucun Abel pouvant correspondre en âge et lieu de naissance.

Pendant leurs recherches, Mathilde retrouvait avec bonheur la vivacité et le caractère volontaire de son mari. De victime, il devenait témoin et acteur. Entre deux rendez-vous ils savouraient le plaisir de s'asseoir à la terrasse d'un café, ou de s'attabler dans un des restaurants de leur ancien quartier des bords de Saône. Il y avait bien les regards insistants et les mots chuchotés derrière le velours d'un gant, le visage d'Adrien inspirant à la fois pitié, dégoût et crainte. Quelques personnes, plus rares, s'approchaient pour le féliciter. Les hommes lui tapaient sur l'épaule, les femmes souriaient timidement sous la voilette tout en retenant leurs enfants près d'elles.

Lors d'une de ces journées, Adrien avait laissé Mathilde seule quelques heures. Elle en avait profité pour rendre visite à ses anciennes collègues à l'hôpital. L'épidémie de grippe espagnole sévissait, touchant à l'aveugle des enfants comme leurs mères, dans les villes et les campagnes, et bien sûr sur le front. Elles lui confièrent que la maladie progressait et décimait tant sur son passage… une autre guerre à mener. Qu'y avait-il de plus triste, de plus absurde, que de voir un jeune soldat rescapé de plusieurs années d'enfer, enfin revenu vers la vie pour la perdre dans les fièvres. Mathilde avait lu que le poète Guillaume Apollinaire était un de ces malheureux.

Adrien de son côté était allé saluer le docteur Pont, sa présence et l'expérience de son retour à une vie presque normale pouvaient encourager et donner espoir aux mutilés encore hospitalisés. Égoïstement, tout ce qui pouvait aider Adrien à sortir de sa mélancolie était bienvenu, même si Mathilde sentait bien que c'étaient la guerre et ceux qui l'avaient vécue près de lui qui pouvaient le sauver de lui-même.

Il avait constitué un dossier de ses recherches, des renseignements, témoignages, lettres reçues depuis son retour. Pauline Gaulier, l'infirmière du centre avec qui le couple était resté en contact, les renseignait sur les arrivées de mutilés qui continuaient encore et toujours. Dans les journaux publiant chaque jour des listes de noms de soldats amnésiques, les rubriques nécrologiques, partout, ils cherchaient Abel Chagnac, et cette quête rédemptrice rendait à Mathilde son époux. Elle n'avait d'autres choix que de la mener avec lui.

Les courriers s'accumulaient. Adrien menait une véritable enquête.

À chaque fois, il avait l'impression de se rapprocher de son ami, de le retrouver dans les mots de ceux qui l'avaient connu.

Mathilde avait lu un article qui affirmait qu'il n'y avait jamais eu autant de mariages entre les blessés du front et leurs infirmières. Certains même revenaient vers elles après avoir quitté leur épouse qui leur était, après tout ce temps, devenue étrangère.

Quatre ans, trois mois, quatorze jours, une vie quand on est séparés…

Le journaliste ajoutait que le soldat avait un profond besoin de se retrouver avec ceux et celles qui avaient vu et vécu les mêmes horreurs que lui. Les propos du docteur Pont se confirmaient. Mathilde devait repousser loin d'elle le sentiment de jalousie qui sournoisement prenait de plus en plus de place. Jalouse de la guerre, fallait-il être stupide… ou se sentir soudain tellement inutile ?

***

Adrien procédait toujours de la même manière : à l'heure tant attendue du passage du facteur, il s'isolait dans son bureau et guettait son arrivée par la fenêtre sous la charmille qui offrait une vue dégagée sur la route. Ce n'est qu'au son bringuebalant de la sonnette du vélo qu'il sortait brusquement et recevait le courrier, saluant d'un bref signe de tête le préposé, mettant ainsi fin à toute velléité de bavardages. Combien de fois Mathilde était-elle arrivée derrière son mari pour saluer, proposer un verre d'eau, partager une banalité sur le temps. Adrien était déjà en pleine lecture lorsque le pauvre homme, toujours un peu effrayé par le visage et l'attitude d'Adrien, reprenait sa tournée.

Adrien voulait découvrir seul le contenu de ces lettres, il tendait ensuite à Mathilde les feuillets de provenances et d'écritures variées. La dernière était signée d'un ami proche d'Abel. « Un musicien », lui dit-il, comme s'il le connaissait et le lui présentait.

Élie Vignaut, ouvrier mégisserie de Romans

Monsieur,

Ma concierge vient de me remettre votre lettre. Le patron m'avait dit avoir reçu une demande à mon sujet et je vois que vous vous êtes donné bien du mal pour avoir mon adresse. Je ne sais pas si vous avez écrit à toutes les mégisseries de la ville, mais vous avez fini par me trouver et j'en suis bien content. Si mon grand copain vous a parlé de moi, je peux vous dire qu'il m'a aussi causé de son voisin de chambre à l'hôpital. C'est qu'on en a partagé des piaules l'Abel et moi depuis notre lointaine jeunesse ! Et pas que ça, croyez-moi. Abel, c'est mon frère, celui que je n'ai jamais eu alors qu'il en avait trop, mais il a dû vous raconter tout ça, pour sûr. De vous, je sais que vous êtes toubib et, ce qui m'intéresse, bon musicien. Les gars qui aiment la musique ne peuvent pas être de mauvais gars. C'est qu'il a dû vous en donner des concerts, je le connais, il ne lâche pas souvent son harmonica, toujours dans la poche, même au front. Il m'a dit que quand le caporal ordonnait l'assaut, il le serrait fort dans sa main, comme si son accordéon à bouche, comme il l'appelait, pouvait lui porter bonheur.

Je sais aussi comment il vous a rencontré. Il ne s'en est pas vanté, ce n'est pas son genre, je ne sais pas qui vous l'a dit, car il m'a écrit qu'il n'avait pas l'intention de le faire. Il ne voulait pas de merci et tout le tintouin, il ne souhaitait pas de ça entre vous, mais maintenant que vous êtes au courant, vous viendrez vous-même lui serrer la main quand il rentrera. Moi, cela ne m'a pas étonné, Abel n'est pas le gars à passer sans regarder le malheur d'un autre. Ça aussi, il a dû vous en causer, l'engagement, le syndicat, les grèves, toutes les mégisseries du coin, on a tout fait ensemble. Si je n'avais pas été réformé, faute à mes yeux, un peu que j'y serais allé avec lui la faire cette putain de guerre, et à nous deux, on en aurait chassé du Boche. Pourtant au début on ne la voulait pas, on a même défilé comme des cons pour le gueuler, mais une fois qu'elle était déclarée, il fallait pas se défiler, et vu ce qu'ils avaient fait dans le nord, fallait bien les arrêter ces salauds !

Mais on n'a pas voulu de moi, alors j'ai continué à fabriquer des galoches. En tout cas, je peux vous dire qu'il n'a jamais dit regretter de vous avoir aidé, même si je crois qu'il en a bavé avec ses guiboles, jamais.

Malheureusement, je ne peux pas vous dire où il est. Pas de réponses à mes dernières lettres. Je me suis inquiété et j'ai carrément écrit à l'infirmière dont Abel m'avait souvent parlé, à la même adresse. Mais ma lettre a dû mettre un bout de temps à la retrouver vu qu'elle n'y était plus non plus. Ils ont fait suivre et c'est par elle que j'ai appris que le pensionnat avait encore une fois été bombardé, qu'il y avait eu de gros dégâts et un paquet de victimes, mais pas notre Abel, Dieu merci. Les bâtiments étaient trop endommagés. Les survivants ont été déplacés dans toutes les directions. Abel a fait partie du voyage, vers Clermont ou Châlons, elle savait pas dans quel train il était monté. Depuis, j'ai pas de nouvelles, je me fais pas trop de soucis, je sais que le courrier, c'est pas fiable par ces temps et que tout est chamboulé.

Abel, c'est un costaud, la vie lui en a fait voir, et des sérieuses... Je sais qu'il s'en sortira, et puis il faut qu'il revienne, on l'attend ici, le patron, il le dit souvent : « Chagnac, c'est une pièce importante de la machine, même sa grande gueule nous manque. » On a un bon patron, avant de le connaître, je croyais pas que ça existait. C'était con comme idée. Il en aura du boulot, même s'il peut plus tout faire avec ses blessures. L'usine tourne à plein, les besoins en cuir ont augmenté pour équiper les chevaux, chausser les militaires en brodequins et la population en galoches. La seule chose qui a changé, c'est que maintenant ce sont les femmes, les vieux et les bigleux comme moi qui faisons tourner la boutique ! Alors mon copain, je l'attends, et le plus vite sera le mieux. Il sera pas dépaysé, des Allemands il y en a un paquet, des prisonniers regroupés à la caserne de la Preste. Chaque matin, on les voit arriver, embaucher à la tannerie. Faut bien les occuper, et qu'ils payent leur soupe, et des bras on en a bien le besoin ! Certains offrent des tournées au bar, entre ouvriers si c'est pas malheureux de se foutre sur la gueule, vous croyez pas Major ?

Je ne sais pas s'il vous a dit, mais on habite la même pension lui et moi. Comme on n'a pas de femmes, enfin pas d'officielles, on vit comme des coqs en pâte chez la mère Renaud. Je serais bien étonné qu'il ne vous ait pas parlé de sa cuisine, c'est qu'il est gueulard le costaud.

J'espère que vous viendrez nous voir pour qu'on la fête ensemble, cette foutue victoire, si elle arrive un jour. Les Boches ont l'air mal en point à ce qu'on dit. Elle ne sera pas si belle avec tous ces pauvres gars qui ne rentreront pas, mais quand même, ce sera enfin terminé. J'ai votre adresse, je vous préviendrai dès son retour.

Bien à vous,
Élie Vignaut

Enfin, un matin, un courrier dont le cachet indiquait qu'il arrivait de Bordeaux avait plongé Adrien dans un état de fébrilité qui surprit Mathilde et l'inquiéta. Il avait dans son impatience presque déchiré l'enveloppe et s'était isolé dans son bureau pour la lire, claquant brutalement la porte sur Anna qui travaillait son piano.

Il lui en fit part quelques minutes plus tard, visiblement très ému.

Jeanne Levert, infirmière

Cher Major,

Je viens tout juste de recevoir votre lettre datée d'il y a bien longtemps. Elle a en effet dû faire un long chemin et de multiples détours pour me retrouver, car je suis actuellement à Bordeaux. Laissez-moi vous en expliquer la raison.

Notre pensionnat, car c'est aussi un peu le vôtre, a été de nouveau bombardé et avec une violence plus grande encore. À quel degré de barbarie sommes-nous arrivés pour que des hommes cherchent à anéantir un hôpital abritant des mutilés ?

J'ai peine à revivre ces scènes horribles – des victimes à tous les étages, des bâtiments effondrés – mais je sais que vous les imaginez aisément. Nombre de nos pensionnaires ont été pris au piège sous les décombres et leurs appels au secours désespérés hantent encore mes nuits.

Je veux vous rassurer sans attendre, notre ami Abel est sorti sain et sauf de cette catastrophe. Sauvé, en quelque sorte, par la musique. Il jouait en effet avec d'autres blessés, musiciens eux aussi, dans la chapelle qu'ils avaient adoptée comme lieu de répétition et celle-ci n'a pas été touchée.

Toute la nuit, il nous a aidés avec les valides à déblayer ce qui pouvait l'être à main d'homme, et avec l'aide de Dieu nous avons pu sauver plusieurs de ces malheureux. Notre vieux sacristain a enfourché sa bicyclette pour aller chercher du secours et dès l'aube les camions ambulances n'ont eu de cesse de transporter vers l'arrière les blessés comme les morts.

Abel est resté parmi les derniers, nous avons ramassé ce que nous avons pu et mis de côté dans le hangar à foin miraculeusement épargné ce qui pouvait encore servir. Puis nous avons fermé la lourde grille, désormais gardienne d'un cimetière. Dans la voiture en direction de la gare, tout sur notre route semblait désordonné, dans l'urgence, la crainte de nouvelles attaques aériennes.

C'est là que nos chemins se sont séparés. Abel a rejoint le groupe des plus valides qui prenaient un train à destination de Châlons, si ma mémoire est bonne. Le médecin chef était appelé à Bordeaux, je n'avais d'autre choix que de le suivre. Abel et moi avons à peine eu le temps de nous dire au revoir. Je le regrette.

Je suis tellement occupée ici que je n'ai guère eu le temps de me renseigner à son sujet. Mais je puis vous assurer que si j'ai des nouvelles de notre ami commun, je ne manquerai pas de vous prévenir.

En ce qui me concerne, je travaille actuellement dans le service de reconstruction des blessés de la face du professeur Herpin. Un service de plus de mille lits, et je dois dire que j'ai souvent une pensée émue pour mon premier patient dans ce domaine. Je ne peux oublier votre indulgence à mon égard lorsque je tentais de vous alimenter avec ce fichu « bec de canard », votre patience et votre courage. Nous avons appris ensemble, jour après jour, heure après heure, et je ne pense pas vous en avoir assez remercié.

Je suis sincèrement heureuse de savoir que vous avez enfin pu rentrer chez vous. L'amour de votre épouse et les rires de votre fille sont les meilleures garanties de votre rétablissement que je vous souhaite de tout cœur le plus complet et le plus rapide possible.

Avec toute mon amitié,
Jeanne Levert

***

Toutes leurs recherches avaient échoué. Abel Chagnac restait introuvable.

Depuis le déménagement, ils ne s'étaient guère éloignés de chez eux, comme si Adrien craignait autant de retrouver des personnes et des lieux familiers que d'en rencontrer de nouveaux. Il savait que, où qu'il aille, il serait observé, scruté, dévisagé. Une étape lui paraissait particulièrement infranchissable : retourner sur les lieux de l'enfance, retrouver la maison familiale, les voisins, les commerçants du village, tous ceux qui l'avaient vu grandir et devenir celui qu'ils appelaient avec fierté et affection « notre toubib ». Mathilde ne doutait pas de leur bienveillance, mais elle savait maintenant que cela ne suffisait pas.

Ce retour aurait certainement été indéfiniment ajourné si l'ultime chance de retrouver Abel ne s'était nichée dans un hameau à quelques vols d'oiseaux de la maison de sa mère et de son beau-père.

Adrien avait beaucoup écrit à sa mère, mais il avait jusqu'alors refusé ses visites. Plus que son apparence, c'était son élocution difficile qui le tourmentait. Jean, son beau-père, était venu jusqu'aux monts d'Or lors d'un déplacement à Lyon et l'avait rassuré à ce sujet. Sa mère attendait depuis si longtemps.

***

Adrien, le visage protégé d'une écharpe afin de ne pas mettre les voyageurs mal à l'aise, était resté silencieux tout le long du trajet depuis le départ en gare de Perrache jusqu'à Montélimar où ils étaient attendus.

Mathilde n'aurait pas trouvé de mots assez forts, assez justes, pour décrire la tendresse de leur étreinte, les regards noyés de larmes, débordant d'amour, et les corps enlacés, abandonnés, d'Adrien et de sa mère.

Mathilde et Jean s'étaient tenus quelques pas à l'écart, ce moment leur appartenait. Elle semblait si frêle, enveloppée des longs bras de son fils, le visage enfoui au creux de l'écharpe. Mathilde, de là où elle se tenait, eut la vision d'un grand oiseau noir qui de ses ailes protégeait un trésor. Camille avait embrassé, caressé le visage de son fils avec une infinie douceur. Puis, d'un mouvement rapide, elle s'était reculée et avait posé ses deux mains en corolle sur les joues d'Adrien. Elle l'avait regardé longuement et pas une seconde Mathilde n'avait ressenti le moindre signe de surprise, la moindre gêne. Avait-elle imaginé les terribles blessures, avait-elle anticipé ou réfléchi à la façon de se contenir. Adrien était revenu. Son fils était là, sur ce quai de gare. Il était beau car vivant... et rien d'autre n'avait d'importance.

Dès le lendemain de leur arrivée, Mathilde et Adrien étaient allés saluer Emma Soubeyran et s'enquérir de la santé des uns et des autres. Elle aussi avait tremblé pour ses fils. Henri avait été gravement blessé à la main par l'explosion d'une grenade ; opéré, il était en convalescence dans un hôpital dans l'est. Les nouvelles d'André en provenance des Dardanelles étaient aussi bonnes que possible et Léopold se portait bien, là-bas, dans sa mission au Gabon. « Tous les jours, je croise des familles endeuillées, et je n'ai de cesse de remercier le ciel de nous avoir jusqu'alors épargnés. » Ovide, son mari, n'avait pas vu partir ses garçons ; la maladie l'avait emporté quelques mois avant la mobilisation. Alors, Emma attendait avec Marguerite, son unique fille, que les saisons passent sur le jardin désormais privé de son jardinier. Adrien parlait avec nostalgie du vieil homme qui déclinait le nom de ses fleurs en latin. Le patriarche à la stature imposante, solennel en chaire, quand il faisait parfois office de pasteur, était par ailleurs simple et chaleureux, affectueux au quotidien. Ovide aurait su trouver les mots justes pour apaiser Adrien comme il l'avait fait si souvent. Bien plus qu'auprès de son père, c'était chez lui, dans son bureau encombré de livres et de planches de botanique, que le jeune homme venait chercher avis et conseils.

La vieille femme, heureuse de retrouver celui qu'elle avait si longtemps accueilli comme un fils, l'avait assailli de questions sans même sembler prêter attention à ses cicatrices. Tout en leur servant généreusement un verre de son vin de noix, elle avait interrogé Adrien sur « sa » guerre, bien sûr, mais aussi sur son travail, ses projets... Elle voulait des nouvelles et des photos de la petite Anna. Elle s'étonnait de l'intérêt marqué d'Adrien pour la famille Chagnac qu'elle avait bien connue autrefois. Ils faisaient partie de ces gens soutenus par l'entraide protestante. Ovide, qui ne comptait pas son temps au service des plus démunis, leur rendait visite régulièrement... C'est à un des garçons qu'il avait un jour apporté une boîte de couleurs et du papier car il avait remarqué son intérêt pour le dessin. Mais depuis, Emma ne savait pas exactement ce qui s'était passé là-haut. Elle avait entendu parler de mariages, de naissances à la ferme, mais aurait été bien incapable de se rappeler des détails.

Elle se souvenait de quatre garçons. Elle croisait parfois au marché l'aîné resté au pays. Des autres fils, elle ne savait rien, « peut-être avaient-ils été comme tant d'autres emportés par ce vent de folie meurtrière ».

Quant aux filles, le bruit avait couru que la Céleste, qui portait bien mal son nom car elle avait la réputation d'avoir la cuisse légère, aurait fini par épouser un brave garçon, pas trop regardant, un veuf avec un marmot, du côté de Crest...

Le jour même, ils avaient emprunté une carriole, et sur le chemin qui les menait vers Comps, Adrien s'appliquait à tirer les fils du souvenir au rythme lent des pas de la vieille jument. Mathilde en connaissait certaines anecdotes qu'il complétait, passant du rire à l'émotion en quelques secondes.

Des bêtises d'une joyeuse bande de garçons espiègles aux randonnées dans les collines, la pêche aux vairons et aux écrevisses, la fête des pompiers et ses manèges, mais aussi les chamailleries d'enfants, les blessures, les peurs, la multitude désordonnée des images qui font l'enfance où maintenant même Abel avait sa place.

Leur vie était désormais bouleversée comme le sont les motifs d'un kaléidoscope gagné à la fête foraine. Quand on le secoue, les formes s'effacent, mais chaque tour de poignet crée de nouvelles images composées malgré tout des mêmes éléments…

Mathilde était inquiète. À quoi s'attendait-il, qu'allaient-ils découvrir au bout de ce chemin ?

Abel allait-il apparaître, accoudé à une barrière ou penché sur une canne, traînant derrière lui une jambe inutile.

Il avait dit à Adrien que si la vie l'emportait sur la guerre, il retournerait au pays pour embrasser sa mère et leur montrer à tous qu'il n'était pas devenu un bon à rien. Et puis, il voulait savoir si les frères étaient revenus de l'enfer. La guerre avait le don de différencier les choses qui ont de l'importance de celles qui n'en ont plus.

Abel ouvrirait-il ses bras et les portes de sa maison, et assisterait-elle enfin à leurs retrouvailles ? Adrien avait tant besoin de lui. Elle priait, espérant à chaque détour du chemin sinueux croiser celui qui leur apporterait un peu de paix.

La guerre semblait avoir épargné ces paysages reculés et leurs maisons ancestrales. Sur les chemins, un étrange silence et des femmes aux champs. Peu de chapeaux en feutre, peu de flanelles noires. Des femmes et des enfants, sans hommes désormais, dans une nature en paix.

Adrien avait retrouvé la ferme, oubliée elle aussi par le temps qui passe, figée par le labeur immuable de plusieurs générations de paysans.

Deux petits aux tabliers sales s'amusaient à entasser des pierres dans la cour, parmi la volaille. Une jeune femme était sortie sur le pas de la porte, alertée par les aboiements poussifs d'un vieux chien aux poils longs d'une couleur indéfinissable.

Méfiante, elle s'était approchée lentement vers eux jusqu'à la clôture et, surprise par l'étrange visage, s'était arrêtée aussitôt avant de se reprendre. Mathilde avait serré un peu plus fort le bras d'Adrien, comme à chaque fois qu'elle devinait qu'un regard lui faisait mal. Adrien s'était présenté comme soldat, médecin au front qui avait partagé de longues heures avec Abel Chagnac dont il désirait avoir des nouvelles. Avait-il perçu le léger trouble dans les yeux de la jeune femme, trop occupé et concentré qu'il était sur la porte de la ferme où se tenait maintenant une autre silhouette, celle d'une personne plus âgée.

Sans un mot, la jeune mère avait ouvert la barrière et les avait précédés. Entre-temps, les gamins les avaient rejoints et se cachaient derrière leurs doigts entrouverts, intrigués par l'inquiétant inconnu.

Les deux femmes les avaient fait entrer dans une pièce sombre, encombrée, éclairée par la seule cheminée qui laissait flotter sur l'ensemble une odeur âcre de bois et de café brûlé. Un vieil homme somnolait près du feu, à côté d'un berceau d'où s'échappaient les vagissements d'un nouveau-né. La plus jeune des femmes avait pris l'enfant dans ses bras et dégrafé aussitôt son corsage sans se préoccuper de leur présence, annonçant seulement que les visiteurs étaient des connaissances d'Abel. La plus âgée s'était alors présentée comme la petite sœur d'Abel et parut plus que surprise quand Adrien prononça son prénom : Violette. Le vieil homme, réveillé par leurs voix, tentait de se lever. Sa fille s'était approchée pour l'aider tout en lui parlant d'un ton doux et affectueux. « Mon père n'y voit presque plus mais il a encore bonne oreille. » Violette les avait alors invités à s'asseoir autour de la table. D'un geste, elle avait balayé papiers, journaux et piles de linge, s'excusant du désordre. « Avec tous ces mômes, allez garder une maison propre ! » S'ensuivit une présentation de la famille : Jules Chagnac, le patriarche, et Jeanne, avec son loupiot, fille de Maurice, l'aîné de la fratrie, occupé à couper du bois plus haut dans la forêt. « Du chêne et du bon, y a pas meilleur pour se chauffer. » Adrien s'impatientait, Mathilde le sentait. Il regardait furtivement de tous côtés, retrouvant les images derrière les paroles d'Abel : les lits sous l'escalier, le poids du père sur les marches, la pièce encombrée. Il n'attendait qu'une chose, qu'elle lui parle d'Abel. Mais elle avait continué : « Maurice, le voilà grand-père trois fois. Faut dire qu'à dix-huit ans il a épousé la plus jolie du village, il avait trop peur que les autres la lui chipent ! Et Jeanne, sa fille, elle a pas tardé non plus. C'est qu'elle est courageuse ma nièce, elle fait l'école. Moi, j'aide tout ce monde, vu que le Seigneur il a pas voulu nous en donner un de petit, à mon homme et moi… »

Le père avait pris la parole. « L'Abel, il est parti, y a bien longtemps, il a choisi. On en a pas entendu parler souvent, allez savoir ce qu'il a inventé à la ville avec sa caboche plus dure que nos caillasses ! Il est revenu pour la noce de Maurice, et pour le baptême de sa première, qu'est sa filleule. Oui, le Maurice l'a pris pour parrain, il est pas rancunier le grand ! Avec ce qu'il lui a fait voir ! C'est vous dire que c'est pas d'hier qu'il est venu traîner par chez nous. Sa pauvre mère, elle est partie bien dans la peine, sans l'avoir revu. »

Devant l'air étonné d'Adrien, Violette a repris son père qui, soudain ému et abattu, s'était de nouveau assis.

« Notre mère s'est éteinte juste après la Noël. Une mauvaise grippe, Dieu merci, pas celle des Espagnols, sinon on y serait peut-être tous passés. La Jeanne, elle a écrit la nouvelle à Abel, vu que c'est la seule qu'est restée en contact avec lui. Elle recevait trois mots sur une carte de temps en temps. Elle répondait des longues lettres, des nouvelles des uns et des autres, elle sait y faire. Je sais pas si ça l'intéressait le frangin, mais la p'tite, elle y tenait. Faut dire qu'il lui a toujours envoyé trois sous, même après qu'elle s'est mariée avec le Pierre. Ça les a bien aidés. »

Jeanne avait recouché le bébé repu dans le berceau de bois, des larmes coulaient sur ses joues. Elle s'était dirigée vers un buffet sans âge et avait tiré d'un tiroir un paquet de lettres qu'elle avait déposé devant eux.

« Les dernières me sont toutes revenues, même celle où je lui annonçais la mort de grand-mère Joséphine que j'avais postée pour Châlons parce qu'un gars d'ici, il avait entendu dire sur le chemin du retour qu'un gars de la Drôme, pas tout jeune, qui quittait pas son harmonica, avait été évacué par-là. J'ai pensé à lui, dans ses lettres il parlait de son instrument qui lui tenait toujours compagnie.

« J'ai cherché, je vous jure, le maire, le pasteur, mon Pierre qui est revenu en permission sur ses deux jambes, Dieu merci, on n'a pas arrêté de chercher. Jusqu'à plus y croire. Ce n'est pas bon signe qu'il nous a dit monsieur le maire, il ne faut pas trop espérer. On ne retrouve pas toujours les corps, et c'est le silence qui parle tout seul.

« Au Lombard, au café, certains ont dit qu'ils avaient vu passer un journal avec la photo d'un déraillement de train dans ce coin-là, la date correspondait, j'ai vérifié. D'après les gars, sur l'image c'était qu'un amas de tôle et de ferraille. Vous pensez, avec tout ce qui s'est passé dans ce pays, tout est désorganisé, on ne court pas après les morts, on les enterre si on les trouve, pour les autres, faut croire au bon Dieu et à sa miséricorde. »

Un silence lourd s'était installé dans la pénombre, troublé par le crépitement des bûches et le bruit que faisait Jeanne en se mouchant. Un long et lourd silence.

Mathilde ne savait pas ce qu'Adrien voulait faire. Raconter son histoire ou se taire, consoler Jeanne ou pleurer avec elle.

Mais il s'était levé, avait remercié puis salué avant de se diriger vers la porte. À peine quelques pas dans la cour, il s'était retourné et brusquement, laissant sa femme seule et surprise, il était de nouveau entré et Mathilde avait très distinctement entendu qu'il s'adressait à toute la maisonnée, mais particulièrement au vieil homme :

« Votre fils, monsieur, était un homme bien, il était mon ami et je lui dois la vie. »

Sur le chemin qui longeait la ferme, ils avaient croisé un homme qui peinait à diriger sa carriole pleine de bois. Adrien lui avait demandé où se trouvait le cimetière. Il lui avait semblé retrouvé dans ce visage buriné et mal rasé un trait familier, la ligne d'un visage, mais l'homme bourru avait passé son chemin…

Adrien ne voulait pas quitter ce hameau sans lui dire à elle aussi, Joséphine, la mère, combien son fils était un homme courageux. Elle qui avait laissé partir ce fils plus difficile, plus malheureux que les autres, un fils qu'elle avait tant attendu.

Ils étaient restés longtemps assis sur les pierres couvertes de mousse de ce carré d'herbes folles. Sous les chênes, des tombes surmontées de croix huguenotes, et des noms effacés par le temps. Adrien avait posé sa tête sur ses genoux repliés. Abel était probablement mort. Il ne reposerait jamais auprès des siens, sous ces feuillages agités par le vent. Son corps perdu dans une autre terre, sous d'autres arbres, avait rejoint ceux de milliers de déracinés.

Une nouvelle blessure, profonde, invisible celle-là, distillait une douleur que Mathilde doutait pouvoir apaiser un jour.

Sixième partie

Les carillons des faubourgs

> La mort se mêle à la vie, un pont de douceur les relie.
>
> Léopold Sédar Senghor

C'est novembre, un jour de bise et de froid mordant. Mais qu'importent les bourrasques et les vols d'oiseaux noirs, une clameur enthousiaste s'échappe par les volets ouverts, puis court, se heurte aux portes cochères, se répand dans les ruelles, caresse les pierres blondes, irrégulières, de la Viale jusqu'aux portes des fabriques où soudain machines, métiers à tisser, tours de potiers font silence pour permettre à tous de venir chanter et danser sur la place commune. On se serre la main, on se congratule, on s'étreint, et déjà mille drapeaux aux couleurs de la France et de ses alliés claquent aux fenêtres et aux balcons, au faîte des magasins. Le village s'illumine comme au cœur de l'été et bientôt le vieux clocher de l'église invite celui du temple voisin, tandis que le vent apporte le son lointain des carillons des faubourgs.

Monsieur le maire, en grande tenue, porte à la connaissance de ses administrés la bonne nouvelle, accompagné par les tambours et les clairons de la fanfare municipale.

La même clique joyeuse que celle d'un 1er août déjà oublié. « C'est l'armistice, la guerre est finie ! »

De partout, de nulle part, affluent femmes et enfants, vieillards, permissionnaires, des hommes en bleu qui ne repartiront pas, mais aussi des blessés assistés des infirmières de l'hôpital local, poussés sur des chaises roulantes, appuyés sur des béquilles. Des combattants honorés et applaudis comme des héros martyrs, comme le sont aussi les réfugiés venus de Belfort, des Ardennes et de la Marne. Des familles qui vivent dans les environs depuis des années, et leur joie se mêle à celle des gens du pays. La paix appartient à tous, sans distinction.

Toutefois, sur les trottoirs, à l'écart, retirées de la foule, des silhouettes noires. Des taches sombres mais lumineuses, elles aussi présentes, incontournables parmi les fanions éclatants de couleurs. Elles sont là, les veuves, les mères endeuillées. Ils sont là aussi les orphelins, empêchés de se joindre à la fête et de se mêler aux farandoles et aux cortèges qui spontanément ont envahi la place. Il y a ceux qui chantent et qui dansent et ceux qui regardent et se taisent. La joie et la tristesse, est-ce dans l'euphorie de la victoire que le deuil prend tout son sens ?

***

Camille était restée longtemps adossée à la grille du temple, à observer les uns et les autres sans savoir où était sa place. Bien sûr, Adrien, son fils, était revenu, bien sûr, elle l'avait serré fort contre elle et toutes les blessures valaient mieux que la mort. Elle comprenait et partageait le soulagement immense procuré par une paix tant espérée. Mais elle ne pouvait ignorer le poids de l'absence de ceux qui ne reviendraient pas ou qui resteraient marqués à jamais dans leur chair et dans leur âme.

Ces inconnus avaient aujourd'hui les traits figés, meurtris de son fils et l'empêchaient de sourire.

Elle avait gravi les marches et refermé derrière elle la lourde porte du temple. Les rumeurs joyeuses, bien qu'atténuées, pénétraient encore et résonnaient entre les murs blancs et froids. Le poêle n'était pas allumé et les bruyères séchaient dans les vases sur l'autel. En silence, semblant ignorer la musique et les salves bruyantes, dans l'omniprésence du souvenir, des malheureux priaient.

Sur le banc de bois, un recueil de cantiques oublié depuis le dernier culte.

Camille se souvenait...

Rue Saint-Jean, place du Change, place Saint-Paul, la traversée du pont de la Feuillée sur les eaux sombres de la Saône, place Sathonay et la montée des marches de la Croix-Rousse où elle s'arrêtait quelques instants, essoufflée. Le petit garçon lui prenait alors le bras sur les allées du jardin des plantes, il ralentissait le pas, repoussant le moment où la rue des Chartreux s'annonçait en blanc sur le panneau d'émail bleu. « Le chemin de croix », voilà comment son fils appelait le retour dominical vers l'internat. Pas un chemin inverse, pendant des années, sans qu'elle ne s'effondre sur un des bancs verts du jardin. Elle restait là, sous les regards curieux des passants, cherchant à conserver son image, l'empreinte de sa main dans la sienne...

La vie d'Adrien avait été bouleversée par sa faute, par ses choix que d'autres femmes, tentées peut-être elles aussi, s'étaient refusées à faire.

Où était le devoir, où était le besoin de liberté ? Était-ce courage ou lâcheté et égoïsme de sa part ? Tant d'années passées et toujours aucune réponse. Pourtant, son fils avait grandi et le temps l'avait aidé à construire sa vie d'homme malgré son absence. Ils avaient pu vivre et partager les attentes, longues, sans doute douloureuses, mais magnifiées par l'espoir, récompensées de retrouvailles merveilleuses et des passions communes.

Ce jour-là, le dernier, le fiacre s'était arrêté devant la porte cochère. Camille revenait d'un court séjour chez ses amis Soubeyran. Engourdie par le poids de son sac en cuir gardé sur les genoux, elle s'était aidée d'une épaule pour repousser le lourd battant de la porte grise, au vernis luisant sous la pluie. Camille se souvenait avoir regardé avec plus d'attention les pavés disjoints de la cour, les jardinières de chrysanthèmes pourpres et jaunes entretenues par la concierge, avoir observé les moindres détails afin de les graver durablement dans sa mémoire. Prendre et garder chaque image, s'assurer de pouvoir les retrouver, ne pas les quitter tout à fait. Elle avait posé le pied sur la première marche, celle fendue dans la longueur qu'il s'amusait toujours à éviter en prenant son élan, fier et heureux comme on l'est à son âge de défis minuscules et gigantesques à la fois. D'un pas plus lourd que d'ordinaire, elle s'était appuyée sur la rampe douce et luisante de cire, les seaux en zinc emplis de charbon attendaient sur chaque seuil. Ces repères immuables, petits cailloux sur son chemin, habitudes réconfortantes, ne devaient pas la faire vaciller. Rester déterminée, se tromper peut-être, savoir qu'il n'y aura pas de retour possible et, la main sur la poignée de cuivre, hésiter, la caresser encore, encore une fois, une dernière fois, avant d'ouvrir la porte sur sa vie bientôt passée.

Elle l'avait laissé. Jamais son père n'aurait accepté qu'elle l'entraîne avec elle dans une vie aux conditions incertaines et précaires. Combien de fois l'avait-elle imaginé, le premier hiver, à quelques rues à peine, jouant au coin du feu, déplaçant ses soldats de plomb sur les lignes courbes du tapis, alors que le froid engourdissait ses doigts dans le garni mal chauffé qu'elle louait sous les toits d'un immeuble sur les quais ?

Avait-il su combien il lui avait manqué ? Lui avait-il un jour pardonné ?

Et voilà qu'il était parti à son tour, bien malgré lui. Le temps d'une guerre. Le temps d'une terrible mutilation. Le temps de souffrances infinies que de toute sa vie d'infirmière elle n'avait même jamais imaginées.

Ces souffrances, son fils les avait supportées en silence. Il l'avait tenue à distance, avait menti dans ses lettres pour l'épargner, alors qu'elle s'était montrée incapable de le protéger autrefois. Quelle leçon lui avait-il donné là !

Puis, Adrien était revenu. Le retour, ce point de fuite de la guerre, l'idée même de retour pour rendre le départ possible. Le retour dans toutes les lettres, dans chaque pensée, chaque jour... mais aujourd'hui c'était un être différent, un autre fils qui tentait de reprendre sa place. Aujourd'hui, Camille avait honte d'avoir peur pour lui, presque aussi peur que lorsqu'il était au front. Ce corps affaibli, ce visage mutilé, comment pouvait-elle espérer que son fils reprenne naturellement le cours de son existence comme la rivière regagne son lit après la crue ?

Mathilde lui avait écrit plusieurs fois, puis elle était venue la voir, seule. Elle s'inquiétait : Adrien ne sortait presque plus, rien ne paraissait l'atteindre. Il se réfugiait dans la musique pendant de longues heures solitaires. Ce que certains journaux nommaient le deuil de la victoire. Adrien vivant, victorieux de la mort, mais en deuil de lui-même.

Adrien refusait de parler, de se faire aider, et Mathilde était désemparée. Autant il avait su faire preuve d'énergie pour retrouver la trace d'un camarade, son « compagnon de douleur » à l'hôpital, autant il paraissait apathique depuis que ce dernier avait été porté disparu et que sa propre famille le considérait comme mort.

Jean, son mari, avait sollicité l'avis de confrères parisiens. Les traumatismes des soldats étaient aussi fréquents que divers.

Adrien était devenu susceptible, impulsif, comme si la douceur du foyer ne faisait qu'exacerber le souvenir tragique de la guerre. Pour tous, une réalité s'imposait : Adrien était encore là-bas.

Il y a peu, Anna avait demandé lors d'une promenade quand son papa repartirait. Le retour de son père n'avait pas été l'événement joyeux tant attendu. Sa vie d'enfant s'était organisée sans lui et son père, devenu inconnu, troublait un équilibre, un environnement rassurant au sein duquel elle avait grandi. D'après Mathilde, ce n'était pas l'apparence étrange du visage de son père qui perturbait Anna. Dieu sait pourtant combien cela les avait inquiétés. Non, c'était de vivre avec un homme triste, taciturne, devenu intolérant, même aux rires d'une enfant.

Un dimanche pourtant ils avaient bien cru le retrouver. Ils étaient partis pique-niquer sur les bords du Rhône. Adrien aimait s'y baigner autrefois. Ce jour-là, il avait choisi de marcher seul sur la berge, les deux mains nouées dans le dos, comme il l'avait toujours fait. Mathilde ne le quittait pas des yeux, peinée par son besoin constant de solitude. Des jeunes gens s'ébrouaient bruyamment dans l'eau, juste en amont du pont du Teil. Soudain, des cris avaient retenti, ils avaient à peine eu le temps de se relever qu'Adrien plongeait tout habillé pour sauver un malheureux jeune homme qui ne s'était pas méfié des remous du fleuve à l'approche de la pile du pont. Devant le danger, l'urgence, il n'avait pas réfléchi, vif, réactif comme ils le connaissaient, mais le soir même, sur cet étrange visage, c'est la lassitude et le désarroi qu'ils avaient lus de nouveau.

L'ex-mari de Camille, André, alerté lui aussi par le comportement ombrageux et dépressif de leur fils, lui avait écrit. Certains hôpitaux, à Paris notamment, avaient créé des consultations spécifiques pour les soldats en grande difficulté de réinsertion après avoir subi des traumatismes violents. Jean en avait aussi entendu parler, mais il s'inquiétait des méthodes thérapeutiques employées, comme le recours aux chocs électriques, qu'il tenait pour un traitement barbare et peu efficace. Camille refusait de participer à ces discussions, à ces débats d'experts sur ce qu'il était bon de faire ou non. Comme Mathilde, elle perdait pied. Pour elle la guerre continuait, mais elle ne connaissait plus l'ennemi. Son fils était revenu, mais d'où et pour aller où ? Comment avait-elle eu la naïveté et la prétention de croire que son amour de mère, que l'amour de Mathilde, celui d'Anna seraient suffisants ? Pourtant, jamais elle n'aurait eu l'indécence de se plaindre : ils étaient si nombreux ceux qui n'attendaient plus personne. Son amie, Suzanne, naguère si proche, l'évitait et changeait de direction quand elle l'apercevait dans le bourg. À quelques jours d'intervalle, elle avait appris pour ses deux fils : les missives, pesantes comme le tocsin, avaient tout emporté avec elles, les jours heureux, les rires, l'amitié. Le malheur, comme une pierre jetée dans l'eau du ruisseau, déploie ses ondes bien au-delà du point de sa chute.

L'impuissance de Camille à aider son fils avait réveillé en elle un profond sentiment de culpabilité, enseveli sous le poids des années et la force des silences. Ne sachant plus vers qui se tourner, elle avait fini par s'en ouvrir au pasteur Aeschimann, celui-là même auprès de qui, il y a bien longtemps, elle avait trouvé la compassion et la compréhension nécessaires lorsqu'elle avait pris la décision de bouleverser leurs vies.

Aujourd'hui, c'était une femme âgée que le vieux pasteur écoutait. Celui de son enfance, à Lyon, l'intimidait, et même adolescente, elle ne serait jamais allée se confier à lui pour évoquer ses projets de vie et moins encore ses doutes sur l'authenticité de sa foi.

Elle frappait souvent à la porte de la maison haute derrière le temple. Une jeune fille en tablier blanc l'accueillait et la conduisait dans le bureau du vieil homme aux odeurs mêlées de cire et de tabac. À demi allongé, bordé de toute part de coussins et de couvertures, il ne voyait presque plus, mais ses longues mains ridées où courait un entrelac de veines bleues prenaient les siennes avec la même générosité, le même élan qu'autrefois. « Il faut laisser le temps faire son œuvre, prier et aimer, beaucoup aimer, il n'y a aucune autre voie pour soigner les cœurs et les âmes. »

Pour la première fois, Camille avait quitté la maison du pasteur sans se sentir apaisée. Le sens des paroles du vieil homme, l'attente résignée qu'il conseillait lui semblait impossible. Elle savait que la patience, l'espérance dans la prière et même l'amour ne suffiraient pas. Elle ne pouvait rester une simple observatrice de la descente inexorable de son fils vers une mélancolie qui détruirait sa famille et sa vie tout entière.

Camille en était convaincue, pour aider Adrien à accepter la disparition de ce compagnon dont il se jugeait responsable, pour l'aider à faire ce deuil, il fallait lui apporter la preuve que tout ce qui était possible de faire avait été fait. Et surtout lui montrer que sa mère prenait en compte son chagrin et qu'elle se tiendrait à ses côtés quel qu'en soit le prix.

Camille croisait parfois sur les allées, le long du Jabron, les anciens qui jouaient à la pétanque. Elle aimait s'asseoir quelques minutes sur un banc pour les observer et s'étonnait toujours de leur sérieux, leur concentration lorsque l'un d'eux s'apprêtait à tirer. À ce moment précis, leur vie tout entière semblait remise en jeu : la boule qui explose les autres dans un choc métallique sec et brutal prend tous les risques. Le joueur peut tout perdre, mais quoi qu'il arrive, il aura redistribué la partie ; pour cela, il fallait tirer.

Un événement avait fini par la décider à agir.

Ils étaient montés à Lyon avec Jean pour une cérémonie qui s'annonçait à la fois solennelle et émouvante. La remise de la médaille militaire au major Adrien Delaitre.

Adrien avait accueilli sa citation sans grand enthousiasme. Médaille des braves ou bijou de pacotille, et pour solde de tout compte une reconnaissance officielle, un galon, une poignée de main. Tout cela, Adrien l'aurait bien volontiers refusé. Qu'avait-il fait de si méritant ? Espérait-on par une médaille lui faire oublier ses douleurs, sa lutte contre le sang, la bave et la monstruosité d'un visage mutilé ?

Où étaient donc tous ceux qui, plus que lui, auraient mérité de tels honneurs ? Où était Abel ?

Mais devant la fierté de ses camarades, le soutien des anciens combattants, de ceux qu'il avait côtoyés à la clinique du docteur Pont, il avait cédé aux préparatifs de l'événement. « Après tout, avait-il dit à Mathilde, c'est une occasion de retrouver ceux qui sont hantés par les mêmes souvenirs. »

Le jour venu, les familles et les amis des médaillés se pressaient dans la cour de l'hôtel du gouverneur militaire. Sur une console recouverte du drapeau tricolore, les insignes attendaient de rejoindre les poitrines des héros de la cérémonie. Plusieurs portaient sur leur corps et leur visage les stigmates de leur bravoure. Camille aperçut Adrien de dos, penché sur un jeune soldat assis dans une chaise roulante. Lorsqu'il s'était redressé, elle lui avait trouvé fière allure, dans sa tunique bleu foncé au col et pattes de manches en velours cramoisi, boutons, insigne caducée, galons et épaulettes dorées, képi à la main. Anna, intimidée, attendait en retrait avec Mathilde.

Le chef du protocole avait demandé à l'assemblée de prendre place.

Les autorités étaient arrivées, le maire, le préfet, le sénateur, le délégué militaire départemental, les officiers supérieurs et les représentants de diverses associations d'anciens combattants. Camille ne quittait pas Adrien des yeux. Son uniforme, un uniforme d'apparat qui lui avait si peu servi, était devenu trop grand pour lui. Elle devinait ses pensées et priait pour que la cérémonie ne s'éternise pas. Elle le savait capable de s'éclipser, quittant drapeaux et trompettes sur un coup de tête.

Sonnerie aux morts, minute de silence pleine de voix et de visages imaginés, hymne national et enfin appel un à un des médaillés qui reçurent avec gratitude les éloges de la Nation.

Lorsque Camille avait serré Adrien contre elle pour le féliciter, il lui avait murmuré à l'oreille : « Où est-il, maman, c'est lui qui devrait être ici ? » Et dans ses yeux, elle avait lu l'infinie tristesse, la profonde solitude, elle avait reconnu le désespoir, celui que l'absence laisse derrière elle, en traînées amères et tenaces.

Mathilde lui avait raconté que lors de leur visite à Comps chez les Chagnac, il avait été question d'un accident ferroviaire, un train déraillé, sur un trajet et à une date compatibles avec une éventuelle présence d'Abel parmi les voyageurs. D'après le journal qui relatait l'événement, les familles des soldats dont les corps avaient été retrouvés avaient été prévenues. Pour les autres... Pourtant, les soldats portaient sur eux en permanence leur livret militaire ainsi qu'une plaque d'identité autour de leur cou ou de leur poignet. Tous les jours, dans les conversations de village, dans la presse, il était question de victimes identifiées bien après leur mort et de familles qui des mois, voire des années plus tard étaient enfin fixées sur les raisons d'une absence désespérément longue. La seule explication de ce silence résidait sans doute dans la violence et la gravité de l'accident, le feu peut-être... Ou alors, Abel Chagnac n'était pas du voyage.

Sans même en parler à Jean, de peur de l'entendre dire qu'il était temps à son âge de faire preuve de modération, Camille avait pris contact avec le journal.

De ses années en poste à l'hôpital de Montélimar, elle avait gardé quelques relations dans la presse régionale et le rédacteur en chef de *La Tribune* l'avait reçue. Elle lui avait expliqué l'objet de sa recherche. Visiblement intrigué, il avait fait remonter des archives plusieurs exemplaires de journaux relatant l'événement. Camille n'avait pu cacher son étonnement : à peine quelques lignes sous une photographie quel que soit le quotidien. *Le Figaro* accordait deux prises de vues supplémentaires, un amas de ferraille, des brancards alignés couverts de draps blancs et le portrait du maire du village proche du lieu du déraillement. Le journaliste lui en expliqua la raison. Pendant le conflit, la presse avait pour consigne de censurer les catastrophes, les événements tragiques, les faits divers sordides, pour préserver le moral de la population déjà mis à mal par les séparations familiales et les problèmes économiques. On titrait sur les victoires, les reculs et les pertes ennemies, on passait vite sur le reste. Toute tentative d'information réelle pouvait être accusée d'entreprise de démoralisation et le journal s'en trouvait inquiété. Il fallait livrer une version adoucie des combats. Tout ce qu'ils avaient appris, avides de la moindre nouvelle lorsque Adrien était sur le front, tout cela était en fait une vérité de façade, la réalité était bien pire.

En quittant la rédaction de *La Tribune,* Camille disposait de quelques informations précieuses : le nom et la localisation du village où avait eu lieu le déraillement et l'adresse de la mairie. Le maire avait répondu assez rapidement à sa lettre, l'éclairant sur les circonstances du drame comme sur la participation de toute la population aux premiers secours. Il ajoutait que jamais le village de Saint-Barthélemy n'oublierait cette nuit de feu, de fer et de sang !

***

C'était un dimanche, la famille était réunie au Grangeon pour fêter l'anniversaire d'Anna. Il faisait encore frais, une de ces journées où l'hiver hésite à laisser sa place. Au jardin, déjà, le jaune vif annonciateur des forsythias. Camille avait profité de l'intérêt que la petite portait à ses nouveaux jouets pour proposer à Adrien de venir y faire quelques pas. Elle avait, au début de la guerre, aménagé un poulailler au fond du jardin, et prétexté avoir besoin d'aide pour rentrer la volaille afin de profiter d'un moment seule avec lui.

Elle ne pouvait taire plus longtemps les démarches qu'elle avait entreprises pour recueillir des informations sur le sort d'Abel Chagnac.

En un instant, le regard d'Adrien était devenu plus vif, plus lumineux. Il s'était comme réveillé, surpris mais visiblement heureux alors que sa mère évoquait un terrible accident dans lequel son ami avait probablement perdu la vie. Camille comprit alors à quel point le seul fait de manifester le moindre intérêt pour cet homme, son voyage, sa vie et peut-être même sa mort était important pour lui.

Ils s'étaient assis sur un banc comme autrefois dans une autre ville, un autre temps, et il lui avait longuement parlé d'Abel. Elle en connaissait peu de chose, ce que Mathilde avait bien voulu lui dire. C'est elle qui à son tour fut surprise. Elle se souvenait très précisément de cet horrible épisode de l'attaque du nid d'oiseau, de la frayeur puis de l'infinie tristesse qu'il avait suscitées chez Adrien. Comment un garnement qui l'avait humilié enfant, un jeune homme cabochard qui méprisait « le bourgeois », avait-il eu le courage et l'humanité, sous les bombes et la mitraille, de risquer sa vie pour un inconnu ? Ce sale gamin l'avait sauvé des terres grises et boueuses labourées de violence, d'un pays de brumes où jamais ni l'un ni l'autre n'aurait dû se trouver...

Lui reviennent en mémoire les paroles du pasteur lors du sermon le jour de l'armistice. Exhortant au pardon les nombreux fidèles, coude à coude sur les bancs, restés debout dans les traverses, sa voix s'était élevée : « Là où le péché a abondé, la grâce a surabondé, aucun chemin n'est si sombre qu'il ne puisse être éclairé par la lumière du Seigneur. » Sur le parvis, l'homme dans sa robe noire avait réconforté les mères et les veuves, Camille l'avait entendu murmurer à l'une d'entre elles : « Il n'y a pas de plus grand amour que de donner sa vie pour ses amis... »

Là, dans ce jardin encore engourdi, sa main sur les siennes, de grandes et longues mains d'homme et de médecin, elle l'avait écouté en silence. Elle avait écouté le récit des jours et des nuits où les mots, les gestes, les regards de cet homme avaient réconforté et maintenu l'espoir de son fils.

Adrien s'était tu. Les rires de l'enfant et les voix familières leur parvenaient, assourdis comme le sont dans les rêves les traits et les paroles des disparus. Tout à coup, sans savoir d'où lui venait une telle force, sans comprendre d'où venaient ces mots, de quels temps lointains où rien d'autre ne comptait que d'atténuer son chagrin de petit garçon. Camille s'était levée, elle avait posé ses yeux las mais emplis de volonté sur son enfant.

« Adrien, et si nous allions ensemble, juste vous et moi, à la recherche d'Abel ? »

***

Saint-Barthélemy ressemblait aux nombreux villages aperçus tout le long du voyage. Des ruines et des habitants cherchant dans les ruines. Des camions et des charrettes pleins de bric-à-brac, des enfants posés là, au-dessus des cargaisons brinquebalantes, tâchant de retenir de leurs petites jambes l'édifice à l'équilibre incertain. Plus le train roulait vers le nord-est, plus ils approchaient le monde de la guerre. Même terminée, elle était encore là, et Camille découvrait son odeur de terre, de poussière et de mort. À peine ses yeux s'arrêtaient-ils sur une maison éventrée ou réduite à un tas de pierres et de cendres que déjà le mouvement du train lui en proposait une autre. Adrien, la tête abandonnée sur la banquette, somnolait. Où peut-être avait-il choisi de ne plus regarder. Pour elle, le malaise était nouveau, elle était spectatrice de ce qui lui avait été jusqu'alors épargné. Les lointains échos du bruit et de la fureur, voilà ce qu'ils avaient perçu à l'abri des collines. Même le vent du nord ne leur avait pas tout dit. Ils imaginaient le pire, à partir de bribes ramassées un peu partout, des récits des permissionnaires ou des blessés de retour, mais même ces mots-là n'avaient pas la puissance de ce qui se dévoilait peu à peu sous ses yeux.

La reconstruction avait commencé. Une tâche immense, des gestes dérisoires… Comme un peuple de fourmis, vaillantes ou résignées, chacun portait sa pierre.

Lors d'un arrêt dans une petite gare isolée, une vieille femme mendiait auprès des voyageurs, à l'autre bout du quai, deux fillettes quémandaient elles aussi quelques pièces.

Ils étaient arrivés à la nuit à Saint-Barthélemy, ils n'étaient pas les seuls à descendre à l'arrêt simplement éclairé par deux lumignons blafards. Un couple de noir vêtu, une jeune femme tirant derrière elle un garçonnet endormi et un homme aux cheveux grisonnants, dont la jambe raide et les nombreuses médailles accrochées à la vareuse ne laissaient aucun doute sur son passé de combattant.

Le maire, un homme affable et souriant, avait accueilli tout ce monde comme s'il s'agissait de la visite organisée d'un monument historique. Visiblement, le village était devenu un lieu de pèlerinage, et la commune cultivait le souvenir de la catastrophe. Des bouquets fanés par le soleil, délavés par la pluie s'accumulaient sur le parvis. Des photos passées, accrochées dans leurs cadres aux grilles du jardinet du chef de gare, témoignaient, désordonnées, des vies emportées. Le petit garçon, désormais tout à fait réveillé, ne quittait pas Adrien des yeux, le militaire s'adressa à lui : « Tu vois petit, cet homme est un héros. Ne l'oublie pas. » Adrien n'appréciait guère ce genre de situation, il aurait aimé passer inaperçu, mais savait que désormais cela serait à jamais impossible.

Le maire leur avait fixé rendez-vous le lendemain matin de bonne heure.

On les avait dirigés vers un ancien relais de poste, devenu pension de famille. Il était tard et ils avaient besoin de repos. Sur tous les visages, la même expression d'une immense lassitude. Chacun d'eux portait le deuil différent d'une même absence. Celle d'un amour, d'un fils, d'un père ou d'un ami, l'absence d'un être unique, d'un être aimé. La femme en noir tenait serrée contre sa poitrine une couronne de perles, enveloppée dans un filet. Maigre et pâle, elle s'était assise près de la cheminée, offrant ses mains à la chaleur du feu, enfermée dans sa souffrance, sans porter attention à la tenancière qui préparait la table.

Pendant le repas, il avait été bien difficile de couper la parole au militaire. Le vin aidant, il avait raconté sa guerre avec enthousiasme, comme il aurait raconté une aventure ou un voyage, prenant Adrien à témoin. Il voulait connaître le lieu et les circonstances de ses blessures. De fait, il cherchait à établir avec lui une connivence de spécialistes dont il souhaitait exclure le reste de la tablée, comme si elle n'y avait pas droit. La jeune mère avait pris la parole : « La guerre des femmes, monsieur, n'est peut-être pas la vôtre, elle semble moins violente, moins visible, mais si tous autour de cette table nous sommes réunis, c'est que nous partageons le même malheur. Nous pleurons les mêmes larmes. » À ces mots, les yeux du médaillé s'embuèrent et il sortit de sa poche la photo pliée, écornée à force d'avoir été regardée, d'un jeune soldat. « Mon garçon était dans ce train, en permission, pour le mariage de sa sœur aînée. Nous l'avons attendu, mais la noce s'est faite sans lui. Sa mère espère encore, elle n'a pas eu la force de faire le voyage. » La femme en deuil qui était toujours près du feu s'était levée et d'une voix à peine audible, devant son mari visiblement surpris, elle s'était adressée au militaire : « Moi, je veux voir, je veux savoir. » Le mari, d'un geste tendre, bouleversant, l'avait prise dans ses bras et lui avait caressé les cheveux, doucement, comme on le ferait à un enfant pour qu'il s'apaise.

Le garçonnet s'était assoupi, les bras repliés sur la table. Hier encore, ces gens ne se connaissaient pas, et ce soir, à la lueur des flammes, l'un après l'autre, malgré la fatigue, malgré l'appréhension du lendemain, ils s'étaient racontés et avaient fait revivre, le temps d'une soirée, ceux qui leurs étaient chers et qui avaient peut-être perdu la vie dans ce village inconnu.

Venus de régions, de milieux, d'horizons différents, ils avaient ce soir-là en commun la douleur de l'absence, la douleur du silence.

Au matin, une pluie fine tombait sur la mairie.

Un groupe d'hommes avaient formé une chaîne pour charrier des pierres depuis le bâtiment adjacent qui devait être l'école des garçons. Il n'en restait plus qu'un pan de mur intact, une carte de géographie encore accrochée, la frise des nombres au-dessus du tableau, un schéma partiellement effacé et une horloge arrêtée que personne n'avait plus remontée depuis longtemps. L'école des filles, de l'autre côté de la mairie, avait été miraculeusement épargnée et des plantations printanières égayaient les appuis des fenêtres.

Le maire avait convié plusieurs de ses administrés qui avaient secouru les victimes, la nuit du drame et les jours suivants. Un profond silence, chargé de questions muettes, conférait à la réunion un air solennel.

Le maire avait pris la parole. Un compte rendu des événements visiblement maintes fois répété. Pour l'auditoire, qui buvait ses paroles, c'était la première fois et, au moins l'espéraient-ils, peut-être auraient-ils des réponses à leurs questions.

« Le train convoyait en majorité des permissionnaires français, mais aussi des convalescents renvoyés chez eux ou dans des centres spécialisés éloignés des zones de combat. Dix-sept voitures, trois classes. Compte tenu de ses 530 tonnes dues à sa longueur et à sa composition, le train était divisé en deux pour lui permettre de gravir les pentes. Les deux rames ainsi constituées devaient gagner séparément la gare de Beaune où elles se sont réassemblées. À environ 14 km en aval de notre village, à un lieu-dit "la Jarlaud", les rares fermiers du coin ont entendu le vol bas et sourd de chasseurs allemands. L'attaque aérienne a pilonné le convoi sur toute sa longueur, en deux passages, et détruit 350 mètres de ballast et de voies. La nuit était noire, un témoin qui aidait sa vache à vêler au champ a raconté qu'il a soudain fait jour comme en plein midi.

« Le mécanicien qui s'en est sorti en sautant de sa locomotive a dû actionner le sifflet pour alerter les serre-freins, mais à une telle vitesse, en pleine descente, le déraillement peu avant son entrée en gare de Saint-Barthélemy était inévitable.

« La première voiture a déraillé à une centaine de mètres environ du pont qui enjambe la rivière. Les véhicules en bois ont pris feu, l'incendie s'est rapidement propagé à l'ensemble du convoi. Quatorze voitures ont été entièrement détruites par le choc ou dans le brasier. Seul le fourgon de tête, les deux dernières voitures et le fourgon de queue ont échappé au désastre. Quant à la locomotive, elle est venue s'écraser toute seule, à une vitesse folle, en gare… »

Le petit homme, tout en rondeurs, replet dans son gilet de laine noir, avait marqué un temps d'arrêt, le temps que la stupéfaction se transforme en larmes. Camille avait saisi la main d'Adrien sous la table, elle savait que lui comme les autres imaginaient sans peine la panique et la terreur des derniers instants.

« Des employés du chemin de fer sont partis immédiatement sur les lieux pour tenter de porter secours aux victimes. Ils ont été rapidement rejoints par la population, réveillée par le vacarme. Le curé avait sonné le tocsin et tout le monde est sorti du lit, croyez-moi, on a fait tout ce qu'il était possible de faire... »

Le militaire avait remercié, suivi par de discrets signes de tête.

« L'entreprise était difficile, vu le passage escarpé, la hauteur des débris superposés, la puissance du brasier.

« Une usine de graines toute proche a servi de poste de premiers secours et de chapelle ardente. Puis, dès l'aube, les blessés ont été transportés à l'hôpital. Tout ce qui roulait au village, voitures, carrioles, charrettes, a servi de taxi ambulance. Cinq jours ont été nécessaires pour retrouver les corps et rendre la ligne praticable.

« De l'amas de ferraille, quatre cent vingt-quatre corps ont été retirés et formellement identifiés. »

D'une voix plus douce et pleine de précautions, il avait ajouté. « Cent trente-cinq corps carbonisés n'ont pas pu l'être, certains ont été retrouvés le long du ballast après avoir été expulsés par la force du choc. Tous ont été inhumés dans un terrain communal contigu au cimetière, nous allons vous y conduire. Les corps non identifiés reposent sous des croix anonymes mais les honneurs militaires leur ont été rendus comme aux autres. Le gouvernement était représenté par le ministre des Travaux publics. Ils ont eu droit aux discours et aux gerbes. Je dois vous dire qu'avant vous bien des familles sont venues ici à la recherche d'un parent et que leurs espoirs ont été le plus souvent déçus. Certains étaient prêts à identifier n'importe quel corps, espérant pouvoir le ramener pour l'inhumer dans le caveau familial.

« Aussi avons-nous décidé de laisser les morts reposer en paix dans notre terre sous ces croix de bois blanches dépourvues de noms. Nous prendrons soin de ces soldats inconnus et élèverons nos enfants dans le respect de leur mémoire.

« Dans une pièce à l'arrière de la chapelle, à quelques pas du cimetière, nous avons regroupé tous les objets récupérés dans la zone de l'accident. Vous pourrez bien sûr les voir et, qui sait, peut-être y trouverez-vous un souvenir, un maigre réconfort… »

À ces mots, ils s'étaient lentement levés, le poids des dernières paroles semblait avoir courbé un peu plus leurs épaules. Ils avaient quitté en silence la salle de réunion de la mairie et s'étaient dirigés vers le cimetière.

Leurs pas crissaient sur le gravier mouillé, la pluie avait cessé mais un léger brouillard enveloppait la chapelle de pierre blonde et les grilles noires surmontées de cocardes patriotiques aux teintes effacées. Les uns derrière les autres, ils avaient suivi, lentement.

Adrien avait pris le bras de sa mère. Ils avaient emprunté l'allée centrale du cimetière communal. Quelques repousses d'herbes sur des tombes de terre fraîche, récemment recouvertes. Des soldats du pays. Camille s'était attardée sur un amas de fleurs et de rubans oubliés sous la pluie. La date avait retenu son attention : Jules Ferré, 12 novembre 1918. Elle en eut le cœur serré. Mort le lendemain de l'armistice, quelle absurdité que la guerre.

Trois marches envahies de trèfle et, derrière de hauts murs, le nouveau cimetière. Un ballet de croix blanches avec ou sans nom.

Le petit sautait dans les flaques, tandis que sa mère caressait de sa main chaque bois inconnu, peut-être celui sous lequel son amour reposait. Le couple s'était assis sur un rondin qui tenait lieu de banc, serrés l'un contre l'autre, les mains jointes, une seule silhouette noire dans le gris du ciel. Adrien s'était avancé, seul, marquant un temps d'arrêt devant chacune des tombes. Le militaire s'était approché de lui, il avait posé une main sur son épaule et ils avaient poursuivi ensemble. Camille ne quittait pas des yeux son fils, vivant parmi tous ces morts. Ces fils dont il ne restait rien, pas même un prénom sur une croix, c'est à peine si elle avait osé affronter le regard errant, à la dérive, de la mère endeuillée.

Le maire et ses acolytes restés en retrait près de la grille les avaient invités à les suivre jusqu'à la chapelle. Aménagée modestement, des bancs de bois sombres, des Vierges à l'Enfant dans les alcôves, mais illuminée comme une cathédrale avec dans les moindres recoins des chandelles laissées là comme des baisers par les familles. Dès la porte de bois bleue refermée, la simplicité du lieu, la lumière vacillante des cierges, l'odeur de miel de la cire d'abeille et la présence palpable de toutes ces douleurs conféraient au lieu une atmosphère particulière, un mélange de tristesse et de douceur.

Il pleuvait de nouveau et le gris du dehors filtrait à travers d'étranges vitraux.

Le maire avait repris la parole d'une voix à la fois feutrée et solennelle : « Les Bartholoméens, dans leur ensemble, n'ont pas choisi d'ériger un monument pour commémorer leurs morts comme tant d'autres villages l'ont fait. Ils ont préféré consacrer trois vitraux de cette chapelle, les deux vitraux latéraux et celui du porche, à l'évocation du conflit. Trois tableaux patriotiques dont la réalisation a été confiée à une prestigieuse famille de maîtres verriers français. » Sans un mot, le petit groupe s'était dispersé dans la chapelle pour mieux contempler chacune des scènes représentées sur les vitraux. Sur le côté gauche, des soldats montaient au front, baïonnette au canon, sous la mitraille symbolisée par des éclats de couleurs vives. À droite, un blessé agonisait, le bras tendu vers le ciel, soutenu par un ange qui lui tenait l'autre main. Devant cette scène, Adrien était resté un long moment pétrifié, le cœur battant… Au-dessus de la porte centrale, dans un ovale cerclé de laiton doré, un aumônier brandissait une croix, debout au milieu d'un champ de bataille dévasté, parsemé de morts et de soldats fuyant les flammes, mains sur la poitrine dans l'ombre tutélaire d'une église. Sous le vitrail, la mention : « À la mémoire de l'abbé Riguet, né à Saint-Barthélemy, aumônier aux armées, militaire à la 9e division, tombé au champ d'honneur le 25 mars 1918. »

Camille n'arrivait pas à se détacher de ces images violentes, effrayantes et belles à la fois. C'était la première fois qu'elle avait sous les yeux la représentation aussi désespérément vivante de la souffrance endurée par les soldats, son fils et ses compagnons.

La pièce derrière la sacristie était une sorte de cave sans fenêtres. Le maire avait allumé une lampe à pétrole. En un instant était sorti de l'ombre, sur des étagères, à l'abri de vitrines poussiéreuses, un amas d'objets hétéroclites, rescapés, recueillis avec soin par les villageois, à l'intention des familles. Camille sentait intuitivement que ces reliques ne devaient être touchées que par certaines mains. Elle avait donc laissé Adrien. Elle était retournée s'asseoir sur un banc dans la chapelle inondée de lumière, elle avait prié.

Des voix, des sanglots parvenaient jusqu'à elle…

Au bout d'un long moment, Adrien était sorti lentement de l'obscurité. Elle avait compris. Elle avait deviné en le regardant approcher, les épaules rentrées, la mâchoire serrée, le regard fixé sur la sortie, incapable de parler, qu'il avait enfin la réponse à ses interrogations infinies.

Dans le creux de ses bras, une musette de toile claire éclaboussée par endroits de taches brunes. Il la tenait contre lui comme les enfants gardaient serré contre leur cœur la poupée ou l'ours aux yeux de verre pendant les alertes prévenant des bombardements de Gotha. Tout contre eux, comme si ces objets inanimés pouvaient les protéger des bombes.

Sur le cuir de la bandoulière, taillées maladroitement au canif, deux lettres, A.C. Un instant, une pensée vite chassée : les initiales de leurs propres prénoms.

Sur le parvis, un soleil timide caressait l'herbe humide et les talus détrempés. Ils étaient seuls, les autres cherchaient-ils, espéraient-ils encore ?

Adrien s'était éloigné sur le chemin. De dos, la guerre n'avait laissé pour empreinte qu'un léger affaissement, un poids sur ses épaules. Camille le suivait ainsi, enfant, lorsqu'il courait devant elle sur les allées du parc ou au bord du Jabron, la mettant au défi de le rattraper dans une cascade de rires clairs.

De là où elle se trouvait, elle vit Adrien poser la musette sur la table du socle d'un calvaire et caresser la pierre grise envahie par le lierre. Elle avait remarqué l'édifice devant l'église. Camille aimait ces croix de chemins, repères pour les voyageurs à une époque où ils étaient une aventure ; lieux connus de tous, ils rappellaient un événement marquant pour la paroisse, une mission, une épidémie, un temps de prière. Adrien se souvenait-il des histoires de sorciers et de diables que sa mère lui racontait autrefois ? On venait fêter le sabbat au pied de ces croix qui servaient à conjurer le mauvais sort et les effets maléfiques.

Comme il arrive parfois à la fin d'une journée pluvieuse, quelques rayons jouaient avec les flaques.

Des pas et le bruit lourd, définitif, de la porte de l'église qui se referme. Camille les devinait, tous immobiles, derrière elle. Personne n'osait parler ni chercher à savoir si le voisin avait trouvé ce qu'il était venu chercher.

Soudain, telle une cloche qui se met à tinter et fige un instant l'attention, la note vibrante, soufflée, solennelle, d'un harmonica. Elle savait son fils pianiste, mais jamais elle ne l'avait entendu jouer de cet instrument. Quelques notes, graves, lointaines, tirées de la terre pour venir jusqu'à eux. La musique des morts.

Ils se tenaient maintenant côte à côte, reliés désormais par ces tombes anonymes mais étrangement familières qu'ils allaient abandonner derrière eux. Adrien s'était alors retourné, offrant son visage meurtri au soleil et, devant les silhouettes en deuil, comme si le souffle du vent chantait entre ses lèvres, il avait joué, en un murmure, les premières mesures de l'*Hymne à la joie*...

Au pied du calvaire, sous la croix ornée d'une rosace, sous les corps gravés dans la pierre des trois crucifiés, s'échappaient de la besace ouverte la photographie d'un roi au visage bandé coiffé d'une couronne de papier coloré, deux figurines en laine, feutrées par l'humidité, une page froissée arrachée d'un cahier d'écolier et, posé là, grand ouvert, le long étui de cuir noir d'un harmonica aux reflets de bronze et d'or.

Adrien avait écrit à Mlle Levert. Tant de douleur à poser les mots définitifs, de ceux qui n'appellent ni n'attendent de réponse, qui ponctuent une vie à jamais.

Mais l'encre bleue sur papier vélin éclate pourtant de vie sur son bureau doré par le soleil d'automne et Adrien ne se lasse pas de relire ces lignes...

Si j'ai appris, major, une seule chose de cette guerre, une seule chose de la mort, c'est que nous lui devons la vérité. Lorsque vous recherchiez Abel avec tant d'acharnement, je vous ai laissé faire, espérant avec vous qu'il était retourné vers sa terre, vers les siens. Une vie peut-être l'attendait, une femme, des enfants à venir. Nos routes s'étaient croisées à cause ou grâce à des circonstances exceptionnelles, les lignes de vie regagnaient leurs trajectoires, les sillons tracés, le cours tranquille de nos jours. Mais je me suis leurrée, major, je n'ai pas osé, persuadée que je n'en avais pas le droit. Je suis une femme simple, élevée dans la foi et les traditions. J'ai laissé mes parents, mes frères et mon pauvre mari décider pour moi. J'étais heureuse, c'est aussi une forme de bonheur que de laisser les autres écrire les pages de votre vie. Les matins, les soirs et les nuits se succèdent. Le calme, l'attendu, ce qu'on attend de vous devient sans doute ce qui vous convient. Mais un matin, après une nuit de chaos, après avoir entendu la souffrance, les cris et les plaintes, après avoir fermé d'un geste maladroit, trop rapide, des paupières inconnues, un matin, des yeux noirs, brillants de fatigue et de fièvre, vous regardent, une main s'accroche à la vôtre et vous savez désormais que toutes les minutes à venir en seront bouleversées. Nous étions bien timides, major, et seuls quelques malheureux ont cru bon de rire de nous. Nous nous sommes défendus et Dieu sait combien j'ai chéri leurs allusions et leurs boutades alors qu'elles auraient dû me fâcher, et si j'en ai rougi bien souvent, elles me berçaient d'une douce illusion, d'un espoir à chérir. Après votre départ, major, je me suis assise plus souvent près de lui, j'ai tenté de remplacer vos conversations, de combler l'immense vide que vous aviez laissé dans son cœur dont il défendait pourtant l'accès avec la force de ceux qui ont trop souffert. Je suis une veuve blanche, vous le savez, j'ai le statut et la rente qui l'accompagne, le respect que l'on accorde à celles qui ont donné un mari et dont le ventre restera sec, animé du seul souvenir et de la mémoire. Mais puisque aujourd'hui vous m'annoncez sa mort, alors j'ose l'écrire, le crier au vent et aux étoiles qui lui tiennent lieu de tombe, nous nous sommes aimés major, oui, nous nous sommes aimés…

Épilogue

> Quoi qu'il arrive, la vie aura eu de la beauté.
>
> Anonyme, lettre de soldat, 1915

Une mer d'ombrelles blanches agitée par la vague noire, houleuse, des chapeaux et des voilettes. Voilà ce que notre poilu aurait pu admirer du haut de son piédestal s'il n'avait été de pierre. Drapé de tulle comme une mariée timide qui attend l'heure de la mise en lumière, il intrigue les enfants. Ils connaissent trop bien son histoire mais veulent surtout profiter du jour de fête dans le village en liesse. Les derniers asphodèles et les premiers dahlias, des gerbes et des couronnes à foison attendent au pied des lourdes chaînes qui encerclent l'édifice marqué aux quatre coins par des bornes en forme d'obus. Cerné par ces symboles, prisonnier de ces chaînes, il n'en aura donc jamais terminé le malheureux... Mais son regard porte haut, là-bas, vers les collines...

Depuis plusieurs jours, les écoles, les commerces, le village tout entier se prépare. On a repeint les façades pour l'occasion, on balaye devant les portes, le coiffeur ne compte plus ses heures. On a même vu le curé et le pasteur en grande conversation côte à côte sur la place. L'union sacrée s'arrose aux terrasses des cafés et les fanions tricolores claquent au vent encore chaud de septembre.

À l'hôpital local, depuis tôt le matin, les infirmières aident les blessés et les anciens combattants à se préparer. Eux qui vivent encore dans leur chair une guerre qui s'éloigne, ce jour est le leur. Ils portent beau et fier quel que soit leur état, malgré leurs uniformes élimés, trop larges après des mois d'hospitalisation. Le maire et ses adjoints, en grande délégation, sont venus leur dire hier soir au dîner : « Le monument aux morts est le symbole de la reconnaissance des vivants envers les morts, de la solidarité nationale envers les familles de disparus et du soutien de la Nation à nos courageux blessés. »

Ils s'étaient sentis fiers en levant leur verre de vin blanc tiède apporté par la secrétaire de mairie.

Le choix de l'emplacement de l'ouvrage a donné lieu à des querelles de clocher et le conseil municipal a parfois pris des airs de champ de bataille ! Au beau milieu du cimetière, devant l'église et le temple ? C'est finalement au bout des allées de marronniers, à l'entrée du village, au carrefour de toutes les routes, que s'élèvera la silhouette emblématique censée servir de repère pour les générations futures. La souscription publique lancée pour son financement a connu un franc succès, les enfants des écoles se sont longuement promenés dans les rues, sur le marché, secouant la tirelire de fer aux trois couleurs appelant à une générosité tout acquise.

Certains auraient souhaité un monument civique, d'autres une œuvre pacifiste ou religieuse. En dernier ressort, c'est une allégorie de la victoire qui a été choisie, celle d'un poilu idéalisé dont le sculpteur a même pris soin de tailler la moustache.

Article daté du 17 septembre 1921, La Tribune, *journal local drômois*

Sur la place de la gare, celle du célèbre Picodon qui relie le charmant village de Dieulefit à Montélimar, la population fébrile attend de découvrir le géant dont ne dépasse sous le tissu que la pointe du godillot. La chaleur en ce début d'après-midi est étouffante. On apporte des bancs de l'école et les officiels rougissent sous leurs couvre-chefs, engoncés dans leurs plus beaux costumes. On voit venir les familles de ceux dont les noms vont être honorés : de longues files sombres, mêlant plusieurs générations qui avancent avec peine parmi la foule. Serrés les uns contre les autres, habitants du village ou des hameaux environnants, ils cherchent à approcher au plus près.

La fanfare municipale arrive, elle descend de la mairie et les cymbales du chef de rang font sursauter l'assemblée. Après elle, les écoliers, les vétérans de 1870, la fanfare des sociétés diverses, dans un cortège coloré de drapeaux tricolores et d'enfants costumés en zouaves ou en jeunes Alsaciennes. Partis de la maison commune, ils ont traversé le village, entraînant derrière eux les retardataires. C'est de nouveau un 14 Juillet à la fin de l'été dont les héros, les martyrs sont des gars d'ici.

On se pousse pour accueillir l'abbé et le pasteur puisque les familles ont souhaité que l'inauguration soit précédée d'une bénédiction. Le maire, selon nos sources, n'aurait pas trouvé cela opportun, mais il n'a pu le refuser aux endeuillés. Son agacement était visible, à peine retenu lorsque le curé a prononcé les termes de « martyrs de la foi » avant de bénir drapeau et monument.

Le maître de cérémonie, chargé de médailles, tente de mettre un peu d'ordre dans l'installation des uns et des autres et semble prendre très au sérieux les règles de préséance. D'abord les mutilés, puis les pupilles de la nation, les familles des morts, la Croix-Rouge, les combattants et les vétérans accompagnés par les enfants des écoles. La mise en place prend du temps, les pieds s'échauffent et les éventails s'agitent tandis que les cris et les pleurs des plus jeunes couvrent la voix éraillée du militaire.

Soudain, la marche funèbre de Chopin retentit, calmant presque instantanément la foule dissipée, et la gravité envahit les cœurs. Quelle merveille que ces moments de communion collective ! Quelle émotion chers lecteurs et quel instant de grâce que ce voile libéré par la main d'une petite fille que son père mutilé de la face porte à bout de bras pour l'élever vers l'homme de pierre. Des souffles suspendus puis une multitude d'applaudissements, une longue ovation jusqu'aux premières notes de l'hymne national.

Il est jeune et beau notre soldat, casque Adrian sur la tête, il tient de la main gauche une de ses deux sacoches de ceinture et tend le bras droit, poing serré, vainqueur, vers le ciel. Dans le dos, sa musette et son quart, et sur le flanc gauche, l'étui de son poignard de tranchée.

Une jeune femme s'approche, à la main, la liste des enfants du pays morts au combat. Cent vingt noms, nous a-t-on dit, plus un ajouté il y a peu et qui devrait se voir remettre comme à quatre autres soldats la croix de guerre à titre posthume.

On nous a fait savoir que c'est un major lyonnais, gravement blessé, qui a remué ciel et terre pour que son compagnon de souffrance obtienne cette reconnaissance officielle et cette prestigieuse décoration. Une de ces belles histoires d'amitié et de solidarité, Dieu sait que nous en avons entendu et rapporté dans nos articles depuis la fin du conflit !

Mon voisin, me voyant prendre des notes, me glisse à l'oreille que la jeunette qui s'apprête à prendre la parole serait la nièce de ce soldat médaillé. « C'est une Chagnac de Comps – dans ces villages on est d'abord d'un nom et d'un lieu. Son frère, on n'en a rien retrouvé ! Paraît qu'ils l'ont mis tout en bas, après les gars de la Somme, sans tenir compte de l'ordre, ils ne savaient pas où l'écrire. »

Roulement de tambour, le premier nom est cité, suivi de voix enfantines qui égrènent à chaque fois la mention « Mort pour la France ». Noms gravés dans la pierre calcaire d'Ardèche, par ordre alphabétique, sur les faces du socle de l'édifice où s'inscrivent le nom de chacune des grandes batailles. La Marne, la Somme, l'Yser.

On entend des sanglots, une femme puis une autre vacillent sous le coup de l'émotion et de la chaleur. Soutenues par les leurs, elles cherchent un peu d'ombre sous les feuillages à peine jaunis des marronniers ancestraux pour écouter les discours officiels qui débuteront dès le dernier mort honoré.

Puis un haut gradé, après s'être essuyé le front sur la manche empesée de son uniforme et soulevé son képi pour tenter de trouver un peu de fraîcheur, procède à la citation à l'ordre, suivie de la remise de la croix de guerre à chaque représentant des familles. Quatre femmes voilées de noir et un vieil homme courbé, visiblement de la campagne, soutenu par ses nombreux enfants. C'est sur sa poitrine de vieillard, de père endeuillé, sur le revers de sa plus belle chemise, que le gouverneur militaire accroche délicatement la médaille en bronze. Quatre branches, deux épées croisées et le visage de la république coiffée de son bonnet phrygien, auréolée de lauriers.

La cérémonie s'éternise... elle finit par en lasser quelques-uns. « Qui sommes-nous si nous ne pouvons supporter quelques heures sous le soleil quand ils ont vécu de si longs mois dans la boue des tranchées », s'indigne un des vétérans droit comme un i, *qui ne baissera son drapeau que bien plus tard sous le poids de la fatigue.*

L'assemblée se disperse, lentement, des mains de femmes s'attardent, caressent la pierre chaude, effleurent du doigt la trace d'un être aimé, quelques lettres en creux, dérisoire mais désormais éternel souvenir.

Chers lecteurs, combien de Paul, de Louis, d'Anselme, de Gustave ou d'Émile ? Combien de noms de famille répétés trois ou quatre fois comme le sort qui s'acharne ? Combien de temps nous faudra-t-il pour les citer un à un, ces hommes sacrifiés, y parviendrons-nous un jour ?

Augustin Galliand, correspondant du journal La Tribune :

Depuis des semaines, au volant de la vieille mobylette Singer mise à ma disposition par la rédaction de *La Tribune*, je parcourais sans relâche les routes du canton. Par tous les temps, des villages du nord, bercés par le Rhône, parfumés d'arbres fruitiers, à ceux du sud entre lavande et oliviers, je les avais toutes empruntées. Partout, les mêmes veuves, les mêmes orphelins endimanchés, les mêmes officiels guindés dans leur costume. Discours ampoulés, larmes et accolades, hymnes et gerbes déposées par les enfants des écoles. J'ose le dire, jour après jour, la célébration du malheur peut elle aussi devenir routinière. Cet après-midi-là sur la route de Dieulefit, le soleil accablant présageait une journée de commémoration longue et fastidieuse, je m'y rendais bonnet de cuir et lunettes vissés sur la tête mais avec de véritables pieds de plomb !

Je ne m'attendais pas à tant d'émotion.

La quête insensée de ce major pour retrouver la trace de son ami disparu, ces hommes devenus frères au-delà de toutes les conventions humaines et surtout la ligne élégante, parfaite, une beauté insolente et ce visage figé à jamais à l'heure de la guerre, qu'une enfant entourait de ses bras tandis qu'il la soulevait vers celui qui désormais les représenterait à jamais.

Dans la foule, j'avais perdu sa longue silhouette du regard. Impossible d'oublier son visage de cire, le temps suspendu lorsqu'il avait porté sa fille pour qu'elle puisse retirer le voile qui dissimulait la statue.

C'est alors que je l'ai revu. Il était là, seul. Sa famille, entourant l'enfant, se tenait maintenant un peu à l'écart. Une femme, en tenue d'infirmière, droite et digne, quelques pas en retrait derrière lui, tenait en ses mains un bouquet de dahlias roses. Je me suis approché doucement de lui, de peur de l'importuner. Pensif, concentré, il ne quittait pas des yeux un endroit précis sur la stèle, tendu comme s'il voulait tel le sculpteur graver l'image à jamais dans son esprit. J'ai attendu, sans bouger.

Il a dû entendre battre mon coeur et mon souffle s'accélérer, il s'est tourné vers moi, une larme coulait en rigole sur sa peau tendue.

« Il s'appelait Abel Chagnac, il était mon ami... voulez-vous que je vous parle de lui ? »

***

Aucune date, aucun lieu précis, des champs de bataille incertains pour des combats infinis. Chaque aube nouvelle peut être la première ou la dernière d'un conflit où périssent des millions d'hommes et de femmes.

Peu importe le jour et le nom de la terre qui les voient souffrir, mourir, se relever peut-être...

Aujourd'hui, comme hier, pour Abel, Adrien, pour ceux qui sont morts, pour ceux qui meurent encore, seuls les mots qui racontent, inventent, imaginent leur histoire, leurs amitiés et leurs amours, seuls ces mots-là comptent, conjurant l'oubli.

Et leurs ombres se tiennent droites, devant nos yeux aveugles.

Remerciements

Un immense merci à mes premiers lecteurs aussi bienveillants qu'exigeants, Brigitte et Didier de Calan ;

À Jean Soubeyran, qui a suivi pas à pas, dans l'enthousiasme, comme dans le doute, la construction de cette histoire ;

À Carole, ma sœur, dont la dernière lecture fut celle de ce manuscrit ;

À mes chers amis, Valérie, Peter, Marie-Christine, Nathalie, Ariel, pour leurs lectures et relectures ;

À Louise et Louis pour leur aide et leur patient soutien d'enfants affectueux et de libraires talentueux, là-bas dans la montagne...

À l'association L'Union des Blessés de la Face et de la Tête, fondée en 1920 et malheureusement toujours d'actualité pour leur travail extraordinaire et leur aide précieuse au chevet d'Adrien.

À Marie-Pacifique Zeltner qui dès la première lecture m'a encouragée et soutenue jusqu'au bout ;

À Sarah Rigaud, mon éditrice, pour sa confiance, son respect, son engagement courageux, et son amitié, j'espère...

À toute l'équipe des éditions les Escales qui m'accompagne avec professionnalisme et grande gentillesse ;

Merci enfin à ceux qui ont essayé en vain de me dissuader d'écrire ce texte, ils se reconnaîtront, ils n'ont réussi qu'à me conforter dans le désir de raconter Abel, Adrien, la vie des hommes dans la tourmente, l'amitié et l'amour, seuls sens de notre vie...

Il en est des livres comme des choses de la vie, les plus précieux sont souvent les plus difficiles à réaliser.

Dernières parutions

M. J. Arlidge
Ainsi font font font

Catherine Bardon
Almah

Harold Cobert
Le Procès Mein Kampf

Kate Collins
La Maison idéale

Frédéric Couderc
Les Secondes chances

Claudia Cravens
L'Affranchie

Frédéric Germain
Nos vies volées

Emilia Hart
Les Sirènes

Elin Hilderbrand
Un week-end à Nantucket

Ismaël Khelifa
Ce que la vie a de plus beau

Gilly Macmillan
De si bons voisins

Rebecca Makkai
J'ai quelques questions à vous poser

Ann Napolitano
Les Bien-aimés

Heather O'Neill
Perdre la tête

Martin Page
La Tendresse des catastrophes

Lina María Parra Ochoa
La Main qui guérit

Marie Pavlenko
Traverser les montagnes, et venir naître ici

Roland Perez
Bonne fête des mères, Papa !

Alexis Schaitkin
Autre part

Cat Shook
Les Magnolias de Myrtle Lane

Catherine Steadman
Jeux en famille

Antje Rávik Strubel
Femme bleue

J. Courtney Sullivan
Retour à Lake Grove

Akli Tadjer
De ruines et de gloire

Karen Viggers
Sur la touche

Alice Winn
Les Ardents

Pour en savoir plus sur l'actualité des Escales,
vous pouvez consulter notre site Internet
www.lesescales.fr
et nous suivre sur les réseaux sociaux

Editions Les Escales

@LesEscales

#lisez! engagé
www.lisez.com
Pour plus d'information :
Imprimé sur du papier issu de forêts gérées durablement.

Achevé d'imprimer par
Normandie Roto Impression s.a.s.
N° d'impression : 2501487
Imprimé en France